무녀리

무녀리

김세인 소설집

작가

차례

옥탑방

"이게 무슨 냄새지?"

우리가 이 옥탑방으로 이사를 오고 나서부터 아내는 걸핏하면 저런
다. 오늘은 또 무슨 냄새를 맡았기에 저 야단인지 모르겠다.

냄새라는 것은 소리와 같지 않아서 일부러 작정하고 맡는다고 해서
그 실체가 드러나는 것은 아니지만 아내가 저녁 준비도 미뤄둔 채 부
산을 떠니, 부부 일심동체로서 한 편이 되어 주는 척이라도 해주어야
겠다. 나는 충직한 사냥개가 되어 꼬리를 사린 채 고개를 어깻죽지 속
에 처박고 킁킁 냄새를 맡아본다.

아내도 시장바구니를 들었다 났다 하면서 킁킁거린다.

새것 적에는 초록색이었을 시장바구니가 이제는 희끄무레하게 색이
바래서 거의 회색에 가깝다. 그동안 부엌 귀퉁이에 걸어두고 감자나
양파 등속을 담아놓았던 것인데 쓰레기 종량젠가 뭔가를 하는 바람에
요즈음에야 제구실을 하게 되었다. 환경 차원에서라기보다는 아무래

도 재활용 봉투 값을 아끼려고 들고 다니는 듯하다. 아내가 시장바구니를 폭삭 쏟아 엎는다. 아내가 바구니에 담아온 것은 달랑, 자반고등어 한 손뿐이다.

"생선 냄새구먼."

나는 확신에 차서 한마디 건넸지만 아내는 기다 아니다 반응을 보이지 않고 고개만 한번 오른쪽으로 갸우뚱한다. 수도꼭지도 같은 방향으로 잡아 돌린다.

아내는 자반고등어를 흐르는 물에 여러 번 헹구어 소금기를 빼낸다. 초록색 채반에 담아 종종걸음으로 마당으로 나가서는, 아기 기저귀를 널고 싶다던 빨랫줄에다 매달아 놓는다. 휑하게 빈 옥상 위에서 자반고등어 한 세트가 빨랫줄을 독차지하고 근뎅근뎅 그네를 타고 있다. 아내가 들으면 언짢아 할 소리지만 저것은 어릴 때 신던 검정고무신을 닮은 데가 있다. 아버지 것과 내 것 한 짝씩을 걸어 놓은 것과 흡사하다. 오늘 저녁엔 자반고등어를 먹을 수가 있을 것이다. 자반고등어에 물기가 걷히고 꾸덕꾸덕해지면 아내는 아버지 검정고무신만한 놈을 먼저 걷어다가 불 앞에 지키고 서서 구울 것이다. 뼈가 붙은 안쪽부터 노릇노릇하게 굽고 나무젓가락으로 스리슬쩍 제껴서 바깥쪽을 마저 구운 다음에 기름이 자글자글 끓는 걸 내 오른쪽 상머리에 진상할 것이다. 어두일미라는 둥 안 쓰던 문자까지 써가며 아내는 고등어 대가리를 바수어 먹고 왼손 오른손 엄지 검지 쪽쪽 소리가 나도록 살뜰하게 빨아먹을 것이다. 알뜰하게 빈 접시를 설거지하며 시어머니의 애창곡인 '아알 뜨을한 다앙신'을 코맹맹이 소리로 흥얼거릴지도 모른다. 줄에 남아 있는, 어릴 때 내 검정고무신만한 놈은 아껴 먹으려고 냉동

실에 보관해 둘 것이다.

　나는 이렇듯 미래형으로 말할 때가 좋다. 현실은 기차를 타고 굴 속을 지나는 것과 같이 아슬아슬하다. 그렇다고 가다가 길이 끊어졌을지도 모른다고 지레짐작하거나 섣불리 의심하는 것은 아니다. 다만 불안할 뿐이다. 그러나 지금 여기만 어떻게든 빠져 나가면 밝은 햇살을 볼 수 있을 것이라고 나는 믿기로 한다.

　다니던 회사를 그만두었을 때도 그랬다. 앞으로 어떻게 살아야 하나? 어떻게 되겠지. 어떻게든 살아나갈 방도가 있겠지. 나는 그 '어떻게'를 의심하지 않았다. 신문에 실린 구인 광고를 보면, 채용 인원과는 별도로 장애자를 몇 프로 더 뽑는 회사도 있고 보훈대상자에게는 가산점을 준다고도 쓰여 있었다. 어디 그뿐이랴. 나는 기능사 자격증을 소지한 국립대학 화공학과 출신에다가 해외 출장에도 결격사유가 없는, 대한민국 국토방위를 위해 삼 년 동안 봉사한 육군 병장 출신이기도 하다. 공식적으로 갖춘 이러한 조건들은 산재보험금보다도 더 위로가 되었다. 이것들이 나를 어떻게든 살아나가게 할 것이라고 믿어 의심치 않았다.

　"정말 이게 무슨 냄새지?"

　'으응? 그럼 고등어 냄새가 아녔단 말여?

　"어머, 또 나네? 당신은 안 나요?"

　"……?"

　나는 옥상을 한 바퀴 둘러본다. 그저 좀 황량할 뿐이지 딱히 냄새가 날 만한 것은 없다. 아내는 아무래도 냄새 노이로제에 걸렸나 보다.

　"아하! 알겠다, 초원에서 나는 꽃 냄새구나아. 근데 이게 무슨 꽃 냄새지?"

"어! 증말 나는군. 이건 냄새가 아니라 향기잖어?"

"알아요, 이 냄새? 흠 흠, 이 여름에 웬 아카시?"

아내는 외국 사람들이 하는 것처럼 어깨를 들썩 치켜세우며 고개를 갸웃거린다.

"향기라니까는…… 더덕을 심었구먼."

"어쩌엄, 향긋하기도 해라. 꽃은 뭔 색깔이에요? 얼만해요? 언제 폈지? 보구 싶다아!"

아내가 말하는 '초원'이란 우리가 사는 이 건물 바로 뒷집 옥상을 가리키는 말이다. 삼층집인 그 집 옥상에는 화단을 일구어 놓았다. 꽃이 피어 있으니 통상 부르기 좋게 화단이라고는 하지만 엄밀히 말하면 화단이 아닐 수도 있다. 자세히 보이지는 않지만 화초다운 화초가 없어 보였다. 일테면 영산홍이나 해바라기는커녕 로즈마리나 라벤더같이 어느 집 창틀에서나 흔하게 볼 수 있는 허브 한 포기 없다. 우리가 이 집으로 이사 와서 맨 처음 초원에서 본 꽃은 흰 냉이꽃과 노란 꽃다지꽃이었다. 그때까지만 해도 화초밭에 잡풀이 있는 것으로 알고 아내는 게으른 화단 주인을 흉보았었다. 그 꽃이 지고 나서 참나리꽃과 원추리꽃을 발견한 연후에야 그 화단이 여느 화단과 다름을 알고 아내는 '아하! 게으른 게 아녔구나,' 했다. 성급히 판단해 버린 자신을 힐책하며 실제로 자기 머리를 콩, 쥐어박기까지 했다. 순 서울 토박이인 아내는 풀꽃들의 이름도 모르면서 화단을 초원이라고 이름도 지어주며 관심을 갖고 관찰하기 시작했다. 그러면서 아내는 냄새와의 전쟁을 견뎌내는 듯했다.

우리는 상가 건물 4층 건물 꼭대기 층에 사는데 밖에서 들어오다 보면 층층마다 각기 다른 냄새로 영역 표시를 해서 도대체가 다른 감각은 제구실을 하지 못하게 된다.

먼저 출입구 첫머리에 들어서면 지하실 노래방에서 올라오는 뭔가 비밀스럽고도 심상찮은 지하실 특유의 냄새가 박쥐의 날개를 펼치듯 공격을 해온다. 현관문을 닫고 계단 모퉁이를 돌아서면 지린내가 톡 쏜다. 밤늦은 시각 노래방 취객들은 이층까지 올라가는 게 귀찮아서 그 귀퉁이에 대고 함부로 실례를 하기 때문이다. 우편함에서 흘러내린 각종 공과금 고지서가 축축하게 젖어 있다. 이층에 올라서면 두 칸짜리 화장실에서는 특유의 암모니아 가스와 함께 그때그때마다의 냄새를 믹스해서 흘려보낸다. 위층으로 오를 때까지 냄새들은 옥상 꼭대기까지 줄기차게 따라붙는다. 냄새의 끈을 자르듯 옥상 문을 닫으면 기다렸다는 듯이 갈비 굽는 냄새에 섞여 짜장 볶는 냄새가 난다. 막 이사왔을 때만 해도 아내는 아하! 맛있겠다, 월급타면 사 먹어보자, 라며 군침을 삼켰다. 그러더니 아내는 냄새가 올라올 때마다 오만상을 찌푸렸다. 냄새는 순번을 지켜가며 풍기는 게 아니었다. 각각의 냄새는 옥탑에 올라와서는 서로 엉키어 또 다른 악취를 만들어냈다. 올라오는 게 냄새뿐만은 아니다. 소리도 먼지도 연기도 모든 유동성 기체는 상승작용을 하려는 욕구를 지닌 채 옥상에 와서 난리브루스를 춘다. 아래로 흐르는 것은 오직 물밖에 없지 않나 싶다.

처음에는 냄새가 풍겨오면 구린내가 난다거나 보다 더 고약한 냄새가 날 때엔 송장 썩는 냄새 정도로 일관하더니 아내는 킁킁거리는 횟수가 증가함에 따라 그 비유법도 다양해져 갔다. 이층 화장실에서 나는 노래방 취객들의 오줌 냄새만으로도 단체 손님이었을 경우에는 그 냄새를 분류해 냈다. 젊은이였는지 늙은이였는지, 맥주를 마셨는지 소주를 마셨는지, 육식을 했는지 채식을 했는지도 가려냈다. 뿐만 아니라 흑염소 집에서 올라오는 냄새를 가지고는 음식 속에 들어간 재료까지 일일이 열거해 가며 아는 체를 했다. 아유, 늙은 호박에 잉어를 고는구먼. 근데 중국산 호박이야, 못 믿겠으면 이따가 호박씨 발라 놓은 걸 봐봐. 국산은 씨가 갈쭉갈쭉하지만 중국산은 약간 납데데하다니깐. 게다가 중국 건 냄새가 짐짐하게 나지. 뭐든 우리 땅에서 난 게 제일이야. 이러니까 내가 무슨 애국자 같네. 그런 줄 알면 뭐해. 논밭은 아파트 짓고 공장 짓느라 야금야금 갉아먹고 헌 집 지은 쓰레기 갖다 버리고 농사지을 땅을 오염시키잖아. 이건 또 뭐야, 배냇송아지잖아? 십전대보탕을 지어 같이 고는구먼. 맡아보면 모르나, 냄새가 구수하질 않고 비릿해. 이것과 흡사한 냄새가 있지. 초경 치르는 계집애가 고등어 먹고 출싹댈 때도 이런 냄새가 난다니까. 저런! 자궁에서 나오다가 절단이 났구먼. 수의사 손길은 닿아 보지도 못하고 중늙은이들이 잡아 뺐겠는 걸. 폐병 환자에게 먹이려나 봐. 폐병도 유행이라잖아. 요즘에는 부잣집 여편네들이 다이어트 하느라고 열량 따지고 몸무게 따지고 해서 음식을 계량저울에 달아서 겨우 새 모이 만큼씩만 먹다가 폐병이 많이 걸린대나 어쩐대나. 십전대보탕에 사슴을 곤들 그게 제대로 약효가 있나? 너나 할 것 없이 사람들은 너무들 성급해. 외국 사람들이 한국 사람을 보고 '빨리빨리' 라고 부른다잖아. 고속도로 뚫리면서부터 그렇게 됐을 거 같아, 내 생각에는. 약은 뭐니 뭐니 해도 구증구포야. 정성을 들여야 효험이 있다고. 아유, 내가 정말 못 살겠네, 날씨마저

이렇게 눅눅한데 장롱 공장에서 옻칠을 입히고 흑염소 집에서는 염소를 고면 날더러 어떡하란 말야, 대관절. 이건 늙은 암염소 아냐? 난 이 냄새가 세상에서 제일 맡기 싫어. 냄새에도 궁합이 있단 말야. 옻칠 냄새와 늙은 암염소 냄새는 모르긴 몰라도 서로 상극일 거야, 아마. 이 냄새는 너무 우중충하고 탁해, 게다가 고약같이 찐득찐득해서 아무데고 들러붙어 백리 밖에까지 난다구. 지독하기가 독약 같애.

나보다 십 년이나 연하인 아내는 냄새 이야기를 할 때만은 나보다 십 년은 더 늙어 보인다. 어찌나 노련한지 귀기까지 느껴지는 게 갓 신 내린 처녀무당 같다. 평시에는 지극히 상식적이다가도 일단 후신경이 자극을 받았다 하면 정색을 하고 딴 목소리를 낸다. 그래서 낯선 냄새가 나면 그 냄새를 판독해 낼 때까지는 안절부절못한다. 밥을 하면서도 설사병 난 부엌데기 국거리 썰 듯 대충대충이다. 나는 이런 아내가 불안하다. 유전적으로 무슨 몹쓸 병을 갖고 시집온 것은 아닌가 하는 의구심이 인다. 멀쩡하고 무엇 하나 버릴 데 없는 여자가 나 같은 사람한테 시집온 사실이 가끔 막연한 불안을 동반하는지도 모르겠다.

이 집에 처음에 이사 올 때까지만 해도 아내에게서는 그런 이상 증세는 나타나지 않았었다.

"아하! 넓기도 해라. 다아 보이네? 난 이 집이 맘에 들어, 당신도 그렇죠, 여보?"

내가 탐탁찮게 여기는 것을 눈치 못 챌 사람이 아니련만 모른 체 시치미를 떼며 아내는 그렇게 물었다.

"당신 왜 그래, 어디 아파? 아님, 여기 별로에요? 난 좋다니까?"

"아녀, 그런 건. 난 괜찮으니까 당신 맘대루 해여."

상가 건물 옥상은 만물상 같았다. 가스통들은 잿빛 죄수복을 입고 포승줄에 결박당한 사형수들처럼 늘어서 있고, 에어컨 환풍기들은 알코올 중독자처럼 제멋대로 주절거리고, 스펀지가 비어져 나오는 버려진 소파 주변에는 플라스틱 통 같은 너절한 세간들이 개똥처럼 굴러다녔다.

　"그럼, 이걸로 결정하는 거다, 여보."

　상기된 얼굴로 희망을 품는 아내에게 나는 찬물을 끼얹을 수가 없었다.

　옥상을 내려오려고 문을 열었을 때 노리끼리한 흑염소 냄새가 맡아졌지만 나는 그것마저도 내색을 하지 못했다. 반지하 방에서 겪던 불편에 비하면 그까짓 냄새쯤이야 별일 아닐 테지 싶기도 했다.

　우리는 얼마 전까지만 하더라도 반지하 방에서 살았다.

　그때 만약에 누가 소원이 뭐냐고 물었다면, 아무에게도 방해받지 않고 내 마누라를 범하는 것이오, 라고 나는 대답했을 것이다. 내 바람은 정말 창문을 죄다 열어놓고 아내와 잠을 자 보고 싶던 때가 있었다. 조심성 없는 사람들에 의해 담배꽁초나 휴지뭉치가 창문으로 날아드는 것조차 잘 참아 견디면서도 아내는 잠자리에서만은 까탈을 부렸다. 밤 근무를 하면 낮에 잠을 자게 되는데 남몰래 일을 치르려고 할 때 밖에서 발자국 소리가 들리면 그때마다 아내는 내 옆구리를 쥐어뜯으며 '동작 그만'을 명령했다. 그러면 난 푸샵 자세로 고개를 발딱 쳐들고 창문을 예의 주시하면서 벌을 서고 있어야만 했다. 발자국 소리가 멀어지면 아내는 고고 레츠 고우하면서 내 엉덩이를 찰싹 갈겼다. 마주

16

(馬主)의 회초리를 맞은 나는 내 안에 숨어 있는 다크호스를 불러내어 전력질주 해야만 했다. 그러다가도 행여 발자국 소리가 우리 집 창문 앞에서 멈추기라도 하면 그 날은 산통 다 깨지는 날이었다. 내 사정은 아랑곳하지 않은 채 아내는 얼음 위에 박 바가지 구르듯 팽그르르 빠져나가버렸다. 성질이 뻗친 내가 인상을 구기면 아내는 암상 떠는 암코양이 형상을 해가지고 창문을 노려본다. 혹시라도 행인이 가지 않고 얼쩡거리고 있는 기색이 있으면 발딱 일어나 창문 곁으로 가서 잠금장치에 이상은 없는지 확인해 보거나 심한 경우에는 창문을 활짝 열어젖힐 때도 있었다. 이때 아내의 행동은, 우린 지금 백주 대낮에 섹스를 하려는 중이오, 그러니 담뱃불을 저쪽에 가서 붙여주시오, 하고 따지기라도 할 것처럼 보였다. 그럴 때마다 나는 꿩을 잡으려다 놓친 듯한 아쉬움이 남았다. 그렇지만 나에겐 또 다른 사정도 있으므로 심기일전하여 어르고 달래어 간신히 작업에 들어가면 또 다른 복병이 터졌다. 옆방 여자는 타이밍도 잘 맞추어 걸핏하면 무얼 얻으러 오거나 시답잖은 걸 가지고 와서 훼방을 놓았다.

"새대액! 새댁 안에 있수?"

"네! 나가…… 이이가 미쳤나, 왜 입은 틀어막고 난리예요?"

미치긴 내가 왜? 지나 나나 아무 때나 하고 싶은 때에 하고 살자고 일가친척 모아놓고 웨딩마치 울렸으면서 앙큼 맞기는 젠장헐, 나는 기죽지 않고 버티려고 했다. 그러나 우리 형편을 빤히 꿰고 있는 옆방 여자가 사레들린 사람처럼 키득거리며 자기네 방으로 건너갈 때쯤이면, 내 인생은 완전히 삼류구나 하면서 몸과 마음이 시들어버렸다.

"죽으믄 죽었지, 내 애기한테 태어나자마자 남들 발짝 소리에 눈높이를 맞추며 신경 쓰게 할 순 없어요. 제발 높은 데로 이사해요, 우리."

기분이 꿀꿀해진 아내는 강짜를 부렸다. 아내는 잘 나가다가도 가끔 정색을 하고 강짜를 부리는 못된 버릇이 있다. 우리도 남들처럼 낮에 일하고 밤에 잠 좀 잤으면 좋겠어, 제발 우리도 남들처럼 주말에는 놀고 주중에만 일했음 좋겠어, 하는 식으로 모든 잣대를 '남들처럼'에다 견주곤 했다. 어차피 구겨진 인생이 아등바등 댄다고 다리미로 다린 것처럼 매끈하게 펴질 리도 만무한 것을, 공염불에 지나지 않는다는 것을 누구보다도 잘 아는 아내지만 극도로 제 기분이 망가졌을 때면 그러한 말로 사람 야코를 죽이는 데 뭐 있다. 누군 반지하방에 살고 싶어서 사나 젠장. 나는 이럴 때면 노여워서, 끊겠다고 작심하던 담배를 피워 물곤 했다.

그렇게 살던 우리는 삼류 인생을 조금이라도 면해 보고 싶어서 반지하방을 탈출해 보기로 하고 방을 보러 다니게 되었다.

처음 방을 보러 나서던 날이었다.

"자, 손."

아내가 내 의수(醫手)를 들고 명령했고 나는 말 잘 듣는 아이처럼 아내 앞에다 손을 내밀었다. 아내가 야물딱지게 내 팔뚝에 의수를 끼워 주고는 그 위에 면장갑을 끼워줄 차례였다. 아내는 대강 의수만 끼워 주고는 퉁명스럽게 지껄여댔다.

"그냥 가, 여름이라 장갑 끼면 더 이상하게 보여. 자연스럽잖아요, 안 끼니까."

18

정말 장갑을 끼지 않은 내 손이 자연스러운가. 나는 왼손과 오른손을 슬며시 대보았다. 오른손은 흉터투성이인데 왼손은 귀부인의 그것처럼 곱다. 얼핏 보기에는 가짜일수록 고와 보이는 게 가끔 있다. 내 분신으로 인연을 맺어 끌려 다니느라 수고한 왼손에 새삼 연민이 일었다. 오른손을 가져다 왼손 위에 얹어보지만 뻣뻣한 이물감만이 감지되었다. 내 왼손과 오른손은 서로 화합을 이루지 못했다.

숙달이 될 때도 됐으련만, 벨트 고리를 잠그느라고 꾸물거려서, 운동화 끈을 야무지게 동여매지 못해서 아내에게 퉁바리를 맞았다.

한 손만 가지고는 제대로 해낼 수 있는 게 아무것도 없다. 사람살이도 마찬가지다. 나는 아내에게 걸핏하면 지청구를 듣지만 그래도 둘이 사는 게 혼자 살 때보다는 한결 낫다. 아내를 얻고 나서 제일 기뻤던 일은 나도 이제 남과 어울려 고스톱을 칠 수 있다는 사실이었다. 이 말을 들으면 나를 무슨 대단한 노름꾼쯤으로 여길지 모르지만 이건 정말이다. 고립되지 않고 남들 속에 끼일 수 있다는 게 얼마나 사람을 신나게 하는 일인지 고립을 당해 보지 않은 사람은 모른다. 화투 패 일곱 장을 부채처럼 펴든 아내를 왼쪽에 앉혀놓고 나는 오른손만으로 화투를 쳤다. 고도리가 나고 피박까지 씌워 우리가 판돈을 따블로 거둬들일 땐 친구들도, "와아! 빈집에 황소 들어간다"라며 부러워들 했다. 예쁘지는 않지만 살빛이 고운 새색시 내 아내는 뺨을 살구 빛으로 물들이며 화투를 첩첩첩 섞어, 시월상달에 시제 지낸 떡처럼 화투장을 몫 지어 나눠주었다. 나는 시녀를 둔 제사장이 된 기분이었다.

아내의 작은 발이 두더지처럼 볼록하게 붓도록 방을 찾아 헤매고 다녔지만 그동안 주변의 방세가 올라서 우리 방을 뺀 돈으로는 반지하

방을 얻기에도 모자랐다. 할 수 없이 돈에 맞춰서 방을 얻으려다 보니 우리는 변두리로 이사를 가야만 했다. 옥탑방이 나온 게 있단다. 아내와 나는 영문을 몰라 서로 쳐다보았다. 칠 년 동안 살을 맞대고 살고 나니 별다른 언표 없이도 묵시적으로 잘 들어맞을 때가 있다. 반지하는 익히 알고 있었지만 옥탑방이라는 말은 금시초문이었다.

지하에는 노래방, 일층에는 고만고만한 점포가 세 개, 이층에는 장롱 공장, 삼층에는 교회, 사층에는 주인이 사는 살림집 마지막으로 옥상 꼭대기 한쪽에 있는 방, 복덕방 영감은 그 방을 가리키며 옥탑방이라 했다.

"독채 같다! 여기다 기저귀를 널면 차암 잘 마르겠다."

반지하 문간방에서, 햇볕에 굶주리고 남의 시선에 시달렸던 아내는 옥상에 올라서자마자 이렇게 말했다. 방에 들어가 장롱은 들어갈까 가늠해 보고 수돗물은 잘 나오는지 확인해 보지도 않고 말이다. 하긴 그 중에 어느 한 조건이, 아니 많은 조건이 맞지 않는다 하더라도 높은 데로 올라온 이상 어쩜 아내는 생각을 바꾸지 않았을는지도 모른다.

만두 냄새가 난 것은 그때, 그러니까 아내가 기저귀를 널겠다며 꿈을 펼치던 그 순간이었다.

"어머, 이게 무슨 냄새야? 만두 튀기는 냄새잖아?"

아내가 말을 못 참고 즉흥적으로 내뱉은 자기 입을 쥐어뜯었다. 내 비위를 맞추려고 조잘조잘 말을 많이 했다. 그런다고 엎질러진 물을 주워 담을 수는 없는 노릇이어서, 그 수다는 내 귓바퀴에서 풍뎅이처럼 맴돌다 날아가고 아내가 부주의하게 뱉어 버린 말만 화살이 되어 내 가슴에 꽂혔다. 나는 왼손을 쳐다보았다. 다리가 후들후들 떨렸다.

학질 걸린 사람처럼 오한까지 일었다. 만두 냄새 때문이다.

　군대를 막 제대하고 나서였다. 내가 들어간 곳은 만두 속을 만드는 회사였다. 나는 실험실에서 근무했는데 그 날은 작업실엘 들어가게 되었다. 롤러 근처를 지나다가 귀 뒤에 꽂아 두었던 볼펜이 기계에 닿아 고기를 가는 믹서 속으로 들어갔다. 음식에 불순물이 들어가지 않도록 주의하라는 사훈과도 같은 회사의 방침을 나, 박병문이가 깰 수는 없는 노릇이었다. 볼펜을 건져 올릴 심산으로 믹서 속으로 손을 집어넣었다. 순간 머리가 쭈뼛하며 내 팔이 롤러 속으로 딸려 들어갔다. 창졸지간에 롤러는 내 손을 엿가락같이 비틀어서 감아 버렸다. 비린내와 붉은 피를 낭자하게 뿌려놓으며 나는 중심을 잃었고 정신도 잃었다.
　병실에서 눈을 떴을 때 오른손에는 링거가 꽂혀 있었다. 욱신거리는 왼팔을 드니 팔뚝만 달랑 들렸다. 그걸 확인하는 순간 나는 또 다시 까무러쳤고 시골에서 올라온 어머니는 내 팔을 보고 수숫단처럼 풀썩 쓰러져서 병문안을 왔던 동료들을 울리고 말았다. 롤러에 감겨 내게서 떨어져나간 손은 만두 속으로 고기와 함께 갈려졌다 했다. 기계를 해부해서 살을 파내고 기계는 폐기처분 시켰다 했다.
　다시 출근을 해서 내가 다쳤던 현장엘 가보았다. 폐기처분 시켰다던 그 기계는 태연자약하게 여전히 제자리를 지키고 있었다. 분명히 내 왼팔은 없어졌는데 내 팔을 물어뜯은 기계는 제자리에 있었다. 유니폼을 입은 사람들이 사이보그처럼 느껴졌다. 현기증이 일어서 나는 한참을 서 있어야만 했다. 정신을 수습해 보아도 마찬가지였다. 현장도 무서웠지만 기계인간에게도 정나미가 떨어져서 그 자리에서 되돌아나오지 않을 수 없었다. 정문을 나서는데 명자나무에 핏빛 꽃잎을 매달고 있는 사이마다 돋아난 가시가 눈에 들어왔다. 목에 쉰 만두가 걸린 듯 자꾸만 속이 메슥거렸다.

그 후로 나는 만두는커녕 만두 비슷한 고로케는 물론이고 앙금이 들어간 음식도 입에 대지 못했다. 나뿐만이 아니라 어머니도 그랬다. 어머니는 실수로라도 나 듣는 데서 만두 얘기는 입에 담지 않았다. 우리 집에서는 만두 이야기는 금기에 가까웠다.

이 집으로 이사 와서부터는 하루 종일 음식 냄새가 올라오는 통에 우리는 만두 냄새에 둔감해져갔다. 뿐만 아니라 남들의 시선에도 자유로워졌다.

우리가 이 집에 이사 오던 날, 문은 죄다 열어놓은 채 실오라기 하나 걸치지 않고 잠자리를 가졌다. 그것도 두 번씩이나. 누구에게도 방해받지 않고 아내를 범하고 싶었던 내 꿈이 이뤄진 거었다.

"드디어 우리도 지하에서 탈출했다아! 우리 집만큼 하늘이 잘 보이는 집 있으면 나와 봐라!"

아내는 손나팔을 만들어 소리쳤다.

"아하! 너무 좋다. 창문 가득 하늘이 보이네, 마치 하늘색 비단 휘장을 쳐 놓은 것 같다아. 그치, 여보?"

그래, 우리의 머리 위에는 하늘이 있었지, 공연히 가슴속에 있던 감상이 묻어나기도 했다. 그토록 좋은 날을 누려 보리라고 기대하지도 않았는데 적도에 스콜 현상이 일어나듯이 충만한 은총이 아내와 내 머리 위로 쏟아지는 느낌이었다.

아내는 모른다, 내가 얼마나 어두운 곳에서 어두운 생각을 품고 살

22

있는지를.

취업을 하기 위해, 거창하게 창업 이미지 선전을 하며 사원 모집 광고를 낸 것을 보고 나는 소상히 적은 자기소개서를 첨부하여 제출했다. 내가 선망하던 회사에도 문을 두드려 보았다. 어떻게든 직장을 구해보려고 평소에 비교적 호의적으로 알고 지내던 사람들을 찾아가 보기도 했다. 적절한 비유가 아닐지는 모르지만, 통보가 오기를 전선에 아들 내보낸 어머니 심정으로 기다렸다. 위 학생은 품행이 방정하여 타의 모범이 된다고 평가되어져 있는, 그동안 내가 받은 상장과 장학증서들을 보고 또 보면서 나를 인정해 줄 만한 누군가가, 어딘가가 반드시 있을 거라고 믿었다.

새로 생긴 동네 비디오 가게에 비디오테이프를 빌리러 갔을 때였다. 주인이 전화번호와 주민등록번호를 요구해서 사실대로 알려 주었다. 회원 카드를 작성한 주인은 비고란에 〈팔?〉이라고 기록했다. 물론 내가 보는 면전에서 그렇게 쓴 것은 아니다. 주인은 기억을 돕기 위해 나름대로 손님의 인상착의를 메모해 두는가 보았다.

팔?

바로 그 조건 아닌 조건이 남들이 날 거절하는 이유라는 걸, 내가 평균치에도 못 미친다는 걸 비로소 선명하게 인식하였다. 내가 빌리려던 테이프는 〈죽은 시인의 사회〉였다. 상하로 나눠진 테이프 두 장을 양손에 들고 '때를 잡아라! 인생을 색다르게 살아라!' 라고 쓰인 글귀를 오래 들여다보다가 테이프를 그 자리에 두고 나왔다.

그날 이후로 나는 사흘 낮밤을 꼼짝 않고 누워만 있었다. 어떻게 살아내야 하나? 어떻게! '어떻게 되겠지' 에서 '이제 어떻게' 라는 말끝에 저절로 한숨이 묻어나왔다. 막막했다. 대책이 없는 상황에서도 배는 고팠다. 그걸 해결하는 것이 살아내는 첫 번째 과제였다. 설렁탕을 시켰다. 뜨거운 국물이 구차한 내 목구멍으로 넘어갔다. 목구멍에서도 쓴물이 변명처럼 올라왔다. 반쯤 비운 설렁탕 그릇을 신문으로 덮어 밀어 놓다가 나는 신문을 들여다봤다.

지난밤에 주택가에 주차해 둔 여섯 대의 승용차 유리가 깨졌다, 라고 하는 기사가 눈에 들어왔다.

순간 눈이 갑자기 밝아지는 느낌이 들었다. 누굴까, 이 친구는. 나 혼자만 막막했던 게 아녔어. 묘한 쾌감이 일었다. 가슴 밑바닥에서 나를 끌어 올리는 목소리가 들렸다. 그 친구처럼 자동차 유리를 부수어 볼까? 자네 정말 할 수 있어? 아함. 이왕이면 고급스런 것일수록 좋겠지. 그랜드 피아노처럼 매끄럽게 윤이 나는 승용차를 골라 앞 유리를 박살내고 싶었다. 신문을 다시 펼쳤다. 여 섯 대 의 승 용 차 유 리 가 깨 졌 다. '유리가'의 글자 위에 깍두기 국물이 얼룩져 있었다. 걸레로 박박 문지르고 다시 읽어 보았다. 환각이었을까? 박살난 유릿가루가 반짝이는 별빛처럼 아하하 쏟아졌다. 나는 켈켈켈 웃었다. 노리끼리한 웃음이 쏟아져 지하 어두운 방으로 가득 차올라왔다.

나는 우여곡절 끝에 제지 회사에 들어갔다.

병가를 내고 집에서 쉬고 있던 어느 날 해거름 때였다. 난데없이 엿장수가 와서 시끌벅적하게 카세트를 틀어 놓고 사람들을 끌어 모으고 있었다. 밖을 내다보니, 두 사람이 각설이 차림새를 하고 마주보고 서서 음악에 맞춰 몸을 흔들어대고 있었다. 그들이 켜놓은 카세트에서는

'야이야! 야이야 야야 야이야.' 하는 〈아리랑 목동〉 전주곡이 흘러나왔다. 옛 애인을 만난 것처럼 가슴이 두방망이질을 해댔다.

　지방국립대학에 들어간 나는 응원단장을 한 적이 있었다. 캠퍼스 가득 그 노래가 울려 퍼지면 신들린 놈처럼 네 활개를 벌리고 춤을 추었다. 그 시절 응원단장 자리를 물려주었던 선배가 나를 지금 다니고 있는 제지 공장에도 취직을 시켜주었다. 같은 화공과 출신이기도 한 그 선배는 공장장 자리에 있어서 정규 출퇴근을 했지만 나는 일 년 삼백육십오일 삼교대 근무를 해오고 있다. 그렇지만 이력서를 들고 백방으로 쫓아다니다가 미역국을 먹던 때를 생각하면 그나마도 감지덕지한 일자리였다. 전공을 살리기 이전에 나는 이미 한쪽 손이 훼손된 후였으니까. 그때는 '발파'라는 일을 했으며 새벽, 오후, 야간반을 일주일씩 순번대로 돌아가며 기계를 보는 것이었다. 처음 야간반을 하던 날이었다. 낮 동안 충분히 자 두었고 저녁 열 시 교대근무에 들어가기 전에 커피도 진하게 한 잔 마셔 두었지만 새벽 네 시가 되니까 잠이 쏟아져 견딜 수가 없었다. 따귀를 때려보고 껌도 씹어보았지만 소용없었다. 어떻게 해서든지 잠을 쫓아볼 요량으로 비몽사몽간에 수돗물을 틀어놓고 오른손을 들이밀었다. 순간 나는 기겁을 하고 말았다. 그것은 수도꼭지가 아니라 종이에 인쇄된 글자를 지우는 화공 약품이 들어 있는 배관의 밸브였던 것이다. 펄펄 끓는 그 용액은 내 오른손 손등을 순식간에 바지직 소리를 내며 태웠다. 나는 또 한 번 손이 아물기를 기다리며 집에서 쉬어야만 했다.

　'꽃바구니 옆에헤 끼고 나하무울 캐해느은 아가하씨야 아하주우까리 동배액꽃이'

뽕짝 메들리에 맞춰 각설이는 가위춤을 추었고 구경꾼들은 구름처럼 몰려들었다. 창틀을 붙잡고 밖을 내다보고 있던 나도 응원단장이 되어 춤을 추었다. 하늘을 향해 양팔을 차악 벌려 스트레칭을 하면 독수리가 된 기분이었는데, 한쪽 날개가 꺾인 독수리는 더 이상의 비상을 할 수 없었다. 게다가 그 한쪽마저도 붕대로 싸매고 있었다. 거울에 비치는 가관치도 않은 내 모습을 보면서 나는 무릎을 꿇었다. 그대로 가다간 성한 손마저도 화공 약품에 다 지져 먹을지도 모른다는, 또다시 기계에 희생될지도 모른다는 불안감이 엄습해 왔다. 내 마음에 분노가 일었다. 유리창을 부순 기사가 떠올랐다. 힘이 생겼다. 나는, 나를 장애자라고 분류하여 채용해 주지 않았던 회사를 표적으로 삼았다. 회사에서 면접을 볼 때 익혀둔 전화번호와 이름이 있었다. 전화를 바꾸기 전까지 나는 그들의 동창이나 거래처 사람이어야 했다. 내가 겨냥한 상대방이 전화를 받았다. 최대한으로 예의를 갖춰 이름과 직함을 다시 확인했다. 틀림없는 당사자였다. 나는 흥분하고 있었다.

"엿 먹어라 씹새꺄."

다짜고짜 이렇게 욕을 해댔다.

"대체 넌 뭐하는 놈이냐!"

"나? 산업쓰레기다."

이때의 내 기분은 마스터베이션을 하고 났을 때와 다르지 않았다.

언제부턴가 뒷집 옥상에는 칡넝쿨이 작달막한 대추나무를 감고 올라오더니 드디어 보라색 꽃을 피워내기 시작했다. 아내는 그 꽃을 보자마자 예의 그 아하! 하는 탄성을 지르며 칡넝쿨을 이쪽으로 건너오게 하면 차암 좋겠다고 했다. 모기장에 치고 남은 쫄대를 대 보았지만 어림도 없었다며 안타까워했다. 궁리 끝에 나는 초록색 비닐 끈을 사 왔다. 비닐 끈에 돌멩이를 매달아 뒷집 옥상으로 던졌고 다른 한쪽 끝 은 에어컨 환풍기 틀에 묶어 두었다. 그리고 며칠이 지나자 아내와 내 가 의도한 대로 그 줄을 타고 오는 푸르고 여린 새순 하나가 보였다. 아내는 아이처럼 손뼉을 치며 우리 집을 향해 월담하는 칡넝쿨을 환영 했다. 아내는 초등학교 어린 아이가 식물 관찰 일기를 쓰듯이 칡넝쿨 이 자라나는 상황을 일일이 내게 보고 했다. 뒷집과 우리 집 중간쯤에 와 있는 칡넝쿨이 오늘은 그 줄기에도 보라색 꽃을 피워 냈다고 여간 대견해 하는 게 아니다. 이를 기념하기 위해 파티를 열고 싶단다. 나는 옥상에다 야외용 돗자리를 깔아놓고 아내는 소주를 사다가 골뱅이무 침을 만들어 내온다. 바람에 밀려가는 무상한 달을 보며 나는 술을 홀 짝거린다. 낮 동안의 잔열이 남아 있는 옥상 바닥은 부실한 내 허리를 지지기에 맞춤하다. 옆집에서는 간간히 칡 향기와 더덕 향기가 미풍에 실려 온다. 아내는 쉰내 나는 내 겨드랑이에 코를 박고 누워서 졸음이 실린 목소리로 주저리주저리 이야기를 엮고 있는 중이다.

칡넝쿨이 여기까지 다다르면 그걸 기념으로 흰 토끼를 한 마리 사오 겠다고 벼르는 중이다. 넝쿨을 말려 두었다가 토끼에게 먹이고 봄이 오면 여기 옥상에다가도 칡을 심겠단다. 보름달같이 토실토실한 아들 을 낳아 아랫목에 뉘어놓고, 산바라지 하러 온 시어머니와 무릎을 맞 대고 앉아 찐 고구마를 먹으며 기저귀 개키는 법을 배우겠단다. 물고 구마는 자기가 먹고 시어머니에게는 분이 뽀얗게 핀 밤고구마만 드리 겠단다. 토끼에게도 고구마 껍데기를 나누어 주겠단다. 내년 이맘때쯤이면 칡꽃이 피어 있는 이 옥상에서 흰 토끼와 아기가 방실방실 기어 다닐 거란다.

나는 지금 무릉도원에 들어간 도연명이 부럽지 않다. 너무 좋아서 가슴이 벌렁벌렁 뛴다.

내년이라……. 서른둘에 장가를 들어 내년이면 나는 꼭 마흔 살이 된다.

마흔, 그 불길한 나이.

루즈벨트가 어느 날 갑자기 하체를 쓰지 못하게 된 것도 그의 나이 마흔에 일어난 일이잖은가. 3년 동안 걷지도 못하던 그가 헬렌 켈러의 수필을 읽는다. 육체의 결손에 좌절하지 말고 잔여 육체를 활용해야 한다는 헬렌 켈러의 메시지를 받아들인다. 미국의 대불황을 타개하고 2차 대전을 승리로 이끈 휠체어의 전사 프랭클린 루즈벨트. 오늘 왜 그가 생각나는지 모르겠다. 그동안 난 무얼 해 놓았는가? 내 아이에게 새삼 미안한 생각이 없지 않지만 한편으로는 자긍심이 일기도 한다. 루즈벨트 못지않은 아버지가 되고 싶다. 여봐라! 나도 곧 아비가 된단 다. 맘껏 자랑도 하고 싶어진다. 나는 지금 행복한가? 거울을 보고 묻 는다. 내 형편에 과분하다는 대답을 듣는다. 폭풍전야 같은 불안이 스 며드는 이 기분은 어디서 연유하는지 그것도 역시 잘 모르겠다.

난데없이 우르릉, 집 무너지는 소리가 들린다. 낮잠 자던 아내가 놀 라 깨어난다. 나는 아내의 배에 귀를 대보고 만져보기도 한다. 아기가 발길질을 한다. 안심이다.

"어? 어어……."

배불뚝이 아내는 눈을 동그랗게 뜨고 숨을 할딱거리며 감탄사를 연발한다. 그 모양새가 뱀에 쫓기는 개구리를 연상시킨다. 뭘까? 나도 밖을 내려다본다. 뒷집을, 칡꽃이 다소곳하게 피어나는 초원을 난데없이 거대한 악어차가 와서 물어뜯고 부수고 있다. 초록색 비닐 끈은 돌멩이를 매단 채 쇠불알처럼 늘어져서 이 건물 일층에 있는 전주식당 창문에 어른거린다. 얼굴에 칼자국이 있는 전주식당 주인 남자가 칼을 들고 나와서 끈을 싹둑 자르며 '어느 놈이 장난질이야!' 식식거리고 있다. 꼬마 녀석 고추만 한 참나리 뿌리가 뽑혀져 하얗게 겁에 질린 표정을 하고 있다. 나팔꽃이 조심스레 감고 올라간 작달막한 대추나무가 반 동강이 나서 뒹군다. 생가지 잘려나간 냄새가 알싸하게 내 머릿속으로 파고든다, 머릿속으로.

아내는 부들부들 떨며 대체 누가 악어차를 끌고 온 거야, 대체 누가? 묻는다. 글쎄, 누굴까? 악어차는 포클레인의 몸체에다 악어의 주둥이 같은 것을 달았으므로 아내는 악어차라고 그런다. 주둥이를 크게 벌리고서 고개를 휘휘 내두른다. 크아악 소리를 지르며 닥치는 대로 물어 패대기치는 것은 아닌가, 여긴 안전한가, 이 사층 건물이 폭삭 주저앉는 것은 아닌가 하는 의혹이 인다. 불안하다.

나는 안절부절못하며 송수화기를 들었다 놨다 한다.

하늘이 공사장 흙먼지로 뿌옇게 흐려 있다. 통장을 맡아보는 장 씨가 와서 물을 좀 더 많이 뿌리라고 시비를 건다. 자기는 환경정화위원이라나 뭐라나. 공사장에서는 물줄기를 세게 올린다. 이번엔 전주식당 주인 남자가 물이 안 나온다고 목청을 돋운다. 올라온다. 먼지와 소음이 역성혁명을 일으키는 반란군처럼 꾸역꾸역 올라온다. 우리 집 부엌에서 자동 세탁기가 빙글빙글 돌아가다가 말고 물을 더 달라고 삐삐

울어댄다. 밤일을 가려면 잠을 자 두어야 하는데 나는 도무지 잘 수가 없다.

으르릉. 오늘은 포클레인까지˙한 대 더 왔다. 악어차와 포클레인이 합세를 해서 뒷집을 본격적으로 허물고 있다. 그것들은 서로 마주보고 서서 으르렁거리며 부수고 헤집고 물어뜯는다. 마치 궁합이 나쁜 부부 같다. 이 삼복 중에 우리는 먼지와 소음 때문에 창문을 열어 놓을 수가 없다. 아내는 짜증거리를 찾아 나를 들볶는다. 무엇보다도 큰 키가 맘에 들어서 결혼했다고 입버릇처럼 말하더니 문을 열 때마다 성가시게 거치적거린다고 내 긴 다리를 구박하고는 부엌문도 제대로 닫지 않고 계단을 내려갔다.

정말 내 다리는 너무 길어서 무용한가? 나는 잠시 생각해 본다. 억울하다. 내 몸이 문제가 아니라, 밤에 일하고 낮에 잠을 자야 하는 내 직업이 문제다. 틀림없다. 밤에 잠잘 때는 아무리 내가 길게 사지를 뻗어 뒹굴어도 아내는 구박하지 않는다. 내일 하루만 더 가면 이 주 동안은 주간에 일을 할 테니 눈치껏 잘 견뎌봐야겠다. 배가 부르고 날이 더워서 요즘 아내가 부쩍 힘든 모양이니까.

비가 부슬부슬 내리는 속에서 포클레인은 흙을 퍼 올린다. 땅 속에서는 불순물이 섞이지 않은 흙만 나온다. 흙은 흙 본연의 순정한 냄새를 피워 올리며 흑설탕처럼 사르륵사르륵 쌓인다. 맨발로 흙 위를 마냥 걸어보고 싶어진다. 아내는 어디 갔나? 저 흙을 죄다 퍼내기 전에 어서 아내가 왔으면 좋겠다. 아내에게 저토록 고운 흙을 보여주고 싶다. 아내는 아마, 아하! 너무너무 곱다아, 떡가루 같아, 할 것이다.

30

"아악!"

뭔 일일까? 여자의 외마디 소리가 들리고 포클레인 운전수가 운전 대에서 다급하게 내려간다. 사람들이 웅성웅성 모여 든다.

"어쩜! 옥탑방이잖아?"

"정말이네 옥탑방 새댁이네!"

아내가, 내 아내가 어쨌단 것인가…… 조건반사가 일어나듯 머리가 쭈뼛 일어선다. 그럴 리가, 부인해 보지만 모래를 뒤집어 쓴 듯 온몸에 소름이 돋는다.

"아저씨! 새댁이, 새댁이……."

장롱 공장 아줌마가 계단을 올라오다말고 도로 내려간다. 계단을 밟 는 내 다리가 후들후들 떨린다. 다리가 휘청 꺾인다. 간신히 몸을 추슬 러 보지만 왼손의 도움을 받지 못하는 내 오른손이 난간으로 벽으로 옮겨 짚다가 허방다리를 짚는다. 앰뷸런스가 와서 아내를 싣고 있다. 나는 무의식중에도 아내의 배부터 살핀다. 제발 무사해다오, 내 아가 야. 아내의 다리에 핏물이 주르륵 흘러내린다. 장롱 공장 아줌마가 아 내를 부축하여 데리고 가면서 나 보고는 나중에 오란다. 어서 기운을 차리고 아내한테 가야 하는데, 가서 손을 잡아주고 다독여 줘야 하는 데 일어설 수가 없다. 아뜩한 현기증까지 인다. 기차를 타고 굴 속을 지날 때처럼 아슬아슬하다.

왜 그랬을까? 왜 비 오는 공사장에 얼씬거렸을까, 아내는.

"새댁이 흙을 퍼다 났다가 화초밭 만든다고 아까 우리 집에서 고무 다라 빌려갔어요."

"저번에도 그러기에 벌레 꼬인다고 내가 한마디 했건만 사정도 여의치 않으면서 웬 화초 타령은 그렇게 하는지 모르겠어. 그나저나 별일 없어야 할 텐데……."

나는 비 오는 계단 끄트머리에 서서 흑염소 집 여자와 주인 아줌마가 나누는 대화를 듣고 있다.

"그나저나 요즈음에는 공사들 하느라고 온 동네가 들썩거린다니까. 뒷집도 공장부지로 팔렸대, 뒷집 남자 병원비 대느라고 절절맸잖아, 왜."

"그랬지요. 종당엔 집을 팔았구나, 안됐네요."

"그나저나 흑염소 집도 다음 달에는 집세 좀 올려줘야겠어. 지하 노래방에서 옥탑방까지 기한 되면 다 올려 받을 참이야. 이웃에서도 난리들이야. 시세에 맞춰 받으라고. 집이도 보다시피 서울에서 자꾸 공장이 이곳으로 밀려 와서 방이 없어서 못 나먹을 지경이잖아. 그런데도 우리는 올려 받지 않았잖아. 그동안 많이 봐준 거라구."

"일 년만 더 봐줌 안 돼요? 당장은 돈이 없는데."

"그동안 많이 봐준 거라니까 그러네. 정 형편이 어려우면 이사 가야지 뭐."

이사? 어디로?

나는 벼랑 끝으로 밀려난 느낌을 안고 계단을 오른다.

담배 생각이 간절해진다. 한동안 잘 버텨왔는데 더는 못 참겠어서 뒤져본다. 아내는 싱크대 맨 아래 서랍에 잘 모셔두곤 했는데 담배는 없고 노래방에서 준 홍보용 성냥만 한 갑 굴러다닌다. 성냥을 양 발바닥 사이에 끼우고 불을 댕길 때, 희고 고운 손으로 바람을 막아주며 내게 다가왔던 아내, 내 분신과도 같은 아내가 곁에 없다는 게 여간 불안

32

한 게 아니다.

전화벨이 울린다.

"당시인, 놀라지 마……"

아내는 지금 울먹이고 있다. 이 무슨 역설이고 아이러니란 말인가. 놀라지 말라니까 공연히 가슴이 두근거린다. 이 두근거림의 정체가 체념의 전조 증상이라는 걸 나는 안다.

"애기가 유산 됐어!"

가쁜 호흡 소리를 아내에게 내색하지 않으려고 나는 송화기 부분을 손으로 틀어막는다.

"미안해, 여보."

괜찮다, 아기는 오늘밤에라도 또 가지면 되니까. 천사 같은 내 아내야 울지 마라.

천사약국

바람이 불 때마다 골목에 걸린 현수막이 불불불 소리를 내며 길길이 날뛴다. 무심히 지나가던 행인들이 그 소리에 이끌려 현수막을 올려다 보고 있다.

'생존권 보장하라. 갈아 치자 구청장.'

현수막 본래의 기능이 홍보나 궐기에 있다면 바람은 지금 저 현수막을 내건 사람들 편에 섰지 싶다. 일단은 사람들의 시선을 끌어 모으는 데까지는 성공을 했으므로. 하지만 저 현수막의 생명이 며칠이나 갈까 하는 의구심이 인다.

며칠 전에 구청장이 직접 티브이에 출현하여, '살기 좋은 강동'을 만들기 위한 일환으로 천호동 423번지 텍사스촌을 일소하겠노라고 했다. 거기에 맞서 업주들은 저렇게 현수막을 내걸었다. 어떤 바람이건 바람에는 일련의 방향이 있게 마련이다. 구청장의 공약대로 텍사스촌이 없어지고 '살기 좋은 강동'이 될는지 어떨지는 더 두고 볼 일이다.

한 떼의 남자들이 약국 안으로 들이닥친다.

"안녕하십니까?"

남자가 명함을 건네주며 악수를 청하려든다. 일별해 보니 사이삼 번지 업주 대표라고 쓰어 있다. 세상에는 대표도 많다는 생각을 하며 나는 받은 명함을 진열대 위에 올려두고는 왼손은 주머니에 넣은 채 오른손으로 안경을 추켜올리며 물어본다.

"무슨 일입니까?"

악수를 거절당한 남자는 입 꼬리를 비틀며, 내민 손을 거두기가 뭐했던지 돈을 계산대 위에 기세 좋게 올려놓는다.

"박카스 한 박스 주쇼."

나는 박카스를 비닐봉투에 넣어 책상 위에 올려놓고 거스름돈도 그 위에 올려놓는다.

"아시다시피 구청장이 사이삼 번지 없앤다고 테레비에 나온 뒤로 장사를 못해 먹게 생겼슴다. 그래서 반대한다는 연판장을 돌리는 것임다. 여기 주민 번호하고 이름 쓰고 도장 좀 찍어 주쇼."

남자는 박카스 병을 우악스럽게 비틀어 함께 온 동료들에게 나눠 주고는 소주를 먹을 때처럼 트림을 해대며 연판장을 눈으로 가리킨다.

"다 먹고살자고 하는 짓이니 찍어 주쇼."

난 눈을 내리깔고 그들이 내민 연판장을 일별해 본다. 텍사스촌을 내쫓지 말아주십쇼, 하고 내 이름을 올리고 싶지 않다. 우리가 비록 여기서 장사를 하고는 있지만 술집 포주들과 동지가 된다는 건 내 자존심이 허락하지 않는다.

"난 보다시피 약국을 해먹고 사는 사람입니다. 색시골목하고는 무관하단 말씀이오."

내 목소리가 떨려 나왔다.

대표가 몹시 불쾌하다는 듯이 나를 꼬나본다.

"하! 크래요오? 이거 불초소생이 대단한 실례를 했습니다 그려."

남자가 비웃는다. 들러리를 서고 있던 나머지 업주들도 시비를 걸고 싶어 근질거리는 몸짓으로 건들거리고 있지만 난 짐짓 모른 체 컴퓨터 책상으로 돌아앉는다. 그러자 일행 중 한 사내가 입속으로 쌍말을 흘리며 거칠게 약국 문을 나선다.

"아저씨, 어제하고 똑같이 좀 지어주……."

급히 들어오던 손님과 남자들이 서로 부딪쳤다. 서로 간에 거친 시선이 오고간다. 그중 한 남자는 밖에 나가서 약국 간판을 올려다보며 이빨 사이로 침을 찍, 뱉는다. 각자 다른 차림새와 용모를 지녔는데도 저들은 이상하게 공통적인 분위기가 있다. 뭐랄까, 갈고리 손을 해가지고 동냥을 내놓으라던 거지 떼의 느낌과 닮은 데가 있다. 저 사람들에게서가 아니라 내가 저들을 대하는 거리가 그럴지도 모르겠다. 아무튼 뒷맛이 떨떠름하던 차에 나는 시럽을 비닐 튜브에 덜어 담으면서 옷에 흘렸고 손님을 보내고 나서 생각하니까 어린애 감기약을 지으면서 알약을 넣는 실수까지 범했다.

외부에서 생각하는 거보다 사이삼 번지는 돈이 흔한 동네다. 나는 구청장 편이다. 그렇지만 구청장이 어떤 카드를 쥐고 흔드는지는 몰라도 그 질긴 뿌리가 결코 단칼에 근절되기는 쉽지 않을 것이다. 만약에 술집들이 눌러 앉게 되면 나는 업주들한테 두고두고 눈치를 보게 될 것이다. 그보다도 도장 안 찍어 줬다고 마누라쟁이한테 들볶이게 될지도 모른다. 머릿속이 복잡해진다. 약국 유리문만 잠가 놓고 골목으로 들어가 본다. 불이란 불은 다 켜놓은 술집 쇼윈도에는 에이포 용지에 방문을 써 붙였다.

생존권 보장하라. 부모형제도 버린 우리를 사이삼 번지가 받아줬다.
정치하는 놈들은 다 도둑놈이다. 아닌 놈 있으면 나와 봐라.
우리도 세금 내고 장사한다. 우리가 내는 세금은 세금이 아니냐?
룸살롱은 무서워서 못 건드리냐? 텍사스촌은 만만하냐?

그야말로 가관이다. 골목으로 더 들어가 보니까 방문을 써서 붙인 유리문에 풍선을 매달아 놓은 집도 있고 색종이를 접어 치장을 해놓은 집도 있다. 외지인들이 이 골목에 들어서면 텍사스촌 축제일에 퍼포먼스를 하는 줄 알겠다. 글귀를 읽어보고는, 젊디젊은 것들이 남부끄러운 줄 모르고 그것도 직업이랍시고 생존권 운운하며 단체 행동을 한다고, 가소롭다고 콧방귀를 날리겠다. 나는 취재 나온 르포작가라도 된 듯이 가게에 붙어있는 글들을 일일이 읽으며 뒷골목으로 들어가 본다. 여기도 종이가 붙어 있지만 불빛이 없어서 무슨 부적처럼 이미지만 전달할 뿐 내용은 모르겠다. 오다보니 뒷골목 끝집까지 왔다. 내가 여기까지 와 본 건 처음이다.

'한번만 바 주세요. 갈대가 진짜 업써요.'

철자법이 엉망인 데다 삐뚤삐뚤한 볼펜 글씨다. 에이포 용지에 쓴 컴퓨터 글씨는 상업적인 냄새가 나는데 편지지에 쓴 저 손 글씨는 지극히 개인적인 느낌으로 다가온다. 글씨 너머에서 낯익은 아가씨가 머리를 매만지고 있다. 저 여자가 여기 사는구나, 저 여자 이름이 분이라 지 아마.

분이는 이 골목의 명물이다. 분이가 처음 이 골목에 나타난 건 벌써 한 이십여 년 저쪽의 일이었지 싶다. 우리 약국 문을 연 초창기 때부터 드나들었으니까. 그때 분이는 하룻저녁에 손님을 사십 명을 받았다고 도 하고, '긴밤'을 끊고 싶어 하는 손님이 줄을 섰다는 소문도 돌았다. 원래 전성기 때는 소문이 무성한 법이니 어디까지가 사실인지는 확인 된 바 없지만 분이의 외양은 좀 남다른 데가 있다. 모발이 굵은 새까만 머리가 허리까지 치렁치렁거렸고 짙은 속눈썹에 들어앉은 두 눈엔 늘 물기가 촉촉했다. 멍하게 시선을 놓고 있다가 사람을 정면으로 쳐다볼 때면 투박하면서도 질박한 원시미가 배어 나와서 왠지 한번쯤 더 보고 싶게 만드는 끌림이 있었다. 그러고 보니 저 애가 우리 약국에 안 온 지도 꽤 오래되었다.

분이가 날 알아보고 웃는다. 저 애의 트레이드마크인 한쪽 보조개가 깊게 파인다. 그러나 그 좋던 머리채를 어쩌고 숱이 형편없어진 부스스한 파마머리다. 오동통하던 얼굴이 몰라보게 수척해졌다. 눈은 십리나 들어앉아 퀭하니 깊어 금방이라도 가래를 끓어 올릴 듯 병색이 완연하다. 길거리에 지나가면 애 둘 셋은 낳은 평범한 여느 아줌마로 보겠다.

"어쩐 일이세요, 여기까지…… 들와 차 한 잔 하시겠어요?"

글씨와 철자법은 엉망인데 말솜씨와 목소리는 양반이어서 나는 저 애가 안쓰럽다. 아니다, 갑자기 역할이 바뀌어서 그럴지도 모르겠다, 주객이 전도되어서.

"아니, 담에…….."

분이가 웃는다. 나도 웃어주면서 발길을 돌려 세운다.

거지든 시주승이든 보험 아줌마든 '골목집'에만 들르면 빈손으로 보내는 법이 없다지. 줄 게 없으면 분이는 밥이라도 먹여 보낸다지. 그러던 분이가 요즈음 두문불출인 이유는 관절염이 걸려서 사족을 거의 못 쓴다지 아마. 이런 생각에 붙들린 채 캄캄한 골목을 빠져나온 나는 약국으로 들어와 보지만 날 기다리고 있는 손님은 없다. 맞은편 미장원집 여자들도 파리를 날리며 텔레비전을 보고 있다.

나도 텔레비전을 켠다. 워낙 대대적으로 벌이는 일이라서 요즈음 이 골목 이야기가 신문이나 방송에 심심찮게 보도되고 있다. 오늘 프로에도 '도심 속의 윤락가 이대로 좋은가?'를 방영한다고 되어 있다. 며칠 전에 있었던 '살기 좋은 강동'에 대한 후속타인가 보다. 입담 좋은 여류들이 모여 윤락행위의 순기능과 역기능을 비교해가며 토론 중이다. 대학교수라는 여류는 역기능에 대해 여대생 부모들이 들으면 흡족해할 말로 자기주장을 논파해 나가고 있고, 요즘 한창 유명세를 타고 있는 변호사—저 남자를 보면 '전 국민의 딴따라화'라는 말이 내 머릿속에서 조합된다. 배우처럼 얼굴에 분칠을 하고 나설 데 안 나설 데를 다 기웃거린다.—가 느물거리며 그 순기능에 대해 반론을 펼치고 있다. 사회자도 제법 중립을 지키는 편이다. 모두들 역할 수행을 너무 잘해서 오히려 재미가 없다. 내가 막 채널을 돌리려는데, 바로 우리 약국인 '천사약국' 간판이 화면에 잡혔다. 천호4동을 줄여서 천사약국이라고 한 것이다. 그런데 지금 화면에 나타난 약국 간판은 분위기가 아주 묘하다. 홍등 아래 반라의 아가씨들 사이에 섞여 있는 '천사'라는 낱말은 마치 날개 꺾인 천사 같은 엘레지풍이 느껴진다. 수호천사 같은 여리고 순정한 이미지가 있을 것 같은 기대를 배반하고, 유리문 안에 비친 흰 가운을 입은 약사는 허리가 절구통만하면서 얼굴이 시커멓다. 클로즈업된다. 약사는 코끼리만이나 하다. 내가 여태 저런 여자와 살았다니, 저들이 텍사스촌의 엑스트라로 우리 약국을 이용하다니. 배가 아파온다. 습관성이다. 어려서부터 부끄러운 일을 당할 때나 약이 오를 때마다 횟배앓이 하는 사람처럼 이렇게 배가 쥐어짜듯이 아팠다. 나도 이제 약에 대해서는 웬만한 약사보다 한 수 위인데 이 병에는 약이 없다. 마음을 다쳐 도진 병에는 어디까지나 마음을 다스려야 치료가 되는 법이다.

어떤 중년 남자가 자기 군대 시절 겪었던 얘기를 곁들여 가며 윤락행위의 순기능에 대해 제법 리얼하게 말하고 있다. 순간 잔잔한 내 기억의 수면 위로 물개처럼 느닷없이 솟아오르는 얼굴 하나가 있다.

입영 날짜를 받아 놓고 나는 작은아버지한테 인사를 하러 시골에 내려갔다.

초등학교에 입학하면서 서울로 이사를 왔지만 동네 사람 모두가 멀고 가까운 일가붙이였다. 동네에서는 군대 가는 사람이 있으면 일종의 겨끔내기식으로 쌀 추렴을 하는 풍습이 있었는데 나 때도 그랬다. 거둔 쌀로 작은집에서는 떡을 하고 막걸리 말이나 받고 해서 저녁에 동네 총각들이 모여 먹고 마시고 놀았다. 파티가 끝나고 친구와 사촌이 쌀자루를 메고 나섰다. 먹고 살 만한 집에서는 갹출하여 거두어준 쌀을 형편이 어려운 집에 적선한다는 소릴 들었다.

작은 고개를 하나 넘어 다른 동네와 갈라지는 삼거리쯤에서 앞서가던 두 사람은 술기운 때문에 더는 못 가겠다며 쌀자루를 나한테 떠넘기고는 자기들끼리만 먼저 마을로 되돌아갔다. 삼거리 주막에서는 젓가락 장단에 맞춰 '오동동타령'이 낭자하게 흘러 나왔다. 어찌나 박자가 일사불란하게 맞아떨어지던지, 일개 사단이 일제히 행군 훈련을 하는 소리처럼 들렸다. 저벅 저벅저벅……. 말로만 듣던 군 생활에 대한 공포감이 엄습해 왔다. 산등성이를 오르는데 난데없이 회오리바람이 불어 닥쳤다. 바람이 건드려 놓은 나뭇가지들은 일제히 현악기가 되어 해괴한 음을 만들어 냈고 새들도 자리를 뜨느라고 잔 울음소리를 냈다. 불순한 침입자를 골탕 먹이려고 산 속의 정령들이 모의하는 것 같았다. 경험해본 적 없는 낯선 풍경이었다.

삽짝에 서서 발을 탕탕 굴렀다. 장님인 집주인은 기척이 없고 부엌 거적을 들추며 그의 외동딸 금녀가 내다봤다. 쌀자루를 내려놓고 돌아서려던 나는 아궁이에서 불이 활활 타오르는 것을 보자 담배나 한 대 붙여 물고 가야겠다는 생각이 들었다. 금녀를 상대로 하여 내외를 하고 자시고 할 것도 없이 나는 부엌으로 한 발 들어섰다. 금녀는 내 두 손을 덥석 끌어다 아궁이 앞에다 대고 마구 비벼 주었다. 딴에는 언 손을 녹여주겠다는 뜻인가 보았다. 금녀한테 손을 맡겨둔 나는 아닌 게 아니라 손이 시리기도 했고 그것도 사람이라고 인정을 쓰는 게 가상키도 해서 가만히 있었다. 그녀는 손을 비비다 말고 내 손을 제 뺨에 가져다 댔다. 무슨 교태를 부리려는 게 아니라 단순히 녹여주려고 하는 의도 같았다. 하지만 내 몸은 단순하게 대응을 하지 않았다. 타 들어가는 뽕나무 삭정이에서는 정사 끝의 배설물처럼 희끄무레한 점액질이 흘러 나왔다. 밖으로 나와서 소변을 보았다. 빳빳하게 성이 난 남근을 내려다보며 나는 아주 잠깐 망설였다. 그대로 산을 내려가 주막집으로 갈 건가 아니면……. 나는 침을 꼴깍 삼키며 재차 부엌으로 들어갔다. 막걸리를 데우기 위해 금녀가 주전자를 가마솥에 넣고 새끼손가락으로 젓고 있을 때 나는 금녀의 가슴을 더듬었다. 가슴이 홧홧하게 타올랐고 입으로 불길이 치솟는 기분이었다. 막걸리 주전자를 들고 목구멍에 들어부었다. 단솥에 물을 부은 듯 온몸으로 술이 스며들었다. 언젠가 곡마단 사람이 하던 것처럼 내 목에서 불이 활활 일어나는 착각이 들었다. 금녀를 술항아리가 있는 부엌 귀퉁이 짚 덤불에 쓰러트렸다. 주막집에서 들었던 소리가 들렸다. 저벅저벅…….

일이 끝나고 나자 금녀는 헤죽벌죽 웃으며 일어나 검부러기를 떼어냈고 나도 그랬다. 거적을 들추고 나오는데 방에서 헛기침하는 소리가 들렸다. 성난 눈발이 사정없이 얼굴을 후려갈겼다. 정신이 번쩍 들었다. 그 뒤로 난 금녀를 본 적이 없을 뿐더러, 아내 외에 다른 여자를 품어 본 적이 없다.

우리 약국 간판은 분명히 '천사약국'이다. 그런데 사이삼 번지 사람들은 '동네약국'이라고 그런다. 휴대폰으로 전화를 할 때 그들은, 나 동네약국에 왔어 그렇게 이야기한다. 그들은 그렇게 이야기할 때 뛰어난 결속력으로 서로를 묶는 듯하다. 우리는 이 동네 술집들이 문을 여는 오후 다섯 시에 문을 열고 그들을 상대로 밤 장사를 한다. 그렇지만 우리는 약을 팔고 그들은 몸을 팔고 술을 판다. 그러니 우리는 그들과는 분명히 영역이 다른 것이다.

일어나보니 아직 네 시도 안 됐는데 아내가 벌써 약국 셔터를 올려 놓고 있다. 골목 일이 궁금하여 나는 밖을 나와 본다. 현수막은 겨우 사흘 걸려 있고는 그새 내려졌다.

"정말 없어질까? 당신 생각은 어때요, 여보?"

요즈음 아내는 살림집엘 들어가지 않고 약방에서 자는 일이 많아졌다. 맞은편 미장원 여자들이 우리 부부가 지금도 아들을 낳으려고 하는 줄 알겠다. 아내는 이 골목 일이 어떻게 돌아가는지 그게 궁금해서 그럴 것이다. 약국 문만 열어 놓으면 손님들이 소식을 물고 들어오게 되어 있으니까.

현수막을 강제로 떼어낸 이후로 이 동네 골목 분위기가 심상찮다. 흡사 미물들의 생래적인 현상을 보는 느낌이다. 녹음이 짙은 숲길에 들어서보면 이런 분위기였다. 머리 위에서 날짐승들이 제일 먼저 신호탄을 쏘아대며 자리를 옮겨 앉으면 나무 둥치에 붙어 있던 매미들이 울음을 뚝 그치고 발밑에서는 곤충들이 부산하게 이동을 한다. 업주들이 왔다 갔다 하며 삐끼들을 불러 모으고 아가씨들은 또 덩달아 우왕좌왕하며 소리를 지른다. 습관이 배어서 그런가. 소리는 교성에 가깝다. 나는 함석 긁는 소리를 들으면 짜증이 나고, 저런 유의 소리를 들으면 욕지거리가 난다. 안 듣고 살 날이 빨리 왔으면 좋겠다.

"자기 일찍 일어났네? 준비됐지?"

색싯집 '아마존'의 업주다. 아니다, 아마존은 이제 다른 사람한테 넘겼으니 지금은 업주가 아니다. 깍듯이 약사님이라고 하던 내 아내가 언제 적부터 제 자기가 됐나 모르겠다. 업주 딱지 뗀 지 얼마나 됐다고 같이 놀자고 그러는지 정말 자존심 상하는 일이다. 저 여편네가 술 묻은 돈을 좀 만졌다더니, 아파트 평수를 늘렸다더니, 같은 평수에 살면 다 급수가 같은 줄 아는 모양이다. 아내도 그렇지, 명색이 약사님인데 그래 포주 나부랭이하고 죽이 맞아 여보 자기 하며 휩쓸려 다닌단 말인가. 나는 공연히 배알이 꼴린다. 그러고 보니 아내의 차림이 예사롭지 않다. 가죽장화에 무스탕을 걸치고 모자까지 썼다. 노루 몰이라도 하러 가는 사람의 행색이다. 눈 위에 굴러도 까딱없을 품을 해 가지고 어깨를 으썩으썩 치켜세우더니 손마디를 우두둑 꺾고 나서 손을 탈탈 털며 왼발 오른발 워밍업까지 한다. 새로 바꾼 차도 벌써 사랑땜이 끝났나보다. 아무리 길이 막히고 주차할 데가 마땅찮아도 끌고 다니더니만 차를 끌고 갈 폼이 아니다. 그나저나 저 여편네들이 아무래도 수상쩍다. 뭔가 작당들을 하는 냄새가 난다.

"자기 정말 할 수 있겠어? 정말 의리 있다 자기. 이럴 땐 우리 이응감인지 웬순지보다 자기가 훨 낫다. 도대체 그 인간은 도움이 안 된다니까, 애들만 아니면 당장……."

떠벌리는 아마존 입을 막으려고 아내가 집게손가락을 입에다 가져다 댄다. 아마존은 자라목이 되어 말꼬리를 흐린 채 내 눈치를 살핀다.

"자 이거나 한 병 드시오."

아마존의 입도 막을 겸 내가 영비천을 직접 따서 한 병 건넸다. 별다른 뜻은 없었다.

아내가 가재 눈을 뜨고서 내 손에서 아마존 손으로 넘어가는 영비천을 째려본다. 그깟 영비천 한 병이 아까워서 그러는 것은 아닐 터였다. 질투에 가깝긴 하지만 엄밀히 말해 질투만도 아니다. 일종의 텃세를 하려는 것이다. 제 영역에 들어오는 침입자를 방어하려는 동물적 습속이다. 내 얼굴에 침 뱉기지만 아내는 점점 더 이 골목 여자가 되어간다. 나는 약국에서 먹고 자고 하면서도 여기 남자들과 같이 어울리지 않으려고 무진 애를 쓴다. 하지만 아내는 살림집에서 제 맘대로 출퇴근을 하는데도 이 동네 여자들 하고만 어울려 다닌다. 세탁소도 '동네 세탁소'만 이용하고 머리도 포주들이 다니는 미용실만 다닌다. 아내는 오늘도 문을 열자마자 밥도 안 차려주고 아마존하고 여보 자기 하며 팔짱을 끼고 또 나간다.

좌우지간 이 골목은 여인 천국이다. 늙으나 젊으나 여자들이 판을 친다. 포주 남편들은 늑대처럼 밤거리를 어슬렁거리며, 판치는 여자들 뒷배나 봐줄 뿐 실세는 여자들한테 있다. 내가 볼 때, 애들 보고 사는 여자는 애들 엄마 일뿐이지 마누라는 아니다. 그런 커플들은 이미 부부로서 실격이다. 설혹 부부생활을 원활히 한다 쳐도 말이다. 다른 사람 얘기가 아니다. 요즘 내 마누라도 제 서방 알기를 얼마나 하찮게 여기는지 포주가 기둥서방 대하듯 한다. 하긴 누구라도 이 골목에서 한 이십 년 썩다 보면 나쁜 쪽으로 물들게 되어 있다. 가죽 공장 옆에 있으면 싫던 좋던 가죽 썩는 냄새를 맡게 되어 있고 몸에 배게 마련인 것처럼.

나는 법대 재학 중에 약대생인 아내를 만났다.

우리가 이곳에 처음 개업할 때만 해도 주변은 호박밭이었다. 그리고 길 건너에는 신장, 광주로 가는 버스 종점이 있었다. 종점 지역이란 데가 으레 그렇듯이 색시골목도 인접해 있었지만 그건 별로 신경 쓰지 않았다. 그보다는 기존 약국과의 거리는, 가구 수는, 앞으로의 전망은,

집세는, 이런 것들을 우선 따져 보았다. 내가 손에 든 돈으로는 이 지역이 그래도 가장 합당했다. 번화가에 가게를 차리고 싶던 미련을 접어둔 채 오 년만 이곳에서 살아 보기로 하고 개업을 했다. 아내 혼자 생활을 책임지고 나는 사법고시를 패스하기 위해 딱 오년 동안만 공부에 전념하기로 했다.

지금 생각해 보면 그때가 좋았다. 아내가 싸준 도시락을 도서관에 가서 펼쳐보던 나는 가끔 콧등이 찡해지는 감동을 맛보곤 했다. 도시락 뚜껑 위에는 나비처럼 접은 편지가 사뿐히 올라앉아 있었다. 릴케와 하이네를 자주 만났고 때로는 양희은과 비틀즈도 아내의 손을 빌어 나를 찾아 주었다. 어디 그뿐인가. 눈 내리는 저녁이면 아내는 메밀묵 장사를 불러 세워 움파와 배추김치 송송 썰고 들기름을 둘러 밤참을 마련하느라 손을 호호 불었다. 제 남편이 세상에서 가장 잘나고 유능하다고 믿어주었다. 그땐 아내만 있으면 만사형통할 것 같았다. 내가 쉬고 있을 때, 되바라지게 구는 갈잖은 색시들한테 입바른 소리를 좀 쏴붙이고 나면 아내는 손님을 보내놓고 나서 이런 말로 달랬었다.

"여보, 막다른 골목까지 흘러 들어왔을 땐 그 애들 인생도 볼 장 다 본 거잖아요? 한 수 접어주고 상대하면 맘 편하다구요. 안 그래요, 영감님?"

아내는 내게 농담처럼 영감님이라고 부르곤 했다. 그러나 그건 단순한 농이 아니었다. 처음엔 듣기 좋았지만 차츰 그 소릴 들을 적마다 어서 여길 떠나게 해달라는 소리로 듣고 강박관념에 사로잡히게 되었다.

손님 층은 모두 비슷비슷했다. 변두리 인심이 매양 그렇듯, 다소 인정도 있었고, 질기게 셈이 흐린 축도 있었다. 병원에 갈 일을 굳이 약으로 해결해 보려는 사람도 있었고 감기약도 한번 먹고 똑 떨어지게 독한 약을 지어달라고 하는 손님도 있었다. 그때만 해도 그런 무지가 통하던 시절이었다. 우리가 약국 월세를 전세로 늘리는 동안 골목에는 술집이 한 집 두 집 늘어갔다. 술집들이 우리 가게도 자꾸 넘보는 통에 터무니없는 집세를 물면서 가게를 지켜야만 했다. 기한이고 뭐고 없이 주변 집세가 미친년 널뛰듯 껑충거렸고 건실하게 가게를 꾸려가던 이들이 터무니없이 올라버린 집세에 밀려 짐을 꾸렸다. 금슬 좋던 연탄집이 삶의 터전을 잃고 신장으로 떠나던 날은 비닐을 뒤집어쓰고 트럭 뒷자리에 올라앉은 연탄집 남자의 어깨 위로 비가 사정없이 쏟아졌었다. 연탄집 자리에 문을 연 술집, 미란다는 장사가 아주 잘 되었는데 옆에 붙어있는 닭집마저 사서 합치고 싶은 눈치를 보였다. 원래 넝마를 줍던 양아치 출신인 닭집 남자는 닭집에 종업원으로 들어 왔다가 반강제로 주인집 딸을 낚아챘다는 소문이 있었다. 닭집 남자는 수틀리면 아무나 붙잡고 시비를 걸었다. 걸핏하면 웃통을 벗어부치고 무식하게 생긴 닭 토막칠 때 쓰는 칼을 들고 골목을 주름잡으려 들곤 했다. 하루 온종일 닭털을 뽑고 닭발 껍질을 벗기고 모래주머니를 뒤집느라 얼굴에 오물이 주근깨처럼 붙어 있는 제 마누라를 보면서도 걸핏하면 생트집을 잡았다.

"어느 놈 하고 붙었어? 내 손에 붙잡히기만 해봐라. 모가지를 확, 꺾어버릴 팅게 씨벌. 너 이년 오늘 장삿날인 줄 알어, 서방 알기를 개좆같이 안당게 씨벌."

미란다의 업주 또한 만만찮은 망나니였다.

골목에는 일대의 폭풍이 한바탕 휩쓸었다.

닭집 개망나니와 미란다 개망나니가 칼부림을 치른 뒤에 백차가 요란하게 경적을 울리며 둘을 연행해 갔다. 동네 사람들은 모두 그 둘을 어디 무인도에라도 갖다 버리기를 기대했지만 두 망나니는 며칠도 안 되어 호형호제를 맺고 동네로 기어들었다. 닭집은 이제 '양지'라는 술집으로 전업을 해버렸다. 다른 집들은 여자가 장사를 하는데 닭집 남자는 술집 마담을 앉혀 놓고 자기가 직접 술집을 건사했다. 닭집 남자는 포주를 하기 위해 태어난 사람 같았다. 삐끼들하고도 죽이 잘 들어맞았고 요년 조년 해가며 아가씨들도 잘 주물렀다. 손 하나 까딱하지 않고도 거친 눈동자와 욕설만 가지고도 돈을 잘 벌어서 해마다 새 차를 뽑아서 골프채까지 싣고 다니며 거드름을 피웠다.

민망하여 차마 옮길 수조차 없는 욕설이 허구한 날 이 골목을 메웠다. 그뿐만이 아니었다. 구역질하는 소리, 술집 아가씨들이 호객하는 소리, 저희들끼리 들구잡이하는 소리, 유리창 깨지는 소리……

그런 속에서 약속받은 오 년이 후딱 지나갔고 내 앞에는 세상에 없던 혹이 셋이나 생겨났다. 현실에 발목이 붙잡힌 나는 꿈을 놓치고 말았다. 셔터나 내려 주고 박카스 박스를 열어서 냉장고에 진열해 주던 나는 이때부터는 아내가 시키는 대로 동사무소나 은행 일도 보러 다녔고 약국 앞도 쓸고 닦았다. 약국의 허드레 일꾼으로 전락해 버린 것이다. 그때까지 약국은 살림집과 붙어 있었기 때문에 식구들은 약국 문으로 드나들어야 했다. 아이들은 싫든 좋든 이 골목을 못 벗어났다. 한번은 이런 일도 있었다.

"고모, 까까 사죠, 사 달라니깐."

가게 앞에서 놀던 둘째 딸애가, 목욕 바구니를 들고 지나가는 술집

아가씨한테 매달려서 떼를 쓰고 있었다. 고모는 여기 텍사스촌 업주 딸들이 술집아가씨를 부르는 호칭이다. 아가씨는 둘째를 거머리 떼어 내듯 밀쳐냈다. 그러자 울고 있는 아이를 이번엔 다른 아가씨가 번쩍 안아서 사정없이 뽀뽀를 해대더니 과자를 한 아름 안고 들어섰다.

　"고맙습니다, 해야지?"

　그 사이에 밖에서 돌아온 아내가 이렇게 시키고 있었다. 그 하는 양을 지켜보던 나는 아가씨가 돌아가고 나서 약국 문을 닫아걸었다. 아이가 보는 앞에서 과자봉지를 쓰레기통에 넣고 밟아 버렸다.

　"누구든지 술집 기집애덜 보고 고모라고 하면 이렇게 될 줄 알아."

　누구든지에는 물론 자신까지 포함된다는 것을 영악한 아내도 알아들었을 터였다.

　"술집 애들 다 걸러내면 일반 손님이 얼마나 된다고 그래요? 좀 더 솔직해 봐요."

　딸을 셋씩이나 낳은 아내도 더 이상 귀여운 아내만은 아니었다.

　그대로 가다간 모든 게, 모두가 엉망이 되어버릴 것만 같아 견딜 수가 없었다. 나는 구직을 하러 나서고 싶었다. 그러나 아내는 임신 중이었으므로 애 셋을 건사하면서 약국을 보긴 힘든 상황이었다. 월급약사를 두는 것보다는 여러모로 내가 돕는 게 더 나았다. 나는 어쨌든 이 동네를 뜨자고 말해놓고는 가게부터 보러 다니자고 제안했다.

　"내가 잘못했어요. 그치만 여보, 막말로 말해서 돈이면 처녀 뭐도 사는 세상이잖아요. 나도 뜨고 싶지만 지금 이 돈 가지고는 어디 가서 변변한 약국자리 하나 얻고 나면 빈손이라구요. 건물만 얻으면 또 뭐해. 장사가 잘 된다는 보장이 어디 있어요."

만삭이 된 아내가 식식거리며 하는 소리 중에 돈, 돈, 돈 소리만 내 귓가에 어지럽게 맴돌았다. 나는 이때부터 슬슬 약을 조제하기 시작했다. 처음엔 주로 아가씨들을 상대로 지어줬다. 반응이 좋았다. 아가씨들은 내가 짓는 약이 더 잘 듣는다면서 내가 없으면 그냥 갔다가 나중에 다시 오기도 했다.

술집이 우후죽순 격으로 늘어나 423번지 일대가 완전히 텍사스촌으로 형성이 되어 가는 가운데에서도 중학교 이 학년이 된 둘째는 성적이 상위권에 들었다. 여학생이 화장실에서 아이를 낳았다는 이야기가 심심찮게 신문에 보도된 건 그즈음이었다. 지역이 지역이니 만큼 딸애가 다니는 학교에서도 많은 주의를 시켰고 몇몇 자모들은 청소년 선도위원을 뽑는다, 자모회의를 한다, 오지랖을 넓히고 다녔다. 아이러니컬하게도 그 선도 위원 중에는 사이삼번지 업주가 있었는데 그는 자모회장을 하고 있었다. 그 자모회장 딸이 우리 둘째와 그림자처럼 붙어 다니는 애였다. 친하지는 않았고 라이벌 의식만 강했는데 둘째는 반에서 일등을 했고 자모회장 딸은 삼 등이었다. 그러다가 2학기 중간고사 때는 둘째의 성적이 십 등 밖으로 밀려나더니 성적표를 받아오던 날은 아예 가출을 했다.

험한 동네에서 무슨 일을 당할지 모른다면서 아내는 둘째를 태권도 학원에 보냈었다. 그게 화근이었다. 학교에서는 '범생이'들로만 구성이 된 일지매라는 파가 있었는데 둘째가 그중에서 두목 격인 짱을 맡았고 일곱 명이 단체로 없어졌다.

아이들은 닷새가 넘도록 연락이 없었다. 아내는 술집남자들을 찾아가면 뭔가 대책이 설 것 같다고 했다. 우리 약국에 십수 년을 드나들어도 거리를 두고 지내오던 터라 나는 내키지 않았다. 그럴 때 일지매 중에 업주 딸이라도 섞였으면 말을 트기가 수월하련만 행인지 불행인지 업주 딸들은 한 명도 없었다. 결국 아내가 그들을 찾아가서 도움을 청했다. 서로 손이 닿는 데에 연통을 놓았으니 집에 가서 기다리라는 답을 얻어왔다. 정말로 그날 밤에 연락이 왔다. 모든 일에는 전문가가 있게 마련인가 보았다.

애들은 평택의 한 파출소에 있었다. 둘째는 그 새 머리를 초록색으로 물들이고 속눈썹도 달았다. 새까만 매니큐어를 발라 생쥐의 눈처럼 반짝거리는 둘째의 손톱을 보며, 쟤가 내 딸 맞나? 나는 내 눈을 의심했다. 사남매 가운데에서도 유독 둘째를 믿었다. 그 애를 보고 있으면 전도유망한 그 애의 앞길이 쉽게 상상이 되곤 하면서 힘이 생겼었던 터라 난 그때 충격이 심했다. 생의 길목에서 얼마나 많은 배반이 웅크리고 있다가 복병이 되어 염장을 지를 것인가 하는 절망감이 내 온몸에서 기운을 앗아가 버렸다.

경찰이 귀가 절차를 밟으면서 왜 그런 짓을 했느냐고 물었다.

"난, 정말 놀지 않고 공부만 했거든요? 근데 엄마아빠 열심히만 하면 전교 일등도 할 텐데 꾀를 피운다고 하셨어요. 아무리 힘들다고 해도 내 말을 안 믿어 줘서, 그래서 뭔가 확실하게 보여드리고 싶었어요."

둘째는 궁지에 몰린 쥐 같을 거라고, 우회할 수 있는 길을 터 줬어야 했다고 아내는 후회했다. 일지매의 자모 중에는 맹모삼천지교를 운운해가며 이사를 가야겠다고 벼르는 사람도 있었다. 나도 그 말에 공감했다. 내 딸이라고 여기 아가씨같이 되지 말라는 법이 없다는 것을 경험했다. 나는 거리에 나 앉더라도 이사 가자고 큰소릴 쳤다. 아내는, 늙어가면서 이젠 망령이 났나보다고 좋알거렸다. 내가 더욱 참을 수 없었던 것은 아이들의 태도였다. 왜 아버지답지 않은 행동을 하냐는 것이었다. 도대체 나다운 게 뭔지, 나는 그걸 잘 모르고 있었다.

"둘째는 사춘기잖아요. 사춘기 때는 안 하던 짓도 한 번씩 하는 게 오히려 정상이랍니다. 서서히 떼어 놔야지 이제 간신히 맘 잡은 애를 다른 데로 전학시켜 봐요. 그러다 막말로 완전히 삐뚜로 나가면 그땐 어떡할래요? 그리고 업주 딸들 술집작부 된 거 본 적 있어요? 오히려 그런 애들은 아예 인이 박혀서 어떤 충동 같은 걸 안 느낀단 말예요. 공연한 염려는 붙잡아 매고 당신 내일부턴 아예 여기 술집들하고 같은 시간대에 문 열고 닫고 해 보지 그래요? 다른 데 문 연 약국 없으니까 동네 일반사람들도 비싸니 싸니 말 안할 거예요, 여보."

그때부터 우린 술장사하고 영업시간대를 맞췄다.

이미 나쁜 쪽 바람을 쐰 둘째는 공부는 뒷전이고 싸움질만 일삼았다. 옷차림에서 걸음걸이까지 영락없는 깡패였다. 나는 그앨 어떻게 다스려야 할지 몰랐다. 비탈길로 굴러 떨어지는 앨 보고도 어, 소리만 하고 있었다. 아내는 둘째를 운동부로 빼돌렸다. 둘째는 태권도 특기생으로 고등학교에 입학을 할 수가 있었고 운동을 하면서부터는 애가 마음을 잡았다. 아내가 발 빠르게 대처한 덕분이었다.

수완이 좋은 아내는 인기도 좋았다. 계를 모집해 몇 군데씩이나 오야 노릇을 했고 동네서도 유지 대접을 받았다. 오라는 데도 많았고 갈 데도 많았다. 연말이면 유명 인사처럼 각종 망년회에 참석을 했고 불우이웃돕기 성금도 내놓아 심심찮게 지역신문에 사진이 실렸다. 여분의 감미가 축적되면 몸에 해롭다는 것을 인식하기도 전에 아내는 이미 돈의 단맛을 알아버렸다. 아내 말대로 내가 돈만 열심히 벌면 우리 여섯 식구가 탄 배는 순풍에 돛을 단 듯 흘러갈 것만 같았다. 그러나 인생의 물살은 언제까지나 고요할 수만은 없는 법 나는 가끔씩 회의가 일었다. 허구헌날 콘돔이나 팔고 성병치료제나 파는 자신이 한심스러웠다. 내 청춘이 누구 말대로 소 천엽같이 구질구질한 이 텍사스촌에서 썩어 갔구나 하는 생각을 하면 억울한 생각마저 들었다. 그러나 영악한 아내는 내가 이런 생각을 하는 것까지도 꿰뚫고 앉아서는 채찍을 휘둘렀다.

"약국도 전략을 짜지 않으면 이제 살아남기 힘들겠어요. 당장 길동 전철역 자리 근처에도 대형 매장이 생겼는데 박카스를 우리 가게에 들어오는 가격보다도 더 싸게 판대요. 가격파괴를 할 게 따로 있지 내참 기가 막혀서."

밤낮없이 싸돌아다니더니 아내는 세상 돌아가는 이치를 훤히 꿰뚫고 있었다. 밤에 취객들이나 상대하다가 대낮에는 자고 일어나 석간신문이나 펼쳐들고 앉아서 감을 잡는 나보다 훨씬 영악했다.

불이라도 났나? 사람들이 갑자기 사거리 쪽으로 몰려간다. 나는 자력에 끌리듯 그쪽으로 가본다. 웬 방송국차도 한 대 와 있고 전투경찰차도 보인다.

주민들이 피켓을 들고 사이삼번지 몰아내자는 시위를 벌이고 있다. 올 것이 왔지 싶다. 그런데 거기 아마존과 아내도 나란히 서 있다. 아까 거나하게 차리고 나가더니 저 짓을 하려고 그랬던 모양이었다. 이

건 아닌데 싶다. 다른 사람이라면 모르되 저 두 여자는 그럴 자격이 없다. 저 두 사람은, 절이 싫으면 중이 떠나는 게 정한 이치인데, 절을 밀어내고 그 터에 자기 집을 안치겠다는 심보다. 그동안 사이삼번지가 없어지길 누구보다도 바라왔으면서도 이율 배반적이게도 이러한 생각이 나를 괴롭힌다. 나는 누가 볼세라 군중 속을 빠져나온다. 배가 사르르 아파온다. 약이 따로 없으니 이 꼴 저 꼴 보지 말고 누워서 쉬는 게 상책이다. 어차피 장사할 기분도 아니고 나는 셔터를 내려버린다. 요즈음에는 걸핏하면 문을 닫아서 약국의 매상이 형편없이 줄었다. 아내도 나한테만 맡겨놓고 어딜 그렇게 쏘다니는지 제정신이 아니다. 살림집으로 들어간 모양인지 저녁은 어떻게 했느냐는 전화 한마디가 없다. 아내는 요즈음 무슨 꿍꿍이속인지, 일이 마무리만 잘 되면 우리도 아파트촌에다 한 사십 평쯤 되는 대형약국을 차릴 거라고 혼잣말처럼 지껄이곤 했다. 무슨 일에나 막장을 보는 사람이 아니므로 또 무슨 대대적인 변화가 있겠구나, 나는 짐작만 할 뿐이다.

바람이 드세게 분다. 어찌나 드센지 잠이 다 달아날 지경이다. 약국 셔터는 일부러 흔드는 것처럼 덜컹덜컹 소리를 낸다. 부엌에서는 주방기구 나뒹구는 소리가 들린다. 개짓는 소리도 유난히 사납다. 낮과 밤이 바뀐 생활을 해온 지가 오래 되어서 죽어도 잠이 안 온다. 평소에 하던 대로 미명이 밝아 오니까 이제야 슬슬 눈이 감긴다.

셔터 올리는 소리가 들린다. 아내다. 이젠 아내의 기척이 느껴지면 반가운 게 아니라 약간 부자연스러워진다. 어떨 땐 무섭기까지 하다. 그래서 점점 아내가 일을 저질러도 추궁하거나 따질 엄두를 못 내고 있다. 그런 날 보고 아내는 남자가 늙으면 점점 여자처럼 변해간다고 흉을 본다.

날 쳐다보는 눈빛이 은근하다. 난 저럴 때가 제일 긴장된다. 긴밀한 사안을 발설하기 직전의 저 눈빛.

"여보, 아마존 알지? 요기 새로 생긴 아파트 입주할 때 내가 돈을 빌려 줬었거든? 동네가 하두 시끄러워서 떼어먹힐까 봐 돈을 거둬들이려고 찾아갔더니 되려 나한테 돈 줌 더 빌려 달라고 매달리지 뭐예요. 평택에 가게 자리가 났는데 먹고 살려면 죽어도 그걸 사야한다면서. 그래서 내가 아마존 가게를 아주 싸게 사버렸어요, 한 달 전에."

정신을 똑바로 차리고 집중해서 들었는데도, 나는 아내의 말이 쉽게 이해가 가지 않는다. 아마존은 주인이 바뀌고 먼저 주인은 이 술장사에서 손 떼었다고 들었다. 원래 423번지의 땅주인은 몇 안 되고 술집 주인들이 땅주인들한테 빌린 땅을 '전전세' 놓는 게 이 동네 생리라고 들은 적 있다.

"지금 아마존 있잖아 그거 우리 가게란 말에요. 놀랄 거 없어요. 만일 육 개월 안에 사이삼번지 안 없어지면 아마존이 도로 가게를 산다고 약속했어. 공증까지 받아두었다니깐. 내가 아마존 술집을 사긴 했어도 아파트 입주권을 얻을 생각이지 술장사하려는 것은 절대로 아니란 말야. 알아들어 여보? 사이삼번지가 빨리 없어지고 아파트 단지가 들어서야 돼. 그러면 우린 아파트 두 채가 생기는 거야. 그렇잖고 질질 끌면 약국도 안 되고 새로 인수한 아마존 가게 세도 못 놔먹으면 골치 아파져요. 아마존도 살림집이 이쪽 아파트에 있으니까 애들 교육상 이 골목이 없어지길 바라는 거예요. 내가 저번 때 말했지? 사실 평짜리 약국을 차릴 거라고? 말 나온 김에 굴착기로 확 밀어 버렸음 좋겠네."

얘기를 하면서도 아내는 연신 콧구멍을 발신거리며 신이 나 있다.

나는 속에서 울화가 치민다. 아내와 같이 있고 싶지 않아서 빗자루를 들고 밖으로 나간다. 성난 회오리바람이 해코지를 하듯이, 골목 쓰레기를 우리 약국 앞에다 흩뿌려 놓았다. 종이컵과 담배꽁초 무더기에 야하기 짝이 없는 여자팬티가 엉겨 붙었다. 거기다 생리대까지. 어제와 달라진 것은 아무것도 없는데 나는 비질하기가 싫다.

여느 때 같으면 지금쯤 술집들마다 파출부 아줌마들이 왁자하게 홀을 청소하고 목욕탕에서 돌아온 아가씨들은 우리 약국에 위장약이나 속눈썹을 사러 드나들 시간이다. 새 떼처럼 지저귀며 몰려다니던 그 많던 아가씨들은 다 어디로 갔을까. 나는 동정을 살피려고 골목으로 들어가 본다.

이럴 수가! 내가 잠들어 있는 사이에 술집들은 텅 비어버렸다. 아가씨들은 물론이고 삐끼들도 자취를 감추고 대신, 술집 쇼 윈도우에는 낯선 게시문이 붙어 있다.

이 업소는 식품위생법위반으로 다음과 같이 처분된 업소입니다.

업 소 명 : 미란다
위반내용 : 식품위생법 제 22조 1항
처분내용 : 부적법 무허가업소 폐쇄조치

강 동 구 청 장

이 게시문을 무단히 제거 또는 손상한 자는 식품위생법 제 77조 규정에 의거 1년 이하의 징역 또는 500만 원 이하의 벌금에 처함.

무슨 무슨 '장' 만으로도 다소 긴장이 되는데 붉은 잉크로 써 있는 글은 공권력에서 느껴지는 위협이 느껴진다. 이 집 저 집 기웃거려 본다. 동그란 의자들이 홀에 널브러져 있다. 목수들이 연장통 끼고 다니듯이, 아가씨들이 애지중지하던 화장품 케이스도 제자리에 그대로 있다. 그렇다면 불시에 끌려갔거나 강력단속을 피했을 터였다. 잘 된 일이라고 하기에는 날씨가 너무 춥다. 난방을 한 단 더 높여야겠다고 생각하며 나는 약국으로 돌아온다.

인적이 끊겼다. 밤이 깊어질수록 골목의 어둠도 짙어만 간다. 골목은 죽었다. 어둠이 골목을 삼켜버렸다.

"여보 들와 그냥 잠이나 잡시다. 이젠 밤장사하긴 틀렸어요."

아내가 불러들이지만, 난 자고 일어난 지 불과 몇 시간밖에 되지 않았다. 사이삼번지 텍사스 뒷골목 쪽으로 들어가 본다. 누가 날 보면 오입하러 들어왔는지 알겠다. 아니다. 불을 켜 놓은 술집은 이제 한집도 없으니까 야음을 틈타 도둑질을 하러 온 줄로 오인할지도 모른다. 나는 눈의 조리개를 키우며 도둑고양이처럼 골목을 샅샅이 뒤져본다. 내가 이 골목을 제대로 돌아보는 건 처음이다. 언제 한번 골목을 제대로 들어가 봐야지 하면서도 이 짓을 못해 봤다. 확실히 여느 골목과는 다른 느낌이 난다. 벽을 허물어내고 유리로만 되어 있는 것이 우선 그렇다. 왜 인간들은 금지된 장난을 하기로 해놓고 벽을 터 없앴을까. 난 그것이 궁금해진다. 갑자기 뻑치기라도 당하면 뭐라고 해명해야 할지 약간 걱정이 되기도 한다. 된통 추운날씨다. 귀때기도 시리고 콧물도 흐른다. 니은자로 꺾이는 코너에 있는 골목집에 불빛이 보인다. 분이가 사는 골목집이 이쪽으로도 연결되어 있다. 반가운 이 마음은 뭔지 나도 잘 모르겠다. 저번 때 보았던 서툰 글씨는 한쪽 유리문에 아직도 붙어 있다. 커튼으로 가려져 있지만 분명 안에는 인기척이 있다.

맞은편에서 의경 둘이 그 집을 향해 다가온다. 단속을 나온 모양이다.

"귀공자같이 생겼네?"

내 쪽에서는 사람은 보이지 않고 병색이 완연한 목소리만 희미하게 새어나온다.

"춘데 들와서 차 한 잔 하구 가."

의경도 차마 어쩌지 못하고 그냥 가버린다. 가까이 다가가자 카세트에서 노랫소리가 흘러나온다. 분이는 벽에 기대어 조용필 노랠 듣고 있다.

"들어가도 될까?"

분이한테 물었다. 분이는 눈만 껌벅이고 있다. 나는 들어간다.

"밖이 너무 추워서, 그래서 들어왔어."

분이가 나를 보더니 카세트 볼륨을 줄인다. '그대는 가로등 되어 내 곁에 머무' 노래 소리는 여기서 잦아든다. 분이가 갑자기 헉, 하고 운다. 난로 위에는 주전자의 물이 칙칙 소리를 내며 끓고 있고 녹음기가 스르륵 스륵 테이프를 돌리고 있다. 바닥에는 봉지커피를 담은 쟁반이 놓여 있다. 분이가 눈물을 닦으며 커피봉지를 뜯어 물을 붓는다. 나는 분이의 눈에 물기가 걷힐 때까지 같이 있어주기로 마음먹는다. 차는 입천장이 데일 정도로 따뜻하고 그리고 맛있다. 분이의 눈에는 자꾸 눈물이 고인다. 분이가 다시 라디오 볼륨을 높인다.

엄마야 나는 왜 자꾸만 슬퍼지지…….

경쾌한 이 노랠 듣고 있는 내 몸은 어깨춤을 추자고 부추긴다. 휘파람으로 리듬을 흥얼거리며 골목집을 나온 나는 두더지처럼 다시 온 골목을 쑤시고 돌아다닌다. 천사약국 골목의 대척점에는 분이라는 병든 창녀가 있다. 뫼비우스의 띠 속에 들어선 듯이 갑자기 방향감각이 마비된 느낌이다. 출구도 못 찾겠고 안과 밖이 모호하다. 나는 어릿광대처럼 골목을 휘젓다가 약국 골목으로 접어든다. 철새는 날아가고 '천사약국'이 빈 골목을 등대지기처럼 혼자서 불을 밝히고 있다. 아내도 방에 들어가고 인적은 끊긴 지 오래인 골목엔 나 혼자다. 바람이 승냥이 울음소리를 흉내 낸다. 평소대로 새벽 다섯 시에 셔터를 내리고, 세상모르고 잠들어 있는 아내 곁에 눕는다.

전화벨 소리에 도막난 꿈을 놓치고 만다.

"어디라구요? 지금 안 계세요. 들어오는 대로 연락드리겠어요."

아가씨들이 새 떼처럼 조잘대는 꿈이었는데 그 사이를 헤집고 화등잔만해진 아내의 눈이 나를 쏘아본다.

"경찰서라는데 당……신, 조제약 팔았어요?"

며칠 전 업주 대표라던 남자의 얼굴과 피켓을 들고 있던 아내의 얼굴이 겹쳐서 떠오른다. 아내의 얼굴이 납빛이 된다. 나는 대답을 하지 않고 돌아눕는다. 등 뒤로 골이 생기고 바람이 쏴아 드나든다. 나는 약을 잘못 짓지 않았다. 약 짓는 데는 아내보다는 내가 기술자다. 문제는 내가 무면허 약사라는 데에 있는 거다.

출두명령이 떨어졌으니 정신을 수습하고 채비를 차려야 할 터인데
완전한 야행성으로 변한 난 대책 없이 잠만 쏟아진다.

무녀리

언니는 빨랫줄에 널려 있는 목이 긴 양말을 걷어서 신으며 바짓단을 양말목에 집어넣는다. 어디서 찾았는지 토시도 끼고 낡아서 테두리가 덜렁거리는 밀짚모자도 눌러 쓴다. 저렇게 차리고 나서니까 이제야 우리 언니 같다. 가끔 마차 위에 올라가 싸리비를 붙잡고 서서 아악! 아악! 뷰리플 써언데이를 부르며 막무가내로 몸을 비틀던, 신명 많고 목청 좋던 그 시절의 언니 얼굴도 나온다. 난 영화에 나오는 우피골드버그를 보면서, 언니는 어쩜 그런 모양새로 늙어 가고 있을 거라고 상상했었다. 미국에서 17년 동안이나 살았으니 그 쪽 물이 단단히 들었을 것이라고.

　우리는 지금 아버지 산소에 가려고 채비를 차리는 중이다. 생전의 아버지는 당신의 오 남매를 강낭콩 한 꼬투리에 비유하며, 여하한 일이 있어도 다섯 알갱이가 흩어지지 않게 하라고 어린 언니를 앉혀놓고 당부했었다. 울먹이며 고갤 끄덕이던 언니, 그 약속을 지켜내지 못한

회한에 얼마나 많은 날을 가슴앓이 하며 보냈을까……. 그러고 보니 막내가 몰고 온 세피아 승용차가 강낭콩 색이다.

어머니가 소쿠리를 주섬주섬 내오신다.

"이 보거니두 차에 실어라. 솔 줌 뜯어와, 생편 맨들어서 큰애 낼 갈 직에 싸 보내게."

어머니는 아무래도 당신 칠순을 매식 한 끼로 뚝딱 해치워버린 게, 양에 안 차는 모양이다. 어제 뷔페식당에서 오자마자 마른 녹두를 맷돌에 타서 불려 놓더니 오늘은 식전부터 녹두지짐과 손수 장만해 두었던 동동주로 이웃을 대접했다. 그런데 빻아다 놓은 송편 가루가 한 말은 되어 보인다.

언니가 시골길을 걷고 싶대서 나도 그렇게 하기로 한다.

"여긴 도랑이 있던 자리 같은데……."

언니의 기억이 맞다. 불과 몇 년 전까지만 해도 이 길엔 마을을 관통하여 흐르는 개울이 있었다. 언니와 내가 방걸레를 들고 나와 빨거나 요강을 부시던 개울이 감쪽같이 없어졌다. 가끔 언 손을 녹이러 들어가곤 했던, 울 밑에선 닭의장풀이 하늘색 꽃을 해사하게 피워 내고 울 안에선 등황색 능소화가 야단스럽게 월담을 하곤 했던 개울가 곰보네 초가집도 온데간데없고 대신 사통팔달로 통하는 시멘트길이 번들거리고 누워 있다. 고개를 숙인 채 걷고 있는 언니의 저 모습이, 흡사 어미 소를 도둑맞고 빈 외양간을 바라보는 촌부의 그것과 닮아 있다.

"장호원으로 가는 길을 넓혔어. 마차만 다니던 길을 차가 다닐라니 그래야 했겠지."

개울을 내가 메워 놓은 것처럼 괜스레 미안한 마음이 들어 한마디 거들어 보지만 언니는 생각에 잠긴 눈을 풀지 않고, 하릴없이 날아든 장수잠자리만이 언니와 내 머리 위에서 자앙자앙 맴을 돈다.

동구 밖을 빠져 나와 학교 길에 다다랐을 때 언니가 발길을 멈춘다. 언니가 스스럼없이 담배를 붙여 문다. 담배연기가 날아오고 생강을 씹었을 때처럼 알큰한 맛이 내게 전해진다.

"저건 창식오빠네 밭 같네. 옛날엔 저기다 담배를 심었었는데……."

아슴한 눈길로 혼잣말을 중얼거리는 언니의 모습도 역시 생경스럽다. 언니를 저런 표정에 익숙하도록 만든 것이 세월이었나, 지난 한때의 가난이었나…….

"언니, 우리 물방울 놀이 해볼까?"

방과 후에 우리가 창식오빠네 밭머리에서 묏등에 배를 깔고 엎드려 놀던 일이 생각나서 청해 보았다. 언니 얼굴에 금세 환한 화색이 돈다. 언니가 물이 통통하게 잘 오른 잔디 줄기 하나를 뽑아 든다. 나도 잔디 줄기를 손톱 끝으로 훑어서 즙을 짜낸다. 언니의 줄기 끝에 달린 물방울은 수수 알갱이만하고 내 껀 좁쌀 알갱이만하다. 우리는 장난기 많은 초동이 되어 이마를 맞대고 서서 물방울을 붙인다. 내 물방울이 언니한테로 옮겨갔다. 언니가 이긴 거다. 언니가 갑자기 시무룩해진다.

"저건 우리 감자밭이잖니? 근데 운제부터 논으루 맨들어 놨대니, 운제부터……."

나도 잊었던 여주 사투리가 언니 입에서 튀어 나왔다.

우리 어릴 때는 저 밭에 감자를 심었었다. 그래서 그 밭을 감자밭이라고 불러왔다. 밭농사는 논농사보다 일품이 많이 드는데 우리 집은 무논은 적고 밭만 많아서 항상 일손이 딸렸다. 게다가 아버지가 안 계셨기 때문에 그 빈자리를 어머니가 대신 메웠고, 안살림은 맏이인 언니가 맡아야만 했다. 언니는 중학교에 진학하지 못했다. 저 밭에서 감자를 캐다가, 그루동부를 따다가, 교복 입은 또래의 친구들을 보면서, 매에 쫓기는 까투리처럼 오금을 펴지 못하고 밭고랑으로 숨곤 했던 언니의 슬픔을 창해같이 펼쳐진 저 논의 벼들은 알까? 그럼, 저쪽 신작로 모퉁이를 돌아오고 있는 강낭콩 색 승용차에 탄 막내는 알까? 모른다, 절대로 모를 것이다…… 그때 불던 바람의 여울 터에서 언니 울음을 훔쳐보았던 하루살이라면 혹시 또 모를까……. 육이오가 막 지난 오십 년대의 산골 마을에서는, 큰딸은 태어날 때부터 '살림밑천?' 이라는 멍에를 뒤집어쓰고 나온 것이나 진배없었다. 기저귀를 빼내기가 무섭게 어른들은 방걸레를 가져오라고 시켰고, 걸음마를 익히기 시작할 때부터 베개를 묶어주며 동생 업어주는 훈련을 시켰다. 우리 집은 학교를 못 보낼 만큼 그렇게 가난하지도 않았는데 어머니는 단지 큰딸이라는 이유를 들어 언니를 그렇게 까투리 신세로 만들어버렸다.

여기 그때의 까투리 한 마리가 뷰리플 선데이 대신 담배연기를 흘려보내며 추억의 고개를 넘고 있다.

"생각나니, 감자 캐던 날?"

그럼 언니, 생각나구말구. 나는 대답대신 언니의 팔목을 꼭 잡아준다. 우린 형제지간이자 서걱거리는 유년의 기억을 함께 간직하고 있는 동지이므로 이심전심으로 통하는 면이 있다.

언닌 오학년 난 삼학년, 그 여름날의 장마가 내 기억의 강에 넘실거린다. 팔려 가는 어린 송아지의 슬픈 눈동자의 언니가 댕댕이 덩굴처럼 내 가슴을 휘어 감는다.

"핵교 파해거덩 곧장 감자밭으루 와."

아침 상머리에서 어머니가 일렀다.

"우째 냉큼 대답이 움써? 큰년 말이어."

그래도 언니는 대꾸를 하지 않은 채 단단히 부어 터져서, 어머니 말을 빌리면 '주뎅이를 댓발 내밀고' 먼저 등교해 버렸다.

학교에서 집으로 돌아온 나는 멍석 밑에 감춰 두었던 만화책을 꺼내들고 부엌으로 갔다. 하얗게 골마지가 핀 열무김치 한 보시기를 부뚜막 위에 올려놓고 와르르 흩어지는, 물에 만 꽁보리밥을 연신 퍼먹으며 만화책장을 넘기고 있는데 언니가 왔다.

"당번이래서 늦었거덩? 근데 언닌 왜 인제서 와?"

"시조 못 외워서."

"어지께 연습할 땐 잘 했잖어⋯⋯?. 밥이나 먹어 언니야. 야중에 잘하문 되지 뭐."

언니는 밥도 거른 채 찐 감자 두어 알을 볼이 미어지도록 입에 넣고는, 부엌바닥을 부지깽이로 쿡쿡 찍었다. 어서 밭에 가자는 신호였다. 내가 건네준 냉수를 받아 마신 언니는, 한 손에 국어책을 들고 다른 한 손에는 부지깽이를 든 채 날더러 그 부지깽이 끝을 잡으라고 시켰다. 언니는 눈 뜬 소경처럼 부지깽이 끝을 잡고 책 읽는 데에 정신을 팔며 들길에 나섰다.

"청사아알리 벽계수야, 쉬이 감을 자랑 마아라라⋯⋯."

때 아닌 시조 소리에 송사리들이 놀라 와르르 흩어졌다 모이고 이제막 뒷다리가 생겨나 흡사 도마뱀 꼴을 한 개구리 새끼들이 오줌줄기를 갈기는 꼴을 훔쳐보면서, 붉은 개여뀌풀꽃을 훑으면서, 들길을 걷던 나도 어느새 청사알리 벽개수야를 읊고 있었다. 우리가 감자밭에 당도했을 때, 아기는 이모네 집에 맡겨놓았는지 보이지 않았고 셋째와 넷째가 흙강아지 꼴을 해 가지고 군데군데 감자 무더기를 만들어 놓는 중이었다.

"반공일인데 우째서 인제 오니, 오정(午正) 싸이렝 분 지가 발써 운젠데. 조반 먹을 때 헌말을 잊어 먹은 거여, 에미 말이 말 같잖은 거여?"

"변소청소 했단 말여, 시조 못 외워서 그랬단 말여."

"두깐 소지한 걸 뭔 베슬이나 행거처럼 유세를 떨구 자뻐졌네나. 무녀리 짓은 독판하구 와서는. 나는 소핵교 문턱에두 못 가봤어두 동상덜 어깨너머루다 언문을 다 깨쳤넌데 저 지지배는 누굴 닮어 저런지 몰러, 대가리가 새 대가린가버, 아무래두."

"오늘밤에는 공부 줌 해 볼 꺼, 난두."

"지름 달궈가문서 공부한답시구 늦두룩 자뻐졌을 거 음써. 선상님한테 사실대루다 말해여, 감자 캐느라구 못 외웠다구."

"애덜이 놀려. 여름엔 둔재 겨울엔 천재래여 나보구. 내가 새대가린지 천잰지 보여줄꺼니깐 말리지 말어. 말려 봤자여, 뭐."

"그런데 듣자하니까 저 지지배가 한 마디두 안 지구 말대꾸를 하구 자뻐졌네나. 쭝얼거리는 주둥패기를 자방틀에다 대구 쫑쫑 박어버릴까부다, 그냥. 그래구, 놀리문 대수여? 지지배방텡이가 공부는 잘해서 엇다 쓰게!"

언니는 더 이상 말대꾸를 하지 못했다. 어머니가 지지배방텡이덜 운운할 때는 우리가 처한 현실이 얼마나 어렵고 힘든가를 주지시키기 위

72

한 서두라는 걸 감자밭에 있는 굼벵이도 다 알아들었다. 어머니는 장호원 근처에 있는 오갑산 밑 산골에서 나서 역시 산골인 우리 동네로 시집을 왔다. 하여, 익히 보아오던 것만을 고집했고 당신의 옹색한 생활 테두리 밖의 것에는 생각이 짧았다. 그런 어머니의 생각을 바꾸어 놓기란 글쎄, 고집 센 황소를 몰고 도랑물을 건너기보다 쉽지는 않을 것이다.

감자는 풍작이었다. 리어카로 두 번이나 실어 나르고도 한 삼태기는 실히 남았다. 남은 감자를 다 싣자 리어카가 할랑하게 비어 있었다. 넷째인 남동생이 자꾸만 그 빈자리에 눈길을 주며 리어카 뒤꽁무니에 따라붙었다. 어머니가 넷째를 태워줬다.

"저 새끼는 약어 빠졌어 아주. 저만 타구."

타달타달 따라 오던 셋째 여동생이 샘을 냈다.

"타."

언니가 말했다. 셋째와 넷째는 나란히 어깨동무를 하면서 사이좋게 자리를 잡았다. 어머니는 앞에서 끌고 언니는 뒤에서 밀었다. 나만 혼자 걸어가는 게 부당하다는 생각이 들었다.

"치, 나만 걸어 가구."

언니가 어머니 눈치를 보며 턱짓으로 리어카를 가리켰고 작은 고갯마루에서 나는 조심조심 한쪽 발을 리어카에 올려놓았다. 셋째와 넷째가 엉덩이를 조금씩 틀었다. 옹색했지만 앉을 수는 있었다. 우리 셋은 따리 모양으로 어깨동무를 했다. 하늘에는 낮달이 우리를 따라오고 있었다. 어머니는 앞에서 끌고 언니는 뒤에서 밀었다. 어머니 입에서 가끔 아휴! 하는 소리가 새어 나왔고 언니 입에서도 그랬다. 어른들은 힘들 때면 늘 그런 소리를 냈다.

우리 셋은 낮달을 올려다보며 키득거렸고 리어카는 고개를 올라가고 있었다.

"동차아앙이 밝았느으냐 끙! 노고지이리 우지지인다하…… *끄응*."

"너 시방 뭐허구 자빠졌냐 끙! 니아까나 밀지 않구서 *끄응*."

허리를 한껏 구부리고 눈을 휘둥그렇게 부라리는 어머니는 영락없는 소 같았다.

"시조 외능 거. 변소 청소했던 게 떠올러 미치겠단 말여. 드러워서 그런 게 아녀, 아휴!"

"그람? 휴우!"

"창식어빠가 빠께스루다 물두 떠다 줬단 말여. 울마나 챙피했넌지 엄만 몰를 꺼허!"

창식오빠는 언니보다 두 살이 위였지만 아홉 살에 입학을 했기 때문에 육학년이었다.

"언니 중말루 챙피했겠다."

"중말이여."

내 말에 동생들도 고개를 끄덕이며 맞장구를 쳤다.

"챙피가 밥 멕여주능 거 아니니까는 어이 니아까나 잘 밀어헉!"

고갯마루에서 잠깐 쉬고 나서 우리는 다시 따리 모양을 만들었고 어머니는 리어카 손잡이 안으로 들어갔다. 리어카가 비탈길로 막 미끄러져 내릴 때 둔덕에 서 있던 언니가 느닷없이 리어카에 올라탔다. 리어카가 덜컹 멈춰 서고 동시에 손잡이가 번쩍 들리면서 어머니의 턱을 된통 후려갈겼다. 짐을 싣고 고개를 내려가려면 앞사람은 리어카 손잡이를 누르고 뒷사람은 리어카를 잡아당겨야 했다. 그렇지 않으면 가속도가 붙어 앞으로 고꾸라지기 십상이었다. 어깨동무를 하고 있던 우리들은 함부로 얽혀 새끼줄처럼 꼬이면서 길바닥에 널브러졌고, 감자삼태기도 논으로 처박혔고 짐을 부려놓은 리어카는 저 혼자 비탈길을 내달렸다.

어머니의 턱에는 감자 꽈리만한 혹이 부풀어 올랐다. 나는 대책 없이 웃음보가 터져서 깔깔댔고 셋째도 그랬다.

"날러가는 기러기 배껍을 봤나, 이것 덜은 왜 웃구 지랄덜이여, 벌테기는 까가주구."

어머니가 마치 장구를 치듯이 셋째와 내 등짝을 두드렸다. 그 바람에 볼을 쓰다듬던 셋째가 제 손바닥으로 상처 난 볼을 쓰윽 문댔고, 언제부터 흘러내렸는지 내 코에서 코피가 한 방울 툭 떨어졌다. 이번엔 무릎에 피를 흘리던 언니가 우리 꼴을 쳐다보고 사레들린 듯이 킥킥거렸다. 셋째와 나도 덩달아 웃어댔다. 넷째가 뚜앙, 맥없이 울음을 터뜨렸다.

"그 꼴을 해가주구두 웃음이 나오니, 나와? 넌 또 뭘 잘했다구 웃구 지랄이여."

어머가 셋째와 내 머리통을 쥐어박더니 고무신짝을 벗어서 언니 등짝을 훔쳐때렸다. 언니가 먼저 툭툭 털고 일어나 감자를 주웠다. 어머니는 리어카를 바로 잡아놓고 삼태기와 호미 등을 챙겨 담았고, 우리는 풀숲을 헤적여가며 함부로 흩어진 감자를 주워 담았다. 감자를 다 주워 담고 나서 미루나무 그늘 아래서, 언니는 상처 난 무릎에 박힌 모래를 파내고는 고운 흙을 뿌려두었고 나는 쑥을 뜯어서 코를 틀어

막았다.

"아이구 턱주가리야, 생각할수록 부아가 끓어 죽겠네 그누무 지지배."

땀을 들이던 어머니가 하늘을 올려다보며 푸념할 때 하늘엔 그때까지 우리를 따라오던 낮달이 쉬고 있었다. 우리들 중 누군가가 〈낮에 나온 반달〉을 선창했고 나머지도 따라 불렀다. 낮에 나온 반달은 하얀 반달…… 우리 아기 아장아장 걸음 걸을 때 한쪽 발에 딸깍 딸깍 신겨줬으면. 우리들의 노래가 마지막 소절을 넘겼을 때쯤이었을 것이다. 어머니의 민나이롱 블라우스의 유두 부분이 아기똥풀 잎새만큼 젖어들었던 때가. 어머니는 오만상을 찡그리면서 젖을 문댔고, 이모네 맡겨 논 아기가 배고프겠다면서 언니가 바보처럼 울음을 터트렸다. 미루나무 위에서 숨죽이고 있던 쓰르라미가 쓰려 쓰으려 따라 울었다.

지금 우리가 걷고 있는 소롯한 오솔길에는 쓰르라미 울음은 들리지 않고 칡꽃만 지천으로 피어 있다. 나는 칡꽃을 좋아하지만 볼 때마다 매양 섣불리 손대지 못하고 멈칫거리는 버릇이 있다. 언니가 탐스런 칡꽃 한 송아리를 따서 내 단춧구멍에 꽂아주고는 또 한 송아리 따서 냄새를 맡고 있다.

마중물을 붓듯이 콧속으로 들어간 칡 향기가, 제 향기의 기억을 불러내온다.

집안일을 건사하면서도 강의록으로 공부하여 검정고시를 치르는 등 언니는 처녀 시절을 참으로 열심히 살아냈다. 그러던 언니가 창식오빠와 연애를 건다고 동네에 소문이 파다하게 났다. 어머니는 동네혼인 안 시킨다고 창식오빠와 떼어놓기 위해서 언니를 이태원에서 가방가게를 하는 친척집으로 보내 버렸다. 큰딸 역할은 자연스레 내게로 넘어왔고 나는 고등학교 진학을 하지 못했다. 시골서 한 육 개월 버티던 나는 언니를 찾아가서, 같이 공부하자고 부추겼다. 우리는 나란히 검정고시 학원 새벽반에 등록했다.

　수업 첫날 정치경제 선생이 들어왔다. 세상에는 약육강식의 논리가 우선한다. 먹지 않으면 먹힌다. 경쟁 상대는 언제나 가장 가까운 주변에 있기 마련이다. 냉정히 말해서 여러분들은 오빠나 남동생 때문에 집에서도 밀려난 거다. 그렇게 양보해 봐야 여러분 몫을 빼앗아 갔던 바로 그 사람이 무식하다고, 못 산다고 무시할 거다. 이제부터라도 마음 독하게 먹어라. 낙오되지 마라. 선생은 그런 말로 정신무장을 시켰다. 나는 명문학원이라더니 잘 가르치는구나, 고개가 저절로 끄덕여졌다. 우리 집에서는, 아들은 말끝마다, 우리 장남 우리 맏상제라고 추어주면서도 딸들은 큰년 작은년 접미사를 붙여가며 일만 부려먹었다. 분명히 언니가 맏이인데도 어머니는 남동생을 맏자식이라고 주입시켰고 어린 남동생은 여과 없이 그 교육을 체질화시켰다. 그래서 누나들은 이 담에 시집가면 출가외인이 될 '인척'으로 미리부터 저만치 떼어 놓으려는 유치한 행동을 보이곤 했다. '언니, 파이팅!' 내가 속삭였지만 언니는 뜨악하게 나를 쳐다보았다. 쉬는 시간이 되자 언니는 막무가내로 책가방을 챙겨들고 학원을 빠져나왔다. 바람이나 쐬자면서 언니는 날 데리고 불암산엘 갔다. 산에는 칡꽃이 한창이었다.

　"저 칡넝쿨줌 봐. 병든 노간주 낭구를 감구 올러가니까 이파리가 핀 것 같으지 않니? 저기 줌 봐. 철써기한테 칡넝쿨은 무릎을 내주구 제 살을 뜯어먹게 내버려 두는 거여. 학원 선생이라는 사람이 칡넝쿨만두 못해. 형제지간에 이간질이나 시키구."

언니는 그날 이후로 학원에 나가지 않았다. 따라서 언니의 최종 학력은 중졸이다. 근면하고 착한 언니의 학력이 고작 거기에 머무르게 된 데는 유난스럽게 남녀 차별을 하던 당시의 동네 풍습도 한몫했지만 결정적으로는 아버지의 부재가 원인이었다. 우리 집은 이상하게 조상 대대로 남자들이 단명을 하고 손이 귀했는데 아버지도 특별한 병명도 모른 채 자리보존하고 골골 앓다가 마흔을 갓 넘겨서 돌아가셨다.

아버지 산소가 있는 산모롱이를 돌아들자 산비둘기 우는 소리가 들린다.

"세상에! 니가 여태꺼정 묏자리를 지키고 있었구나. 울 아부지 적적하지 말라구……."

옛날엔 비둘기가 구구 울었던 것 같은데 지금 듣는 저 산비둘기의 울음은 구국 구국 이렇게 들린다. 넷째가 잔가지를 치며 길을 내고 있어 금방 베어낸 생나무 냄새가 진동을 한다. 언니와 나는 갓 이발하고 양편으로 늘어선 나무 병정들의 사열을 받으며 산소에 닿는다. 언니가 봉분에 난 버르장머리 없는 망촛대를 뽑아버린다. 정월 대보름이 지나고 나서 나생이(냉이)와 꽃다지 나물을 뜯어다가 된장국을 끓여 먹고 나면 그 다음에 먹을 수 있는 나물이 바로 망촛대였다. 삶아서 무쳐 먹으면 봄맛이 입 안에 가득 퍼지는 망촛대, 조금만 뜯어도 금방 바구니가 찼다. 그러나 언니는 손이 많이 갈 뿐더러 삶으면 누렇게 색깔마저 변하는 쇠스랑깨비를 뜯으면서도 망촛대는 거들떠보지도 않았다.

'망촛대는 일본놈덜이 쳐들어오구 나서부터 퍼진 나물이래여. 일본놈 하구 같이 왔나벼.'

언니는 그렇게 엉뚱한 데가 있었다. 겉으로 보기에는 야물지를 못했고 우리 형제 중에서 키도 제일 작았다. 어머니는 이런 언니를 두고, 무녀리라서 그렇다고 했다. 맏이는 원래 제 어미 자궁 문을 열고 나오느라고 진을 빼서 그런 거라고.

막내는 돗자리를 펴놓고 넷째는 어머니가 마련해준 제수를 각기 제자리에 진설한다. 풀 냄새가 은성하게 퍼지는 속에서 언니가 잔을 들고 넷째가 술을 따른다. 언니가 돌아왔다! 무려 십칠 년 만이다. 연애는 제대로 걸어 보지도 못하고 소문 때문에 이태원으로 쫓겨간 언니는 가방가게에 드나들던 흑인 병사와 눈이 맞았다. 딸을 낳아서 안고 온 언니를 동네사람들은 양공주 취급했다. 그 길로 미국으로 가버린 언니는 혼인신고만 하고 살다가 몇 해 전에 이혼을 하고 말았다. 그리곤 이번에 어머니 칠순을 보러 나온 것이다. 언니의 눈에 눈물이 괴어오르고 넷째의 눈자위도 붉어진다. 우리는 정종 한 잔씩을 나눠 마시고 일어난다. 넷째는 산소 주변을 돌아보며 두더지 굴을 발로 눌러주고 돌멩이를 치우느라고 분주하고 우리는 소쿠리를 나눠 들고 솔을 뽑는다. 언니가 아버지 산소 앞에 있는 키 작은 소나무에 붙어 서서 고개 숙여 냄새를 맡는다. 그 모습이 얼마나 진중한지 마치 묵념이라도 드리는 사람 같다. 언니는 어려서, 잎이 큰 왜솔만 뽑았다. 연두색 빛을 띤 야들야들한 조선 솔을 뽑으라고, 그래야 나무진이 딸려 나오지 않는 것이라고 어머니가 일러 줘도, 왜소낭구를 뽑아 움째야 우리 조선소낭구가 잘 자라지 라고 고집을 피웠다. 공해니 뭐니 해도 솔 향은 여전하고 언니와 함께여서 더 좋다. 소쿠리는 반도 채우지 못했는데 막내가 가자고 보챈다. 시동을 걸어 놓고 공회전을 시키는 막내와, 아쉬운 듯 뒤

돌아보며 스치는 소나무마다에서 한 줌씩 솔을 뽑는 언니를 보면서 이 편도 못 들고 저 편도 못 드는 지금 내 심정이 묘하다.

우리는 가게를 늘리느라고 한 이년 전에 막내를 통해 농협에서 삼천만 원을 융자받았다. 계획대로라면 이년 안에 갚을 수 있었으므로 그다지 큰 무리는 아니었다. 그러나 아이엠에프가 터지고 나자 매상은 다달이 줄어서 지금은 거의 현상유지도 못하고 있는 실정이다. 이런 판국에 막내가 덜컥 명퇴를 당하고 말았다. 막내는 동네사람들한테 인사 받기 싫다고 한동안 집에도 들르지 않더니 갑자기 동네 드나들면서 땅 금을 알아보고 다닌다는 소문이 들렸다. 우리 돈을 갚기 위해 그런 건 아닌가 싶어 시골에 가보자고 남편한테 의논을 했었다. 당장 가게를 처분해서라도 빚을 갚자고 길길이 나대더니 말뿐이었다. 면목이 없는지 남편은 어제 음식점에서 식사를 마치고 그 길로 올라가버렸다. 내가 그렇게 그리던 언니하고는 제대로 한자리에 앉아 말도 섞지 않고 간 남편이 생각할수록 야속하다. 아이엠에프가 사람을 버린 건지 원래 본성이 이제야 속내를 드러내는 건지 서글프기 짝이 없다.

막내가 먼저 차에 오른다. 나와 언니도 막내 차에 동승한다. 막내가 헛기침을 해댄다. 아쉬운 소리를 하려는데 목에 걸려 쉽게 뱉어지지 않는 모양이다. 나는 자꾸만 눈길이 백미러 쪽으로 간다. 마른 거스러미를 뜯다가 결국 입술에 피를 내는 막내와 내 눈이 마주친다.

"큰누나, 나 이민 가게 도와줘요."

시선은 그대로 둔 채여서 꼭 나한테 하는 말 같다. 나는 어제 올케한테 그 얘길 들었고 언니한테도 귀띔을 해줬다.

"글쎄……. 니가 알다시피 내가 뭔 힘이 있어야 말이지."

"금전적으로 도와 달란 얘기가 아니라 현지 사정에 밝으니까 두루 두루 알아봐 달란 거요. 혹시 가족 초청 이민이라든가 그런 케이스가 있는지 암튼 좀 알아봐줘요. 고생이야 되겠지만 애들 공부 하난 제대로 시킬 수 있을 거 아니요."

"애들 공부도 지들이 할라고 해야지, 부모 맘대로 안 되더라……."

언니 입에서 한숨이 담배연기처럼 흘러나온다. 막내가 차창을 연다.

"내가 공장에서 돌아오는데 말이다, 아파트 앞 잔디밭에서 어린애 둘이 껴안고 뒹구는 거야. 대수롭잖게 여겼지. 아파트 창문만 열면 보기 싫어도 보이는 풍경이었으니까. 그런데 그게 바로 지나였어. 알고 봤더니 그때 벌써 임신을 했단다 글쎄, 그 어린 게."

"세상에나! 속상했겠다. 언니."

"말 마. 걔 아빠는 또 어쨌는지 아니? 그만한 일로 흥분을 하냐며 되레 나를 나무라더라. 가치관의 문제라고 하기에는 갭이 너무 커. 막내야, 가지 마. 그게 내가 너한테 해줄 수 있는 최선의 답이야. 도피하는 건 나 하나로 족해. 이 정도면 교육이든 사업이든 여기 여건도 너무 훌륭해. 가지 마. 그리고 엎어진 자리에서 일어나는 게 가장 빨리 일어날 수 있는 방법이야."

언니는 한숨을 물고 있고 막내는 입술에 난 피를 이빨로 지근지근 눌러댄다.

차를 바깥마당에 세우는데 먼저 와 있던 넷째가 나오며 막내한테 사인을 보낸다. 운을 떼어봤냐는 뜻인가 보다. 막내가 양쪽 검지를 겹쳐 엑스자 모양을 만든다.

우리는 언니가 좋아하는 열무김치에 꽁보리밥으로 저녁을 먹고 나서 송편반죽을 마루 가운데 놓고 빙 둘러앉았다.

"셋째가 먼저 가서 아쉽다. 걔두 있음 더 좋았을 걸. 니들을 만나니까 자꾸만 옛날 생각이 나는 게 가기 싫다 증말. 나두 이젠 늙었나버."

무조건 들어오고 봐, 뒤는 내가 다 책임질 테니까. 맘은 굴뚝같은데 이렇게 말하지 못하는 내 속이 답답하다. 빚만 없어도 어떻게 좀 해 보겠는데…….

"큰누나 가는 대로 가급적 빨리 알아보고 연락 줘요. 그래야 여기서도 준비를 하니까."

어머니는 얼른 감을 못 잡겠는지 이 사람 저 사람 눈치로 떠본다. 그러다가 막내를 뚫어지게 쳐다본다. 그 눈빛에는, 사실대루 말하지 못해여, 어서! 하는 다그침이 들어 있다.

"뭘 알어보구 뭔 준비를 한다는 거여, 막내 너두 미국 간다 그 말이여 시방?"

막내가 시선을 피하자 어머니는 나를 겨냥한다. 나는 막내만큼 대가 세지도 못하고, 그렇다고 능청을 떨 만한 반죽도 없다.

"그렇대요. 언니보구 미국 데려가 달라구 저래요 쟤가."

"자식 장개 보내문 남 된다더니 남 얘기가 아니구먼. 니 처가 그러던? 에미 내팽가치구 도망가자구?"

"부모는 원래 장남이 모시는 거잖아요. 제사 지내는 거 하며 형이 할 일을 우리가 해왔는데 죄 없는 우리 집사람은 왜 끌어들여요, 괜히."

어머니는 뭔 말인가를 하려다 언니를 보더니 입을 다문다. 방안에 어색한 침묵이 떠돌고 교자상 위에는 송편만 하얗게 쌓여간다. 나는 분위기를 바꿔보려고 궁리중이다.

"혼자 외롭지 않아? 난 차라리 언니가 들어왔음 좋겠어. 지나가 좀 안됐긴 하지만."

이 말을 뱉고 나니까 목구멍이 다 시원하다. 그렇지만 막내가 쳐다보는 시선 때문에 난 이내 주눅이 든다. 삼천만 원을 갚지 못하는 한 나는 저 시선에서 자유로울 수가 없다.

"지나는 아빠하구 사는 게 더 좋다는 앤데 뭐. 새엄마하구도 잘 지내나 보더라."

언니가 연기를 입에 가두었다가 길게 내뿜는다. 귀밑에서 귀고리가 덜렁 흔들린다. 고된 밭갈이를 끝내고 집으로 돌아오던 소를 연상시킨다.

"아무데서나 그 담배 좀 꼬나물지 마요. 마실꾼이라도 불쑥 들어 닥치면 어쩔려구."

그놈의 아이엠에프 환자는 여기도 한 놈 있다. 막내가 원래 저렇게 윗턱 아랫턱도 몰라보고 입 바른 소리 하는 애는 아니었다. 저러니까 싸잡아서 무시당하는 기분이 든다. 그렇다고 동기간끼리 울근불근하며 시시비비를 가릴 수도 없는 노릇이고 두고 보자니 아니꼽다. 어머니도 가재 눈을 뜨고 막내를 흘겨보면서 한 소리 하려다 그만둔다.

"쟤, 큰애야. 넌 낼 비양기타구 갈라문 고단할 테니 그만 물러나 쉬두룩해여."

언니가 갑자기 생각난 듯이 일어나서 손을 씻는다. 셋째가 남대문 시장에서 샀다는 한복을 몸에 대본다. 발뒤꿈치를 들었다 났다 하면서 거울을 보느라고 정신이 없다. 자색치마에 색동저고리가 곱다 했더니 그 밑으로 드러난 언니의 발뒤꿈치가 말이 아니다. 허옇게 각질이 일어난 데다가 쩍쩍 갈라진 틈새에는 시커멓게 때가 끼어 있다. 내 가슴이 쿵하고 내려앉는 소리를 낸다.

언니는 발이 참 복스러웠다. 발톱은 색이 얼마나 투명한지 복숭아 꽃잎이 날아와 앉은 것 같았었다. 발가락은 또 어디 한 군데 굽은 데도 없었고 발뒤꿈치는 자두처럼 매끌매끌했었다. 전체적으로 갸름하면서도 곱디고운 그 발은 외씨버선을 신겨 놓으면 제대로 어울릴 그런 발이었다. 나는 그 어여쁜 발에 신겨주려고 버선을 몇 켤레 지어 왔다. 옷은 기성복을 입더라도 버선만큼은 발에 맞는 걸 신어야 한다. 좋은 날 근사하게 차려 입으라고, 전통한복집에 특별히 부탁해서 버선코에는 잠자리 문양을 수놓으라고 일렀다. 언니를 놀래켜 주려고 신발 치수도 묻지 않았다. 언니가 열아홉 살 때, 십구 문을 신던 어머니 고무신을 신으면 헐떡헐떡 벗겨지는 통에 코가 뒤로 가게 신던 게 기억나서 십팔 문으로 하라고 일렀다. 내 눈대중과 기억은 빗나가지 않았다. 변한 건 언니 발이다. 지금 저 발에 버선을 신겼다간 올이 다 뜯기고 말 것이다. 봉제공장에서 여러 인종 틈에 섞여 맨발로 뛰어다니는 언니의 모습이 눈에 그려진다. 먼데를 돌아온 저 발을 이젠 정말 쉬게 해주고 싶은 생각이 간절해진다.

언니 발을 보고 있던 어머니 고개가 꺾인다. 기어이 눈물 한 방울이 송편 속으로 탐방, 떨어지고 어머닌 송편 속을 꾹꾹 우겨 넣는다. 어머니는, 넷째와 막내가 건네준 송편 피를 손바닥에 대고 한없이 늘여 벌써 여러 개째 큼지막한 만두 모양을 만들어 놓고 있다. '쳇, 그러게 누가 이은애(연애)를 걸래여?' 어머니가 혼잣소리를 하며 치마 말기에 대고 코를 팽 풀어낸다. 언니가 영문을 몰라 눈치를 살핀다.

"어색하니, 나?"

"어색하긴, 뒤태가 아주 고와. 엄니 젊었을 때처럼. 거기서도 한복
자주 입어?"

"그럼, 교민들 집에 갈 때, 주일에 교회 갈 때 그런 때 입지."

어머니가 콧물을 들이마시더니 언니 앞으로 다가 앉아 옷고름을 고
쳐 매준다. 왼쪽 동정 끄트머리가 깊숙이 들어가서 목선이 밉다. 어깨
나비에 비해 살집이 없는 언니한테 저고리 품도 너무 넓다. 게다가 옷
고름에 태극 문양이 조잡스럽게 찍혀 있어서 신경을 가운데로 끌어들
인다. 옷고름도 다시 매보고 앞섶을 당겨보기도 하던 어머니의 얼굴에
언짢은 기색이 역력하다. 어쩜 어머니는 제대로 된 한복을 하나 장만
해 놓지 못한 당신의 불찰에 화가 났는지도 모른다. 환갑을 그냥 넘기
자면서 칠순 때 보자고 어머니가 말렸다. 칠순 때 상을 거하게 차려드
리겠다고 미뤘었는데 그 새에 아이엠에프라는 불청객이 찾아와서 어
제 그냥 간소하게 보냈다. 언닌 그게 못내 죄송하다고 말했다. 드디어
눈가가 발그레해진다. 그걸 본 막내가 일어선다.

"난 그만 건너갈 테니. 큰누나! 신경 좀 써 줘요, 낼 또 보겠지만."

오늘이 마지막 밤인데 굳이 제 집으로 가려는 막내를 보자 난 열이
오른다.

"이민 가고 싶음 니 힘으로 가. 언니가 니 봉이니?"

"봉은 무슨. 큰누나가 우리한테 해준 게 뭐 있다구. 창피하게……."

언니는 자라목이 되어 움츠러든다. 성질만큼 순발력이 따라주지 않
는 나는 할 말을 찾지 못하여 꾸물거리고만 있고 어머니가 팔을 걷어

부치고 나선다.

"이눔아, 니가 큰애 등허리 힘으루다 컸지, 남덜처럼 에미 품에서 탱자탱자 발가락 만지문서 자란 줄 알구 주뎅이질이여 이 배은망덕한 눔아."

이런 일은 일찍이 없었다. 어머니는 아무리 하찮은 일이라도 딸과 아들이 시비를 할 때면 따져 묻지도 않고 아들 역성을 들어주던 분이었다.

"그러게 말여. 언니, 장마 지던 날 생각나? 막내 간난쟁이 때?"

원군을 만난 내 목소리에 힘이 실리고 얼결에 말투까지 어머니와 같아졌다.

언니한테 물었는데 대답은 어머니한테서 건너왔다.

"암, 생각나구 말구. 하이고오 불쌍한……."

그 날은 일요일이었고 어머니는 장에 갔다.

아기가 자는 동안 언니와 나는 장독을 열어 놓고 빨래도 빨아서 널었으며 시커멓게 물때가 낀 박 바가지를 돌멩이로 닥닥 긁어서 담장 밑에다 열을 맞춰 놓았다. 봄내 우리 추녀 끝에서 노란 주둥이를 벌리며 재재거리던, 눈에 익은 햇제비가 부지런히 비행연습을 하는 사이로 빨래들이 돛처럼 바람에 부풀려졌다. 담 너머에서는 미루나무가 허리를 굽혀가며 먹장구름을 모으고 있었다. 바깥마당에 있던 새끼 밴 암소가 어서 외양간으로 데려가 달라고 움머허 움머 채근할 때 아기가 깼다.

언니는 어머니가 하던 대로 아침에 떠놓은 밥물을 숟갈로 떠 먹여

주었지만 아기는 받아먹지 않았다. 어떻게 하면 엄마 젖 맛과 같아질까 궁리해 가며 찝찔하게 간을 맞춰 보기도 하고 당원을 으깨어 달착지근한 맛을 내보기도 했지만 허사였다. 배고프면 먹게 되어 있다던 어머니의 말도 맞는 건 아니었다. 그렇게 실랑이를 벌이는 사이에 후드득후드득 피마자 잎새에 빗방울 듣는 소리가 들렸다. 언니는 포대기를 꺼내어 아기를 들쳐 업었다.

언니가 장독소래기들을 단속하고 나서 바깥마당에 있는 소를 끌어다 외양간에 매는 사이에 나는 바지랑대를 빼내고 빨래를 걷었다. 밖에 나갔던 셋째와 넷째가 사립을 밀치며 조르르 들어섰고 그 뒤를 쫓아 어느새 꽁지가 달린 중병아리들도 함초롬히 젖은 날개를 털며 종종종 들어왔다. 셋째가 자배기를 끌어다가 낙숫물을 받기 위해 추녀 끝에 대놓았다. 등에 업힌 아기가 코를 비비며 짜증을 부렸지만 언니는 비설거지를 끝내 놓고 나서야 낙숫물에 발을 헹구고 방으로 들어섰다. 우왕좌왕하고 있던 우리들도 그렇게 했다.

다시 암죽을 먹여보았지만 이번에도 받아먹기는커녕 기를 쓰고 울기만 했다. 원래는 울음 끝이 그렇게 질긴 애가 아니었는데 그날은 이상했다. 언니가 다시 아기를 업고 달랠 때 하늘에서 우르르 쿵쾅 탱크 지나가는 소리가 났다. 아기가 사지로 언니를 결박하듯이 매달려 울었다. 나는 언니 등 뒤를 따라다니며 아기 엉덩이를 토닥여주었고 셋째는 내 뒤를 졸졸 따라다니며 '애기 우트게 우트게 해?' 앓는 소리를 냈다. 언니가 아기를 또 다시 내려놓았다. 우리는 무릎을 꿇고 앉아서 언니를 지켜보았다. 언니가 러닝셔츠를 걷어 올리더니 열두 살의 빈약한 젖꼭지를 아기의 입에 물려주었다. 아기가 허겁지겁 달려들자 언니는 본능적으로 가슴을 움츠렸다. 아기가 불에 덴 것 마냥 자지러졌다. 언니는 아기를 방바닥에 집어던지더니 마당으로 달려 나가서 펌프 물을 푸거푸걱 끌어 올려 발칵발칵 마셨다. 천둥을 동반한 번개가 콰당! 따가따가따가 따발총 소리를 냈다. 아기와 함께 셋째와 넷째도 엄마, 엄마! 부르며 울었다. 삼중주가 울려 퍼졌고 나는 아기가 죽을까 봐 무서워서 손에 쥐가 났다. 그때 언뜻, 부모님이 돌아가려고 할 때 옛날 사람들도 이런 기분이어서 손가락을 깨물어 피를 내는 거구나 그런 생각이 들었다. 정말 손가락을 깨물어 아기를 달랠 수만 있다면 난 기꺼이 그렇게 해서 세 사람의 울음을 그치게 할 텐데 하며 자꾸 손가락을 들여다보았다. 뒤꼍에서 이제 막 맺히기 시작한 잠지만한 풋고추가 빗물에 동동동 떠내려 왔고 아주까리 나무도 모가지가 꺾였다. 바람이 무슨 흉계를 꾸미기 위한 전주곡처럼 쎄에 불어왔을 때 담 위의 잿빛 용마름이 구렁이처럼 꿈틀대며 벗겨져 나갔다. 그것만으로는 성에 차지 않는지 바람은 소름 끼치는 소리를 내면서 흙 벽돌담을 와르르 무너뜨려버렸다. 집도 무너져 버릴 것만 같아서 나와 동생들은 아기를 내팽개쳐 둔 채 마당으로 뛰어 나갔다.

"큰언니! 큰누나!"

우리들은 언니 양쪽 날갯죽지 속으로 파고들었다. 언니가 팔꿈치를 접고서 양팔을 벌려 하늘을 보았다. 흡사 실성한 사람 같았다.

"나는 무녀리가 싫어, 등신 팔푼이 같은 어빠라두 하나만 있으문 소원이 움겠어."

언니가 다시 병아리를 품듯이 우리를 품고서 울었다. 담을 의지하고 꽃 몽우리를 매달았던 나팔꽃이 흙탕물에 휩쓸려 수챗구멍으로 떠내려가는 걸 보던 우리들의 울음도 더 질겨졌다. 천둥번개는 하늘을 찢어발길 듯이 그렇게 야성을 띠며 짐승의 울음소리를 냈다. 개울물이 순식간에 불어 집 앞에 있던 돌다리가 물에 휩쓸려 떠내려갔다. 마당 가장자리가 뭉텅 꺼지는 걸 발밑으로 느끼면서 우리는 서로를 싸안았다.

빗줄기는 저녁나절이 되어서야 차츰 가늘어졌고 아기는 기진맥진한 채 언니 등에 엎드려 있었다. 그제서 시장기를 느낀 우리들은 찬밥을 끓여 먹으며 그 국물을 아기 입에 넣어 줘봤다. 아기가 몇 모금 받아먹더니 하품을 했다. 우리들도 잠든 아기 옆에 누웠다. 일어나보니 비는 말끔히 개었다. 우리들이 퉁퉁 부은 얼굴로 사립문 돌계단에 앉아 엄마를 기다리고 있는데 서쪽 하늘에 쌍무지개가 떴다. 그 무지개 밑으로 개울 물살을 헤치며 어머니가 오고 있었다. 어머니의 젖가슴이 아니, 하루 종일 그렇게도 우리들의 가슴을 태웠던 돼지 오줌통처럼 퉁퉁 불은 '아기의 밥통'이 젖은 민나이롱 블라우스에 훤히 내비쳤다. 어머니에게 아기를 넘겨준 언니가 머리를 만지며 모로 쓰러졌다.

그때 언니의 빈 젖꼭지를 빨던 간난쟁이가 바로 저 막내 놈이다. 그날의 이야기를 어머니가 막내한테 해준 적이 있었다.

"그날 말이다. 젖이 질 때마둥 난 오로지 애기 생각만 했어. 근데 에미를 보자마자 씨러지는 큰애를 보니까 그눔두 내내 쬐끄만 꼬맹이지 뭐여. 느 이모가 와 보구는 그랬잖어, 조막뎅이 만한 애럴 으른 부려먹디끼 한다구. 시상에는 뭔날뭔날 이름 붙은 날두 많더면 우째서 큰년이 날은 움능가 몰른다문서, 가슴팍에다 '방공' 대신에 '큰년이 날' 이런 꼬리표를 써붙이구 댕기게 대통령각하 앞으루다 핀지 줌 쓰라고

느 이모가 그랬잖어. 큰애 넌 기억날거를?"

언니는 대답대신 안쓰런 눈길로 막내 등을 쓰다듬는다. 막내는 계면쩍은 듯 몸을 꼬아 언니 손길을 털어 낸다.

"여러 사람 좋자구 하는 일이니 밀어줘요 큰누나. 이번에 둘째 누나 빚도 갚아 주기로 했고, 내가 가서 자리 잡으면 엄니두 모시구 가기로 형하군 이미 얘기 다 끝냈어요. 형은 맏사위잖우. 형네는 장인장모 모시는데 그럼 엄니를 누가 모셔요."

어머니가 혀를 차며 넷째와 나를 눈으로 묶는다. 졸지에 공모자가 되어 버린 나는 어머니한테보다도 언니한테 면목이 없어진다. 내 떡을 남이 나눠주는 걸 얻어먹는 느낌도 든다.

"빚 좀 졌다구 사람 우습게 만들고 있다 너. 돈 빌려 준 의리 생각해서 가만 있는 거 아냐 마, 너 명퇴당한 거 안 됐어서 참는 거지. 그깟 돈 삼천 당장 갚을 테니 신경 꺼."

"아아, 그러서? 그깟 돈 삼천? 웃겨 정말. 삼천이면 한 달에 오십씩 육 년을 갚아두 이자는 이자대로 그냥 나앉어. 아이엠에프 풀리면 저절로 갚아지려니 할 때가 아니라구."

난 묵사발이 되어 뭉개지는 기분이다. 역시 숫자놀음을 하는 놈들은 치밀한 데가 있다.

"난 가. 간다구. 땅을 팔아서라두 가 버릴 꺼야."

막내가 핏대를 올린다. 어머니가 깜짝 놀란다.

"뭐여? 땅을 팔어? 니 에미를 팔어라 이눔아."

어머니는 떡 반죽 함지를 밀쳐놓고 한 무릎을 막내 앞으로 바짝 당기며 삿대질까지 한다.

"집안을 말어먹을라구 두 형제지간에 아주 작당덜을 했구먼. 슨머슴 있던 거 내보내구, 큰애 핵교에 보내지 않은 것두 여차 했다간 땅 팔어 움쌔게 될까버서 그랬던 건데, 인제 와서 뭐가 우뜧구 우떠여? 아엠픈지 아야편지 엄살 그만 떨어 이 머저리 같은 늠아. 부쳐먹을 땅마지기가 움나. 다리 뻗구 눌 집이 움나. 남덜이 아엠프네 불경기네 하니깐 덩달어서 지랄이여 못나 터진 늠이. 안되겠다, 큰애야. 이번이 가서 당장 짐 싸갖구 와뻔져. 예전 같잖어. 인제는 재산두 아들만 다 주라는 시상 아녀. 두부 모 자르드끼 니 몫 반듯하게 잘러 줄 테니깐 이 은애를 하던 공부를 하던 니 가슴에 포원진 걸 풀어보란 말여."

남동생들이 눈을 동그랗게 뜨고 서로 마주본다. 그러자 어머니가 갑자기 달려들어 언니 발뒤꿈치를 치켜든다. 언니가 놀라서 잡아 빼지만 어림없다.

"느덜두 눈이 있으문 이 꼴 줌 봐라. 허리가 휘두룩 농사 져서 대학꺼정 공부시켜 놨더니 불쌍한 제 동기간 거둘 생각은 못하구 깔구뭉개구 자뻐졌냐, 이 매정한 늠덜아!"

언니가 발을 치마폭으로 가리며 인상을 쓴다.

"얘들아, 난 말이지 니들을 생각하면 눈물이 나. 막내는 아버지 얼굴도 기억 못하잖니, 그것만 생각하면 그렇게 측은할 수가 없어. 넷째는 또 초등학교 때부터 꼴 지개 졌잖어. 아버지 없는 집에 장남 노릇하기가 얼마나 힘들겠어, 여자형제는 여자라는 그 이유만으로도 그렇고, 엄니는 또 어떻구."

"큰애 너만 여기 있어두 재덜이 저렇게 제 앞가림만 하러 들진 않었을 꺼여. 아까 헌 말 허투루 듣지 마라. 널 미국에 놔 두군 내가 죽어두 눈을 못 감어. 에미하구 살자. 막내가 지척에 있긴 해두 한 집에 같이 사는 것만 하냐 어디. 널랑은 일두 하지 말구 해 넘어 가문 집안에 불이나 켜 놔. 에미 말동무나 해줘가문서 살자, 우리."

"그래, 언니. 갑자기 수구초심이라는 말이 생각나네. 여기서 엄니하구 살어. 언니 포도 좋아하잖어? 뒷골 밭에는 포도나무를 심구 울안에는 나팔꽃씨를 뿌려라, 언니야. 애들이 방학 때 내려오면 뚜뚜따따 신나겠네. 사람 사는 집 같아지겠는 걸, 안 그러니 얘들아?"

"그렇게만 된다면 우선 내가 한 시름 놓겠어요, 큰누나."

넷째는 언니를 상대로 하여 말을 하면서 눈길로는 막내를 보며 의중을 떠본다. 막내는 아까부터 열쇠고리를 손가락에 끼우고 뱅글뱅글 돌리고만 있다. 일손을 놓고 시름에 젖어서 버선에 수놓아진 잠자리를 쓰다듬던 어머니가 혼잣말을 한다.

"굽은 낭구가 선산 지키는 법이래더니……."

언니는 못 들은 척 벗은 한복을 개킨다.

삶의 무늬

비가 오신다.

시름시름 내리는 저 빗소리는 누에가 뽕잎 갉아먹을 때 내는 그것과 흡사하다.

날이 궂으면 우리 가게에서는 늘 잠실에서 나는 냄새가 맡아진다, 식물과 동물이 혼합되었을 때 만들어지는 특유의 비린내가.

왕언니는 간판의 전원을 올리고 나서 현관 문턱에 쪼그리고 앉아 약쑥에 불을 붙이느라 애쓰고 있다. 이마에 땀이 맺히도록 부채질을 해대더니 이젠 숫제 한 무릎을 꿇어 엎드린다. 볼을 잔뜩 부풀려가며 후우후 바람을 불어넣을 적마다 왕언니 머리 위에 얹혀 있던 족두리 장식이 거미줄에 걸려버린 잠자리처럼 지르르 진저리를 친다.

다른 집들은 '재숫불'을 성냥에 지핀다. 성냥을 그어 통성냥에 던지면 불이 확 일어난다. 몇 초 동안 유지되는 환하고 따뜻한 불빛을 바라보며 장사도 대박이 터져달라고 염원하는 것이다. 글쎄, 대박이 터지면 인생이 새로운 국면으로 접어들 수 있을까. 그동안 꼬였던 팔자가 쭉쭉 뻗어나갈 수 있을까. 부질없는 짓 같다. 아무튼 토끼월(卯月)과 원숭이 시(時)의 사주를 갖고 태어난 왕언니는, 묘신(토끼와 원숭이) 간의 원진살을 피해가기 위해서 정 신시(申時)인 다섯 시에, 약쑥 다발에 액막이 불을 지핀다.

"왕언니, 통성냥 한통 그냥 확 싸질러 버려요. 그게 머예요, 짜증나게."

막내가 요즈음 주가가 올라가니까 별 참견을 다한다. 처음에 미아리에서 왔을 때만 해도 왕언니가 묻는 말에는 대꾸도 변변히 못하던 앤데.

"어젯밤에 긴 밤 끊었던 손님처럼 오늘도 비실이들만 올 거 같아, 불 붓는 꼴 보니까. 하긴 비실거린다고 돈 안 주는 건 아니니까 진상만 안 남 되지 뭐."

에레나는 쑥불 피어오르는 모양새를 보고 그날의 장사 운을 점쳐 보는 버릇이 있다. 그녀는 영업의 이익보다는 주로 진상이 안 나길 바라는 쪽에 운을 건다.

마침내 불이 바알갛게 피어오르고 왕언니도 꿇었던 무릎을 편다. 밑에 깔아 놓았던 신문지가 축축하게 젖었고 치맛자락에는 주름이 잡혔다. 거친 일엔 거친 옷이 제격이지만 왕언니는 언제나 그날의 치장을 다 하고 나서 의식을 치른다. 어쩜 자기 자신한테 붙어 있을지도 모를 잡기(雜氣)나 잡내마저 태워버리고 싶어서 그러는지도 모른다. 약쑥 냄새를 동반한 연기가 홀 안을 둘러서 밖으로 빠져나간다. 이때쯤이면 나는 매번, 홀에 기생하던 곰팡이도 시금털털한 냄새도 연기를 따라 날아갔으면 좋겠다고 바란다.

화장을 하면서 곁눈질로 연신 참견을 하고 있던 에레나와 막내는 차분하게 앉아 다시 거울 속의 제 얼굴로 관심을 집중한다. 막내는 입술에 펄이 섞인 립글로스를 덧바르고 에레나는 댕기머리 스타일의 가발을 썼다가 펑크스타일로 바꿔 쓰더니 다시 댕기머리로 바꾼다. 그러더니 펑크스타일 가발은 나한테 씌워준다. 방금 전에 속눈썹도 에레나가 붙여준 거다. 내 꼴을 보며 웃음을 참느라 키득거리던 에레나가 콧노래를 흥얼거린다. 리듬은 그녀의 십팔번인 '에레나가 된 순이'이다. 산골 출신인 그녀의 본명은 명순이랬다. 그녀가 맨 처음 여기 왔을 때 그 노래를 얼마나 구성지게 잘 불렀던지 어떤 손님은 '긴밤'을 끊어놓고 에레나에게 밤을 새워 그 노래만 부르게 했단다. 솔직히 에레나의 얼굴은 별로다. 빈대떡처럼 넙데데한데다 입이 양쪽 턱까지 찢어졌다. 게다가 패션 감각도 떨어진다. 그래서 그녀는 유행과 계절에 상관없이 검정 깡통치마에 흰 저고리, 그리고 댕기머리 가발을 쓴다. 그녀가 즐기는 홀복이자 유니폼이다. 이런 복고풍이 그래도 에레나를 가장 에레나답게 해준다. 만일 그녀한테 그 구성진 목소리마저 없었다면 쫓겨났을 것이다. 아님 이 바닥하고는 처음부터 인연을 맺지 않았거나. 손님들이 '에레나 잘 부르는 아가씨'라고 해서 그녀의 이름은 자연스럽게 에레나가 되었다. 만일 그녀의 부모가 조금만 선견지명이 있었거나 연예계통으로 선이 닿아 그녀를 일찌감치 가수로 데뷔시켰더라면, 아마 지금쯤 에레나는 매주 월요일마다 가요무대에 나와 주현미나 문희옥과 언니동생하며 어깨를 겨루고 있을지도 모른다. 에레나는 정말 그쪽으로 빠졌어야 하는데, 전 국민이 다 같이 즐겨야 하는데 저 좋은 노랠 우리끼리만 들어서 유감이다. 제 노래에 취한 에레나가 된 에레나가 댕기머리 끝을 물고 일어나 스텝을 밟는다.

　　석유불 등잔 밑에 밤을 새면서
　　실패 감던 순이가 다홍치마 순이가

　막내가 일어나 에레나의 손을 잡고 탱고를 춘다. 에레나는 노래가 좋지만 막낸 춤이 수준급이다. 노래가 끝났는데도 내 머릿속에는 가사와 리듬이 남아 있다.
　오늘밤도 파티에서 웃고 있더라, 하는.
　부채를 펴 든 왕언니가 우리들의 머리 위까지 훠이훠이 부채질을 한다. 부채 끝에서 매방울이 쩔렁쩔렁 흔들린다. 소리는 부채 끝에 있지 않다. 방울도 없다. 방울과 소리는 남들이 텍사스촌이라고 부르는 저 길바닥에 있다. 아니다. 소리는 정작 내 가슴 한복판에서 둥기둥 둥당당 굿거리장단으로 요동친다.
　결혼식장에서 신부화장 할 때 해본 이후로 오늘 처음 붙여 본 속눈썹이 여간 거북스러운 게 아니어서 나는 자꾸만 눈이 끔벅거려진다. 허드렛일을 하고 받는 내 월급은 이 골목 아가씨들 수입의 오분의 일도 안 된다. 나는 아직 젊다. 이 골목에서의 수입은 특별한 경우가 아니고는 나이에 비례하니까, 마음먹기에 따라서는 나도 얼마든지 고소득의 경제활동에 참여할 수가 있다. 그러나 내가 오늘 화장을 하고 홀에 앉아 있는 근본적인 이유는 내 안에서 꿈틀대는 욕망의 정체가 무엇인지 제대로 한번 타진해 보고 싶어서이다. 내 몸과 내 이성은 아직까지도 서로 타협을 못 보고 있다. 한 가지 분명한 건, 오늘 만일 손님을 받는다면 나는 이제 접대부가 되는 것이다. 지금 내 기분은 외나무다리를 건너며 물결을 내려다보는 심정이다. 곧바로 가자니 고행이요, 내려 뛰자니 그 깊이를 모르겠다. 긴장에서 오는 스트레스가 장난 아니다. 나는 혓바닥으로 침을 굴려 방울을 만든다. 방울은 홀 안에서 방방 떠다니며 홍등의 불빛을 모아 어항 속으로 들어간다. 왕언니도 물동이 모양을 본뜬, 자기 엉덩이만한 어항에 방울을 만들어 보탠다. 어항 속에서는 금붕어가 주둥이를 맞대며 꼬리를 흔들고, 수면 위엔 왕언니와 내가 만든 방울이 들러붙는다. 방울이 팥죽 끓듯 풀떡풀떡 소리를 만든다. 내 속이 시끄럽다. 물비린내가 올라온다. 부패한 냄새의 진원지가 저 어항일지도 모르겠다. 어항에는 치어들이 바퀴벌레처럼 고물거리고 있다. 왕언니가 코를 찡그리며 치어들을 관찰한다.

"물을 갈아 줘야겠어."

"왕언니, 지구상에서 인간이 멸종한다 해도 물고기들은 살아남을 거 같지 않우? 대단한 번식력이야. 축복해 주고 싶어."

나는 정말 그런 생각이 든다.

"아이 낳고 싶은 미련이 있으면 지금이라도 이 바닥에서 발 빼라. 나중에 가슴 치지 말고."

"그건 왕언니 말이 맞습니다요. 주방언닌 번지수 잘못 찾아 왔다고 내가 그랬잖아요. 난 남자들이 생사탕을 해 먹을 게 아니라 붕어탕을 해 먹으면 죄다 회춘할 거란 생각이 들어."

"나도 에레나 언니한테 한 표. 그래야 우리 집 매상 왕창 올리지."

"막내, 넌 무슨 애가 뭐든지 돈에다 끌어다 붙이냐, 그렇게 돈 좋아하다 언제든 돈 때문에 피박 쓸 날 온다, 너.”

"피박을 쓸 때 쓰더라도 난 돈 좀 한번 왕창 벌어봤음 좋겠어.”

"그래, 벌었다 치고, 그 담은?”

"해피하게 잘 사는 거지. 그 게 내 꿈이야. 언닌? 에레나 언닌 꿈이
뭔데? 면사포 써보는 거? 애기 낳는 거?”

에레나는 말대꾸 대신 한숨을 쉰다. 촐촐히 내리는 비를 맞고 손님
이 들어선다. 손님은 손님인데 가게 손님이 아니라 에레나한테 볼일이
있는 스리랑카 청년이다.

"아뇽하세요?”

차분하고 유순해 보이는 저 사람 이름은 빌발이다. 빌발과 에레나는
목하 열애중이다. 고개를 들어 올리던 빌발은 나를 보자 동그랗게 동
공을 확장시키더니 엎드려 강아지, 이슬이를 부른다. 저 누나마저도
결국 술집 아가씨로 나서려나? 하는 눈빛이 빌발한테서 느껴진다. 이
슬이가 옛 주인을 알아보고 조르르 달려 나가 품에 안긴다. 내가 수건
을 가져다주자 빌발은 고마워 어쩔 줄 모르며 머리를 털고 안경알을
닦는다.

에레나가 겉옷을 걸치고 나온다.

"잠깐 나갔다 올게요, 왕언니.”

"늦지 마라.”

"그럼요.”

"언닌 좋겠다, 애인이랑 데이트 가고. 그냥 들어오기 없기다?”

막내가 주문을 하지 않더라도 에레나는 돌아올 때 아이스크림을 사
기 위해 신호등을 두 번이나 건너갔다 오는 수고를 할 것이다. 주가가

올라간 막내는 입이 높아져 베스킨라빈스 아니면 시큰둥하다. 너트와 아몬드가 들어간 바삭한 맛을 즐기더니 요즈음엔 산뜻한 맛이 나는 아이스크림을 좋아한다.

"어쩌려고 저렇게 깊이 사귀지? 보인다 보여, 우리 에레나 언니 물 먹는 거."

이슬이를 안고 에레나의 우산 속으로 들어가던 빌발이 다시 한번 의미심장하게 나를 쳐다보며 고개 숙여 인사한다. 예의를 중요하게 여기는 청년 같다. 저들의 사랑이 이루어지길 빌며 나는 손을 흔들어준다.

어둠이 짙게 드리워졌다. 막내는 룸으로 들어가고 홀에는 왕언니와 나 둘뿐이다.

노가다 타입 서너 명이 기웃거린다.

"첫날이니 순한 손님이 걸렸으면 좋겠다, 그지?"

왕언니가 내 눈치를 살피려들지만 지금 내 마음이 어떤지 나도 잘 모르겠다. 복잡한 것 같기도 하고 답답한 것 같기도 하다.

노가다들은 앞집 '둥지'로 들어간다. 내가 긴장을 풀 사이도 없이 또 온다. 이번엔 사십대 두 명이다. 지하철 같은 데서 옆자리에 앉는 것조차도 피하고 싶은 분위기의 '술자루'들이다. 나는 같이 섰을 때 내 눈에 정수리가 내려다보이는 키 작은 남잔 무조건 싫다. 그러나 그보다 더 싫은 타입은, 물렁살이 뒤룩거리는 시뻘건 얼굴의 술자루들, 비틀어 짜면 그동안 먹은 술이 땀구멍으로 술술 빠져 나올 것처럼 보이는 이런 타입을 나는 혐오한다. 어쩌다 밤늦은 시간 지하철에서 이런 치들의 맨살이 닿으면 흡사 뱀같이 미끄덩거리는 감촉이 느껴져 소름이 돋는다. 이런 치들은 모든 감정을 술에 의존하기 쉽다. 기뻐도 술, 슬퍼도 술. 이런 치들은 생활이 대체로 무절제하며 잠자리에서도 기껏 불 짚어 놓고 비실거리다 파트너의 사정은 아랑곳하지 않은 채 코를 골지도 모른다. 아니면 성질대로 안 되니까 공연히 엄한 짓거리만 하면서 괴롭힐 수도 있다. 난 낮이나 밤이나 신사가 좋다. 오늘 내 첫손님도 신사였음 좋겠다.

앞집 '둥지' 아가씨들은 오늘 짙은 남색 한복들을 입었다. 여남은 명은 족히 넘는 아가씨들이 창가에 오종종하게 일렬로 앉아 있는 폼이 흡사 전깃줄에 앉아 있는 제비를 연상시킨다. 먹잇감을 본 제비들이 갑자기 소란스럽게 제제거리자 우리 가게 문을 열려던 사십대들이 망설이고 있다. 광어 먹을까, 도다리 먹을까 나름대로 수를 쓰고 있는데, 왕언니가 먼저 선수를 치고 들어간다. 한쪽 눈을 찡긋해서 낚싯줄을 당긴다. 둘 중에 키가 더 작은 사십대 초반이 나한테 필이 꽂히는 눈치를 보인다.

"이 쪽으루 하지?"

일단 주사위를 던져놓고는 뒤로 물러서서 간판을 올려다본다.

'사과밭?'

희죽 웃으며 현관 유리문을 밀고 들어온다. 우리 가게 간판은 왕언니의 남자가 지었다. 왕언니의 남잔 책 줄깨나 읽었는데 집도 절도 없이 떠도는 바람의 사나이를 사람들은 땡중이라 불렀다. 술집 이름이 그게 뭐냐고 업주들이 충고를 했지만 왕언니는 그대로 밀고 나갔다. 칠궁, 아방궁, 사랑채, 첫사랑, 용궁, 만리장성…… 이런 이름 가운데에서 사과밭은 변별성이 있었는지, 한번 왔다간 손님들은 간판 이름을 쉽게 기억하여 단골이 되었다.

"괜찮겠니? 손님 받을 수 있겠어? 진상 나면 내가 해결할게, 그건 걱정 말고."

싫다. 귓속에 말벌이 들어가 위이잉 날개를 비비는 것처럼 머릿속이 시끄럽고 따갑다.

"아무래도 안 되겠어, 나 못하겠어요, 언니."

기권을 하고 나니까 기운이 쪼옥 빠진다. 왕언니는 내 등을 두드려 안심을 시켜가면서 한손으로는 아가씨를 구하느라 핸드폰을 눌러댄다. 남자들한테도 양해를 구한다.

"오늘 저희가 사정이 생겼어요. 대신 진짜 괜찮은 아가씨들 소개해 드릴게요."

손님들은 말이 통하지 않는 외국인마냥 쓰다달단 내색 없이 그냥 처분만 바라고들 있다. 미끈한 팔등신 두 명이 온다. 둥지 아가씨들이다.

"미스 둥지를 몰라주면 섭하지잉!"

닳고 닳은 둥지 마담이 가게에 들어서서 아양을 떨며 하는 수작이다. 땅딸이 뱀눈이 마담을 한번 훑어보고는 다시 내 쪽으로 고개를 돌린다. 마담이 뱀눈 다리 사이로 그녀의 다리를 질러 넣고 허리를 감는다. 그러나 손님은 여전히 나에 대한 미련을 버리지 못하는 눈빛이고. 마담은 가소롭다는 듯이 콧방귀를 한번 날린다. 나의 인물평인지 아님 자신의 매력을 높이 사주지 않은데 대한 반감인지 그도 아님 별 거지 같은 게 다 고집을 피우고 자빠졌네 하는 건지는 모호하다.

"일단 맛만 한번 봐봐."

마담이 손님 어깨를 감싸 안고 손을 끌어다가 제 가슴 속으로 넣어 주었다. 손님이 눈을 게슴츠레 감다시피 하고 입을 헤 벌린 채 키 큰

마담을 올려다본다.

"오케이?"

마담이 물었다. 손님이 고개를 끄덕이며 둥지로 끌려가고 나머지 한 명도 옵션으로 따라온 아가씨 어깨를 감싸고 둥지로 간다. 주방에만 있을 땐 손님은 그냥 손님이었다. 곰보든 째보든 그게 나와 하등의 상관이 없고 그저 돈 주고 가는 기계나 마찬가지였다. 그러나 막상 홀에 앉아 보니까 하나 하나 남자로 보이면서 죄다 맘에 안 든다.

내가 마음을 놓을 새도 없이 손님이 오고 왕언니가 손님을 받아 룸으로 들어간다.

비는 잦아들고 인적은 드문데 젊은 커플이 맞은편 골목에서 기웃거리며 온다. 우리 가게쯤에서 우산을 접는다. 마른 숫칡처럼 뻣뻣하게 생긴 말라깽이 여자가 제 남자의 허리를 감으며 눈에 조롱을 담아 창 밖에서 나를 쳐다본다.

"여기가 그런 데잖아? 길 잘못 들었네, 돌아서 가자, 여보."

말은 그렇게 하면서도 이 골목의 풍경을 즐기는 눈치.

"그냥 가, 모처럼 만에 좋은 구경하게 생겼는데 뭘."

여자가 오던 골목으로 되돌아서려고 하고 남자는 이 골목을 지나려고 하다가 커플은 여전히 우리 가게 앞에서 주절대고 섰다.

"쫌 그렇잖아. 미아리만 있는 줄 알았더니 여기도 있네? 그러고 보니 강동구라고 다 좋은 건 아니네 뭐. 이런 동네에다 집 사 봤자지, 그치 여보?"

막내가 룸에서 나오다가 이 광경을 목격하게 되었다. 여자가 막내를 흘금거리는 통에 마치 막내한테 하는 이야기처럼 들린다. 밖에서는 안의 소리가 들리지 않지만 칠 미리짜리 유리벽 안에서는 밖의 소리가 썩 잘 들린다는 걸 저 여자가 알고 지껄이는지 모르겠다. 막내가 째려본다. 냉소를 보내며 노골적으로 눈알에 힘을 싣는 여자. 막내가 유리문을 활짝 열어젖힌다.

"자기야, 오랜만이네? 한번 하고 가는 게 어때?"

막낸 이 바닥에서 일하기에 아주 훌륭한 목소릴 가졌다. 거기다 충분한 시행착오를 겪은 터라서, 어떻게 하면 남자들이 제 목소리에 홀딱 넘어가는지를 아주 잘 감지하고 있다. 막내가 호객을 할 때면 대부분의 남자들은 야들야들하면서도 끈적거리는 저 비음에 사족을 못 쓰고 넘어간다. 어쩔 땐 휘리리릭 휘리리릭! 명랑하게 휘파람 소릴 내고 또 어떨 땐 후티새처럼 후다닥 후다닥 웃저고리로 바람까지 일으키며 요기로운 목소리로 교태를 부린다. 저 남자도 막내의 놀라운 목소리에 호감을 느낀 빛이 역력하지만 짐짓 시치미를 떼며 그냥 데면데면 웃어넘긴다.

턱을 고정시킨 채 한눈에 막내를 훑어보면서 입 꼬리를 비트는 여자.

"뭐, 자기? 웃기고 자빠졌네. 대가리에 피도 안 마른 게 발랑 까져가지고."

"난 사모님한테 볼일 없거든? 가던 길이나 얌전히 갈 일이지 왜 훔쳐보기 하면서 함부로 주뎅이질인데?"

"주제에 어따 대고 반말이야, 이게. 재수가 없으려니까 별 더러운 꼴을 다 보겠네, 진짜."

여자가 허리에 손을 얹고 대거리하고, 남자가 여자를 잡아끌지만 여자는 버틴다.

"여보야, 입으로 해줄게. 사모님 데려다 놓고 와라, 응?"

"미친년. 주뎅이를 확 찢어놓을까부다, 누가 네 여보야, 엉?"

"같이 잠자면 여보지, 여보가 뭐 별거냐? 너넨 뱃속에서부터 여보당신 세트로 나왔냐?"

"아, 열 받아. 뭐 저런 걸레 같은 년이 다 있어, 정말."

"하쭈구리, 사모님 지금 나하고 한번 해보겠다 그 말씀이셔? 너 오늘 딱 걸렸어. 니 보지가 질긴가 내 보지가 질긴가, 니 남편 걸고 내기 해보자. 날궂이 한판 붙어보자고! 존말할 때 들어와, 안 들어와!"

막내가 지껄여대면서 옷을 한 겹 한 겹 벗어던진다. 아직 채 크지도 앉은 목련꽃만한 젖이 젖꼭지를 빳빳이 세운 채 드러난다. 푸릇푸릇한 오기와 소름이 오소소 돋은 열일곱 나체에서 부끄러움이 믹스된 묘한 오로라가 품겨져 나온다. 막내가 팬티부터 벗어던지고 치마허리 호크로 손을 옮기는데 너무 서두른 나머지 단번에 안 잡힌다.

남자가 여자를 막 잡아끈다. 여자가 남자의 손을 털어내더니 쳇, 마침표를 찍듯이 혀를 차고는 휙 돌아서서 총총히 사라진다. 내가 이런 근처엘 다시는 오나 봐라 하는 각오가 저 여자의 입에 물려 있다.

내가 옷을 던져주자 막내는 그 옷을 세탁기에다 집어넣고는 다른 옷을 입고 나온다.

막내는 문틀에 기대어 귀밑머리를 손가락으로 뱅뱅 꼬고 있을 뿐 별로 마음 상한 기색은 내비치지 않는다.

"어머! 브레드피트랑 너무 닮았네, 정말 멋지다 자기."

막내의 러브콜을 받은 곱상하게 생긴 애송이가 기분 좋게 손을 들어

준다. 외양과는 다르게 많이 해본 수작이다. 막내가 뛰어나가 남자를 안는다.

"나랑 어때?"

"잘해 줘야 돼."

"당근이지 애는."

막내가 남자의 볼을 쥐고 흔든다. 내가 이 동네에 발을 들여놓기는 막내보다 먼저인데 손님인지 행인인지 구분해 내는 데는 막내가 단연 선수다. 아무래도 직접 낚시질을 해서 요리를 해본 경험으로 선수가 되어서 그럴 것이다.

빗방울은 다시 굵어지고 밤도 이슥해졌다. 손님은 이제 들지 않을 모양이다. 잠깐 허리를 좀 펴기 위해, 나는 방석이나 맥주 박스를 넣어 두는 룸으로 들어간다. 얼마 전까지 늙은 접대부가 쓰던 이 방은 지금은 비어 있는데도 텍사스촌 객실 특유의 냄새가 맡아진다. 자꾸 선하품이 나온다.

아버지 같기도 하고 남편 같기도 한 사람이 온다. 고양이가 운다. 긴 날개를 펴 공중에서 활공하는 내 옆으로 까마귀 떼가 모여든다. 남편이 네모난 티슈를 뽑아다가 내 얼굴에 덮어씌운다. 티슈는 풀 바른 창호지처럼 두 장 석 장…… 착착 달라붙는다. 호흡이 곤란하여 사지를 바둥대는데 수천 마리의 까마귀 떼가 난무를 즐기면서 나를 콕콕 쪼아 댄다.

"주방 언니, 언니이! 땀 흘리는 것 좀 봐."

눈을 떠보니 날 흔들어 깨우는 에레나의 손엔 맥주 두 병과 과일 몇 조각이 담긴 쟁반이 들려져 있다. 여기서 나가는 기본이다. 낯선 손님이 방안을 들여다보며 주춤거리고 있다. 전형적인 뱀눈이다. 까마귀 소리가 들린다. 나는 으악! 비명을 지르며 벌떡 일어나 앉는다. 왕언니가 들어와서 사람들을 내보내고 우황청심환을 건네준다. 나는 다시 누워서 중풍환자처럼 우황청심환을 씹고 있다. 모두들 나간 빈방에서 나는 빗소릴 들으며 차근차근 꿈을 되짚어 본다. 방금 들어왔던 손님 얼굴이 남편 얼굴에서 아버지 얼굴로 겹쳐진다. 꿈이 너무 불길하다.

천둥이 무섭게 치던 날이었다. 하양 빨강 노랑 종이 국화꽃으로 치장한 상여 위에서 선소리꾼이 요령을 흔들며 슬픈 노래를 하고 있었고 상여꾼들은 제자리에서 박자에 맞춰 발자국을 떼어 놓았다. 아버지가 마지막으로 가는 길이니까 그만 이제 눈물을 거두고 절을 하라고 시켰다. 나도 언니들을 따라 하려고 양손을 이마 위로 가져갔는데 막내고모가 나를 옆으로 끌어내었다. 언니들과 내 머리에는 똑같이 누런 베보자기가 씌워져 있었는데 나만 옆으로 돌려놓았다. 나는 바닥에 짓뭉개진 봉숭아꽃잎을 보며 뭔가 억울하단 생각이 들어서 생쥐처럼 어른들 다리 사이를 비집고 들어가 이미 우리 대문 쪽에서 틀어서 길거리로 나선 상여에다 대고 절을 했다. 이번엔 엄마가 잡아끌어내며 욕을 퍼부어댔다. 이날부터, 가정부로 부려먹으려고 늘그막에 날 낳았지 싶을 만큼 엄만 날 완전히 식모 취급하려 들었다. 정 할일이 없으면 쌀에 뉘를 고르라고 내주고 엄만 화장대 앞에서 눈썹을 다듬거나 새치를 뽑았다. 나는 엄마가 내준 일을 하지 않고 뺀질거려 매를 벌었다.

아버지의 제삿날이었다. 엄마가 제삿밥을 안치려고 낮에 씻어서 장독대 위에 올려놓은 쌀을 가져오라고 일렀다. 베보자기가 팽팽하게 덮여져 있었고 나는 그걸 거두어 냈다. 쌀 위에는 새 발자국 문양이 새겨져 있었다. 신비롭고 놀라웠다. 무늬가 지워지지 않도록 쌀 바구니를 가만가만 들고 부엌으로 갔다.

"아버진 새가 됐나 봐?"

나는 기도하는 모양으로 두 손을 모은 채 엄마의 동의를 구했다.

"썩을 년, 귀신 씨나락 까먹는 소리하고 자빠졌네, 새는 무신노무 새여?"

"엄마, 왜 거짓말을 해, 이렇게 새 발자국이 있는데. 고모들 좀 보여 줘 봐요."

나는 엄마 말고 누군가에게 그 무늬를 보여주고 싶었다.

"그 인사는 뉘서 빈둥빈둥 놀기만 했응게 소가 되얏을 것이여."

엄마는 소쿠리를 들고 막 흔들어서 무늬를 지웠다. 난 어릴 때 담 밑에서 구렁이가 어린 새를 집어 삼키는 걸 본 적이 있었다. 막 윽박지르는 엄마가 구렁이 같이 느껴졌다. 그 뒤 얼마 후에 가족사진을 가져오라는 숙제가 있었다. 엄마 결혼식 때 찍은 사진을 내 놓으라고 했더니 엄마가 또 욕을 해 부치면서 나를 두들겨 팼다. 아버지 생각이 간절했다. 나는 새 발자국과 구렁이 무늬를 그렸다. 그 밑에다 〈아빠 엄마〉라고 제목을 붙여서 가족사진 대신 제출했다. 선생님이 숙제는 안 해오고 지금 장난하냐면서 손바닥을 석 대 때렸다.

"우리 아빠 분명히 새가 되었어요, 엄마도 봤어요!"

내가 소릴 지르자 선생님은 다시 석 대를 때렸다. 나는 또 우겼다. 선생님은 엄마를 모셔오라고 했다. 요란하게 치장을 하고 학교에 온 엄마는 교무실에 들어가기 전에 화단 옆에서 담배를 피우며 화장을 고쳤다. 아무리 분첩을 두드려 대도 술에 전 엄마 얼굴은 본색을 드러내고 말았다. 애들이 구경하려고 모여들었고 엄만 자기가 멋있어서 그런 줄 알고 넌, 몇살 묵었냐 하고 관심을 보였다. 아이들이 대답 대신 피식피식 웃었다.

"쟈네 엄만 첩이래?"

"술도 팔았었대?"

우리 동네 사는 애들이 그렇게 퍼트렸다.

선생님은, 사랑이 결핍돼서 그런 것 같다, 문제아적 기질이 다분히 있다, 엇나가기 전에 어머님이 다른 형제보다 각별히 신경 써 주시길 부탁한다, 는 처방을 내렸다. 그러나 엄마는 일언지하에 선생님을 찍어 눌렀다.

"갸가 어리서부터 엉뚱한 디가 있응게 선상님은 크게 신경 쓰덜 마시쇼."

교문에는 벚꽃이 한창이었다. 바람이 불 때마다 방금 지나온 엄마와 내 발자국마다에 꽃잎이 담겼다. 그 좋은 꽃길을 채 빠져 나오기도 전에 엄마는 내 머리통을 쥐어박았다.

"뭘 먹고 살 일 났다고 사람 성가시게 오라 가라 허게 맹그냐. 될성부른 낭구는 떡잎부텀 알어본대드만, 싸가지 읎는 년 같으니라구."

나는 내 손을 할퀴었다. 피가 송골송골 맺혔다.

"독살시런 년. 지미 보기를 구렝이보듯 하는 년. 좌우지간 우리 집은 너 때미 되는 노릇이 읎어야."

이번엔 황사바람이 불어와 해코지를 하듯이 엄마와 내 얼굴에 모래바람을 흩뿌렸다.

고3 여름방학 때 단과 학원엘 한 달 다닌 적이 있었다. 법과 경제 부

110

분을 어려워하는 내게 개별 지도해 주겠다면서 정치경제 선생이 각별한 호의를 보였다. 친구들이 원조교제하냐고 놀려댔다. 고시공부 하다 보니 마흔 살이 되도록 장가를 못 갔다고 자기소개를 했다. 특별한 재능도 없던 나는 '서울 소재의 대학'으로 선택 폭을 좁히다 보니 철학과에 들어가게 되었다. 내가 대학에 들어가자 나와 결혼하겠다고 그 선생이 집에 인사를 왔다.

"야, 너 요즘 남자 있다며? 잘 됐네. 좋다는 사람 있을 때 시집이나 가버려. 너 같이 머리 복잡한 애들은 그저 철모를 때 일을 저질러야 하는 거야. 철학과 다녀 봤자야, 너."

"놔둬라, 쟤 미아리에다 자리 깔아놓고 사주보고 손금 보는 거 한댄다."

언니들은 이렇게 이죽거렸다. 엄만 한 술 더 떠서 염병 걸린 강아지 처분하듯이 날 냉큼 내주었다. 언니들한테 학비를 얻어 쓰던 난 학교를 중도 포기한 채 대학 일학년 때 결혼식을 올렸다.

그로부터 햇수로 십년이 지났으며 남편과는 연락 두절 상태에 있다. 창고 방에서 나온 나는 클렌징 폼으로 화장을 지운다. 이유 없이 눈물이 흘러 눈이 맵다. 세수를 하고 트레이닝복을 걸치고 앉아 있는데 왕언니가 부부찻잔에 따끈하게 커피를 타 온다. 왕언니 단골손님인 아마추어 도예가가 직접 빚어서 선물한 찻잔인데 모양새는 없지만 손에 익어서 내 맘에 든다. 새것보다는 손때 묻은 것에 더 마음이 가는 건 내 취향이다. 사람도 그렇다. 왕언닌 이런 내 성격을 두고 컨트리풍이라고 놀린다. 나도 안다, 내가 도시적이지 못하다는 것을. 조직적이고 기

계적인 이 사회의 톱니바퀴에 맞물려 돌아가지 못하고 어리삥삥 겉도
는 자신을.

저 왼쪽에 붙은 여관집 담에서 목련이 송이채 툭, 떨어진다. 그 모습
이 공중비행을 하는 제비 같다. 푸르스름하게 미명이 밝아 와서 그렇
게 보이는 모양이다. 삼짇날이 어제던가 그제던가. 제비들이 제 둥지
를 찾아와 고단한 날개를 접고 쉬고 있을지도 모를 일이다.

"연명아!"

연명(燕鳴), 내 이름이다. 이 바닥에서 내 이름을 아는 사람은 왕언니
한 사람뿐이다. 깊은 속을 털어놓고 싶어지면 연명아, 그렇게 부르곤
하는데 왕언니는 처음 내 이름을 들었을 때 등잔 심지 같이 잦아드는
절박함이 배어 있다고 했었다. 언젠가 시간이 나면 내 이름의 내막을
말해 줄 생각이다.

아랫도리가 불덩이처럼 달아올라 주체를 못하던 날 엄만 밤새 아버
질 들볶았더란다. 아버진 바람이나 쐬고 오라며 돈을 마련해 주었다.
엄마가 음식점에 앉아서 밥을 다 먹고 담배를 피우고 있는데, 합석해
도 되냐며 술병을 들고 건너오는 사내가 있었다. 같이 술을 나눈 후에
여관으로 직행하여 몸도 나누었더란다. 그날 밤 엄마 꿈에, 새카만 제
비가 입에 무화과나무 잎새를 물고 추녀 끝으로 날아들더란다. 그 상
서로운 징조를 태몽이려니 믿었고 짐작했던 대로 곧바로 태기가 있었
다. 입덧도 유난스러웠고 태동도 얼마나 활기찼던지 엄마는 소망했던
대로 아들을 얻게 됐다고 철썩 같이 믿었더란다.

으뗳던지 새액까만 지비가 누우런 나락을 물고서나 내 집 문지방을
훌떡 넘더래니께, 인자 우리는 근심걱정 물 근너 보낼 것이구만.

112

엄마는 이렇게 각색을 해서 동네방네 광고를 했고 무서리가 촐촐히 내리던 초가을 저녁에 나를 낳았는데. 차라리 도야지 새끼 같으문 폴아나 묵지. 뒈져버리라고 하루 한나절 젖도 안 물리고 산모는 미역국만 아귀, 아귀 퍼먹더란다. 미리 지어 놓은 아들 이름이 다 허사가 되어버린 마당인데도 아버지는 제비울음처럼 맑고 청아하게 살라는 뜻을 심어 연명이라 지었다. 아버지는 대를 이을 심산으로 엄마의 비행을 눈감아 주었다지만 그게 아니라 젊은 엄마의 성욕을 이해하고 덮어준 거였다.

식은 커피를 마저 털어 넣다 말고 왕언닌 가만히 나를 쳐다본다.

"연명아, 너는 이 바닥 체질 아냐. 술집 여자도 다 팔자에 타고나야 해먹는 거거든."

왕언니는 담배를 붙여서 내게 한 개비 주고 자기도 한 개비 붙여 문다.

"우리들은 하루만 남자 안 보면 못 살아. 아래가 불덩이 같이 달아올라서. 내 몸속에 들어갔다 나온 남자들이 그러잖아, 네 속은 아궁이 속같이 뜨겁다고. 몸이 그렇게 들볶아서 거리로 나 앉는 거야. 밝히는 게 아니라 그냥 그게 몸의 사정이고 진실이야. 넌 그 정돈 아니지? 사람은 결국 자기 천질대로 살게 되어 있다고 믿었었거든? 그런데 있잖니, 내가 벌써 올해 마흔 둘이잖니. 나도 이제 늙는 걸 느껴. 예전 같지가 않아. 남자? 이젠 점점 귀찮아질 때가 많아."

왕언니가 검지와 중지 사이에 깊숙이 담배를 넣고 나머지 손가락으로 마치 입을 틀어막듯이 피운다.

"휴우! 이 비가 그치면 봄이 바싹 다가오겠구나, 단골손님처럼 그렇게."

왕언니는 시든 가지 꽃처럼 매달려 있는 담뱃재를 털 생각도 없이 시름에 젖어든다.

그렇겠지. 술집 여자도 직업인데 아무나 할 수 있는 건 아닐 테지. 꽃들이 시새워 투둑 벙그는 이 밤에, 제비도 알을 낳으려고 둥지를 트는 이 밤에 서른이라는 젊은 청춘이 여기 사창가에 기대어 속절없이 시들어 가고 있구나, 내 입에서 한숨이 나온다. 왕언니도 오늘은 마냥 쓸쓸해 보인다. 단골손님 운운 하는 것도 예사로 하는 소리 같지가 않다.

왕언니가 지금 기다리고 있는 사람은 땡중일 것이다. 왕언니의 아버지는 김씨 성을 가진 소장수 아니면 우씨 성을 가진 땡중이랬다. 그래서 왕언니의 이름은 '김우' 이다. 왕언닌 땡중과 많이 닮았다. 딱히 얼굴이 닮았다기보다 분위기가 비슷하다.

난 땡중을 여러 번 보았는데도 언제나 처음 보았던 날의 기억이 남아 있다.

땡중 얼굴에서는 기품이 흘렀다. 그리 큰 키도 아니었는데 목이 길어서 그랬는지 첫 대면을 하는 순간에 수려하다, 라는 단어가 머릿속에 떠올랐다. 눈빛이 차면서 고요했다. 원만하면서도 갸름하게 마무리된 턱, 그 턱 중간쯤에 수수알갱이만한 붉은 점이 나 있었다. 그 점 때문인가, 만약 정수리에다 물을 한 홉 붓는다면 턱 끝에서 모래시계에 모래가 떨어지듯 아주 규칙적으로 물이 떨어질 것 같다는 생각이 들었다. 단아하면서도 깊이가 있게 생긴 땡중 얼굴을, 천성이 헤픈 여자처럼 난 넋 놓고 바라보았었다.

114

그날 왕언니는 평소와는 판이하게 다른 행동을 했다. 셔터를 내려놓고 창호지를 말아서 소지를 올렸다. 그리고는 옥색 치마저고리로 단장을 하고 밤새워 놀이에 열중했다. 그들은 무녀들이 하는 것과 흡사한 노래를 불렀다. 그 노래는 예사 노래가 아니다. 특별한 노랫말이 있는 것도 아니고 그저 어이히, 하고 넘어가는 곡이 전부다. 정선아리랑과 무당의 넋두리를 혼합한 것 같은 그 유장한 가락은 왕언니만의 독특한 창법으로써 듣고 있다 보면 가슴을 애절하게 훑으로 내리는 그 무엇이 있다. 가끔 어이, 얼쑤 하고 땡중이 추임새를 넣으면 곡은 드디어 절정에 달한다. 밋밋하던 국에 간을 맞춘 격이 되는 것이다. 그들은 그렇게 동(同)하고 화(和)화면서 계곡의 물이 바위를 품어 안 듯 갈마들었다. 그들의 행태는 놀이인 듯도 하고 어떤 의식을 치르는 것 같기도 했다.

에레나와 막내는, 왕언니가 과연 그 땡중하고 잠을 잘까 안 잘까, 돈까지 걸고 내기 한 적도 있었다. 무엇 때문에 두 모녀가 그깟 땡중한테 대를 이어 충성하느냐고 막내가 물어 보았더니, 왕언니는 한숨을 폭 내 쉬면서 인생사는 다 업보란다, 그러고 넘어갔다. 그 얘기를 듣다가 나도 모르게 업보, 하고 되뇌어지면서 사지를 바르르 떨며 죽어가던 고양이의 영상이 뇌리 속에 어른거렸다. 사람은 자기가 지은 죄의 대가를 반드시 치를까, 사람의 넋은 세세 생생토록 윤회하는가, 지나온 나날들이 주마등처럼 스쳐 지나갔다.

결혼하고 보니 남편은 당뇨병을 앓고 있었다. 학원은 원장과 육대 사의 비율로 투자를 했고 소득도 그에 합당하게 나누고 있었다. 부원 장 격이었고 생각보다는 알부자였다. 그러나 고아나 다름없이 자수성

가한 남편은 원래 본성이 차고 독해서 사랑을 나누는데 인색했다. 아이 가질 생각도 없이, 순전히 병 수발이나 들 여자로 생각하고 스물한 살의 날 꼬드긴 거였다. 푸르고 싱싱한 내 젊음이 좋아 결혼을 했으면서도 한편으론 내 근본이 미천한 것에 대해 끈질기게 날 무시하고 괴롭혔다. 이건 반칙이다, 하늘이 있다면 넌 반드시 죄받을 것이다, 라고 나는 저주를 퍼부은 적도 있었다.

아직 신혼인 시절에 차를 마시던 남편이 갑자기 찻잔을 떨어뜨렸다.

"자네, 왼팔르을 주무르게, 아니 비엉원 전화 조옴……"

그 몇 마디를 하면서 입이 실룩거리며 왼쪽으로 돌아가더니 남편은 인사불성이 되었고 어린 나는 너무 놀라 의식에 마비가 올 정도였다.

남편은 당뇨의 합병증으로 중풍이 왔다. 남자들만 쓰는 병실에서 나는 남편 대소변을 받아냈다. 배우자의 똥기저귀를 갈아주어야 하는 팔자는 모르긴 몰라도 전생에 아주 지독한 죄를 지어서 지옥으로 떨어지려다가 환생을 했을 거 같다는 생각이 들었다. 병이 깊어지면 눈이 실명되고 발이 썩기도 한다는 당뇨보다도 나는 중풍이 더 무서웠다.

"아유, 따님이 아주 참하게 생겼네. 요즘 아가씨 같지 않구면."

같은 병실 환자들은 처음엔 무턱대고 나와 남편을 부녀지간으로 취급했었다. 차라리 우리가 부녀지간이라면 얼마나 좋을까 하는 생각을 나는 가끔씩 했다.

남편은 병원생활 한 달여 만에 소변 정도는 혼자서 보러 다닐 수 있었고 점차 호전되어 수족을 살짝 흔드는 정도에서 퇴원을 하게 되었다. 의사는 재발하지 않도록 모쪼록 예방에 힘쓰라고 주의를 주었다. 예방이란, 자극성 있는 음식 피하고, 기름에 튀긴 음식 피하고, 냉동식

품 피하고, 기름진 음식 피하고, 과격한 운동 피하고…… 피하는 것 투성이였다. 그래서 나는 내가 도울 일은 뭐냐고 물었다. 의사는 스트레스 받지 않게 해주라고도 덧붙였다.

퇴원하는 날 남편은 고양이 한 마리를 사왔다. 못나 터진 누리틱틱한 수놈이었는데, 목에는 눈깔사탕만한 쌍방울이 매달려 있었다. 고양이는 밤새 방울을 흔들며 온 집안을 헤매고 다녔다. 고양이가 옮겨 다닐 때마다 얼기설기 새끼줄처럼 엉킨 구렁이가 내 목을 칭칭 감는 착각이 들었다. 남편이 출근하자마자 나는 남편의 헌 넥타이를 찾아다가 고양이를 목욕탕에 묶어 놨다. 내다 버리고 싶었지만 고양이를 키우면 남편이 스트레스가 쌓이지 않게 될 수도 있겠다 싶어서 천상 성깔 사나운 시누이 끼고 살 듯 그렇게 부대껴 보는 수밖에 달리 방법이 없다고 스스로를 달랬다.

이튿날, 남편은 병원에서 타 가지고 온 식단표를 보너스 봉투 건네주듯 내밀었다.

"자네, 이것 좀 읽어 봐. 꼼꼼히 잘 읽어야 돼."

무엇무엇 해야 돼, 라는 명령조의 어투는 남편의 고질적인 어법이다. 나는 그럴 때마다 묘한 반감이 끓어오르며 무턱대고 어깃장을 놓고 싶어졌다. 당신 하는 거 봐가면서 약을 해줄 수도 있고 비상을 넣어줄 수도 있어, 이런 식의 오기가 발동했다. 그러나 지성이면 감천이라고, 정성을 들여 간호해줘야 한다고 속으로 타일렀다. 남들로부터 곧잘 부러움을 받던 웨이브 진 내 갈색머리부터 짧게 쳤다. 간편한 실내복을 사다 입었고 손톱도 바짝 깎으며 마음을 다져 먹었다. 건강코너에 가서 중풍과 당뇨에 관한 책을 사들였고 더 많은 정보를 얻기 위해 신문이고 티브이고 빠짐없이 메모해 가며 공부했다. 식단표에 적힌 글이 십선계라도 되는 양 기도하는 마음으로 수행해 나갔다. 날마다 식단에 맞춰 요리하느라 아침부터 밤까지 종종걸음을 쳤지만 남편은 자기 생각만 했다. 남편의 주문은 늘어만 갔고 짜증과 투정도 그에 비례했다.

"대구지리를 끓이랬더니 고춧가루 범벅이잖아. 이게 미역국이야, 소금국이지."

"싱거운 것도 어느 정도지 조갈이 나서 못 먹겠어요."

나는 대들었다.

"의사가 한 말 잊었나? 자네, 스트레스 자꾸 줄 거야!"

스트레스 받지 않게 해주라던 의사의 말이 무슨 육법전서라도 되는 양 걸핏하면 들먹였다. 깐깐하긴 했지만 말이 없던 남편은 점점 잔소리쟁이로 변했고 제 입, 제 몸만 추슬러달라고 닦달했다. 명란젓이라든가 오이장아찌처럼 간간한 반찬들, 그리고 삼겹살이나 인스턴트식품 등 내가 즐겨먹던 음식을 일절 상에 놓지 못하게 했다. 남편은 월급을 타도 고양이 줄 통조림은 사오면서 내가 좋아하는 생크림 케익 한 쪽 들고 오지 않았다. 음식은 점점 더 맹탕으로 조리했으므로 나는 먹는 재미를 몽땅 도둑맞았다. 나의 삶도 차츰 맹탕이 되어 갔다. 잠자리마저 시나브로 건조해져 갔다. 내가 이불 속으로 들어가면 남편은, 의사 말 못 들었어? 과격한 운동 피하라는 말? 그러면서 이불을 똘똘 말아 접근 금지를 시켰다. 연애시절 집적대지 않을 때 나는, 이 남잔 그래도 선생이라고 인격이 있구나, 자기가 아끼는 여자의 자존심을 존중해 주는구나, 했었다. 그런데 알고 보니 그쪽으론 상당한 지진아에 속하는 사람이었다. 지진아는 자기가 어느 과목이 과락인지도 모른 채 책만 들이 팠다. 어쩌다 내가 연속극이나 연예인 얘기를 하면, 그 허접 쓰레기 같은 데 신경 쓰지 말고 책이나 좀 읽지? 하고 훈계했다. 그렇다고 남편이 새 책을 산다든가, 시험에 응시를 하는 건 아니다. 그냥 공부가 취미생활이고 버릇이었다. 우리는 완전히 따로국밥이었다. 차츰 환자 특유의 냄새가 배어가면서 집안 분위기는 더욱 더 냉랭해져 갔다. 답답하고 숨이 막혀서 나는 산 채로 얼음 속에 갇혀 미라가 되어 가는 기분이었다. 나는 자주 앓아누웠다. 나른한 것도 아니고 무거운 것도 아니고 몸이 골을 내고 심술을 부려서 늘 묵지근했다. 병원엘 가 봐도 이렇다 할 진단이 나오지 않았다. 나는 운동을 하면 어떨까 해서 남편 기분이 좋아지기를 기다렸다가 운을 떼어 보았다.

"저어, 라켓 하나만 사주세요."

말을 해놓고 보니 말투가 구걸하는 것 같이 되어 버렸다.

"정구하고 싶나?"

"네."

화행의 흐름상 남편이 대답할 차례였지만 남편은, 세 살배기 어린애처럼 턱받이를 목에 두르고 앉아 고등어구이만 먹고 있었다. 고등어 냄새에 회가 동한 고양이가 베란다에서 난리를 쳐댔지만 남편은 느긋하게 앉아 인정사정 볼 것 없이 기를 쓰고 아작아작 뼈까지 바수어 먹었다. 어찌나 생선 먹기에 몰입하던지, 둥그런 뻥튀기마냥 남편이 접시까지 아삭, 깨물어먹는 것은 아닌가, 의구심이 생길 정도였다. 손가락까지 쪽쪽 핥아먹고 나서, 고등어 대가릴 고양이한테 던져주고 나서, 이쑤시개로 이빨을 쑤시고 나서 냅킨을 세모꼴로 접어 손톱 밑에 들어간 고등어 껍질을 파내며 나를 상대해 줬다.

"사 주면 어디서 어떻게 칠 건가."

남편은 육하원칙을 따지듯이 그렇게 따져 물었고 나는 조기 테니스 모임에 들어 아침마다 규칙적으로 하고 싶다고 보고했다.

"규칙적으로?"

말꼬리를 잡고 늘어졌다. 화가 나 있다는 증거다.

"나비야, 이리 오온."

나를 상대로 하여 말할 때는 훈련소 조교 같이 굴더니 고양이를 부를 때는 애첩을 어르듯 구슬렸다. 고양이는 도리어 내 발등에 기댔다. 나는 이물스러워서 고양이를 걷어찼다.

"자, 자네……, 무얼 믿고 그러나."

남편은 흥분하지 않으려고 뒷목덜미를 자근자근 눌렀다. 쓸데없는 말을 지껄이지는 않지만 할 말은 가차 없이 하고 마는 성미였는데 남편은 두 번이나 호흡이 끊겼다.

"대체 무얼 믿고 경거망동이냔 말이야. 든든한 빽줄을 잡지 않고서야 어딜?"

"너무 한단 생각 안 들어요? 우린 부부라면서요."

"근본도 없는 것이."

목소리도 때론 흉기가 되는지 그 소리를 듣자 소름이 돋았다. 테니스 채는 만져보지도 못한 채 일단락 지어졌고 집에는 냉전이 시작되었다. 내가 전에 없이 고자세로 나오자 남편은 잠자리에서 상처 입은 짐승처럼 달려들었으나 그의 성욕은 성질만큼 사납질 못해서 공연히 내 묵지근 병만 유발시켰다. 나는 이혼을 하자고 말해 버렸다. 이혼이라니 꿈도 야무지게 꾸는구나. 내 사전에 이혼이란 없다, 누가 생긴 게 틀림없다 그러면서 손찌검을 했다. 전생에 무슨 죄를 지어서 이 남자와 부부가 되었을까, 가슴에 후춧가루가 들어간 것처럼 아리고 화끈거렸다.

남편은 부쩍 민간요법에 의지하려 들었다. 어느 날은 난데없이, 눈을 동그랗게 뜨고 아가미로 벌룸벌룸 숨 쉬고 있는 잉어를 들이밀며 숨이 끊어지기 전에 탕을 끓여내라고 했다. 차마 손을 대지 못하고 인삼, 대추, 생률, 생강 등을 씻었다. 남편이, 들통에 물을 붓고 내가 손질해 놓은 부재료와 그놈을 넣고 불을 켰다. 잉어가 우당탕탕 몸부림을 쳐댔다. 나는 갑자기 잉어가 푸드덕 날아오르는 건 아닌가, 겁이 났는데 남편은 잉어탕만 먹고 나면 하초가 펄떡펄떡 뛸 것 같은 회심의 미소를 숨기지 않았다. 다 끓었을 때 뚜껑을 열어보던 나는 그만 토악질을 하고 말았다. 가지런하게 은색 빛을 띠던 비늘은 촘촘한 간격으로 낱낱이 들고 일어섰고 대추와 생강 물이 들어 색깔도 시꺼멓게 변해 있었다. 흡사 고슴도치하고 쥐새끼를 교미시켜서 생긴 것 같은 흉물스런 모양새를 하고 있었다. 냄새도 고약하고 징그러워서 도저히 손대기가 싫었다.

"약은 무엇보다도 정성이 들어가야 해, 웬 헛구역질이야."

남편이 잔소리를 해대면서, 들통 속으로 대가리를 처박는 고양이를 비키라고 치다가 그만 고양이를 들통 속에 밀어 넣고 말았다. 고양이가 날렵하게 튀어 오르는 바람에 들통이 나동그라졌고 내용물이 부엌 바닥으로 쏟아졌다. 앗 뜨거, 발을 털던 남편이 들통을 걷어차 버리고 욕탕으로 들어갔다. 집안은 푸닥거리를 한 뒤끝처럼 난장판이 되었다.

국물 자국을 산지사방 찍어놓고 다니는 고양이를 묶어 놓기 위해 쫓아 다니던 나는 홍건하게 고인 육수 국물에 미끄러지면서 마루 운동을 하는 체조 선수처럼 가랑이를 백팔십도로 벌리고 주저앉고 말았다. 욕탕을 차지하고 앉아서 더운물에 목욕을 하고 있던 남편은 그제서 고양이를 데려다 목욕을 시켰다.

난 원래 고양이나 강아지에는 마음이 가지 않는다. 그래서 그런지 내가 가끔 목욕도 시켜주고 밥도 챙겨주는데도 에레나의 이슬이는 나를 따르지 않는다. 나는 며칠 전에 장보러 나갔다가 이슬이 몫으로 사 온 리본을 에레나한테 건넨다.

"고마워요. 우리 이슬이 예뻐지겠네? 언니 진짜 룸에 들어가려 그랬어?"

내 마음은 아직도 출렁이고 있어서 에레나가 묻는 말에 대답을 해주지 못한다. 그러자 막내가 말참견을 하고 나선다.

"까짓 거 될 대로 되라 그러고 푹 담가 버려요. 천호동 사이삼번지에 있었다 그러면 다 몸 팔았다 그러지, 주방에서 과일 접시만 만졌다고 누가 믿어요. 더 늙기 전에. 돈이나 벌어요. 머니 머니해도 머니가 최고잖아요."

"돈이 다니, 애는? 언니, 막내 말 듣지 마요, 반드시 후회할 날 오게 대요."

"그럼, 에레나 언닌 취미생활로 이 짓 해? 아니면서. 돈 벌어서 접대부 딱지 떼고, 시침 딱 떼고 조강지처 하는 언니들 나 여럿 봤어요."

난 그냥 들어 넘긴다. 손님이 한 명 오고 에레나가 맡아 룸으로 들어

가는데 전화가 걸려온다.

"비디오 가져오라는 전화다."

왕언니가 그렇게 말했는데, 전화를 받은 막내가 진짜 비디오테이프를 들고 나간다.

"왕언니는 무당해도 되겠어. 전생에 무당이었다고 안 그래요?"

"맞아. 난 무당 딸이었어."

이 시간에 전화 올 데라고는 뻔하다. 술집들과 똑같이 밤을 새는 가게들이거나 아니면 술장사하는 동 업종의 사람들일 것이다. 난 그냥 농담으로 한 얘기인데 왕언닌 진담으로 얘기를 하고 있다.

"난 강원도 정선 산골 출신이야. 산 속 계곡 외딴집에서 혼자 살다시피 했어. 엄마는 굶어 죽지 않을 만큼 식량을 가지고 와서 손님처럼 휑하니 둘러보고는 이내 가 버렸거든. 그러더니 소장수하고 나가서 그담부터는 안 들어왔어. 혹시나 하고 장터 소전에 가봤지만 허사였어. 엄만 내가 있다는 걸 잊었던지 아님, 살고 죽는 것도 다 팔자소관이라고 여겼었나 봐. 산 속에 버려진 난 송홧가루가 날리면 아! 봄이 익었나보다, 두견새가 그악스럽게 우는 저녁이면 어디선가 엄마가 칠석맞이를 하느라고 바쁘겠구나, 했고. 청둥오리가 꺼이꺼이 울면 뱀들이 겨울잠 잘 채비를 하겠구나, 하면서 계절이 바뀌는 걸 염주알 굴리듯이 짚어 나갔어. 학교에 다닐 때도 난 자주 아팠고 결석도 잦아서 친구가 붙어 있질 않았지. 아주 드물게 동네 아줌마들이 먹을 걸 들고 오는 걸 제외하곤 사람 구경을 못했어. 방학 때는 말하는 법을 잊어버릴 것만 같아서 나무들 이름을 불러보기도 하고 새 울음소리를 흉내내봤어."

막내가 발짝 소리를 죽이며 들어와 가만히 옆에 앉는다.

"신도 가끔은 실수를 한다는 생각이 들었어. 날 새로 만들려다가 실패한 것 같았어. 왜냐하면 새들이 사는 공간에 내가 더부살이하는 기분이었거든. 그래서 새들과 교신을 해보려고 무진 애를 썼어."

"와! 어떻게요? 해봐요."

막내가 그 새를 못 참고 끼어든다.

"뻐꾸기, 부엉이, 멧비둘기, 기러기, 장끼, 까투리, 까마귀, 까치, 노고지리, 방울새, 청둥오리, 참새, 굴뚝새, 걔네들이 어떻게 우는지 아니? 뻐꾹뻐꾹뻐꾹 뻐꾹, 부엉 부엉 부어엉, 구구 으음 구구, 꾸엉 꾸엉 꿩꿩 꽁꽁 꼬오옹, 까옹 까옹 깍까르르 캑, 까까까 깔깔, 노오고르르르르 노골노골, 또르르륵 또륵, 고액고액괙괙, 치카치카치책책, 구울굴 구울굴 이런 소리들을 내, 첨 듣지?"

"꿩꿩은 뭐고 꼬오옹은 또 뭐예요? 그렇게 부르면 새들이 알아들은 적 있었어요?"

"암꿩이 알 낳으려고 자리 보는 소리, 알을 낳아 놓고 우는 소리가 다 달라. 그리고 겪어보니까 새들도 사람들이랑 비슷한 점이 많아. 무당집에는 원래 떡이 흔하거든? 겨우내 장독대에 넣어 두고 한 개씩 가져다 구워 먹었어. 내가 떡밥을 뭉치고 있을 때 그 옆에서 눈치껏 훔쳐 먹는 놈, 떡을 손바닥에 대고 비벼서 훌훌 털어 줘도 의심을 하며 나뭇가지에서 앙탈만 부리는 놈, 어깨 위에 날아와 노래 소리를 들려주며 손에 있는 걸 콕콕 찍어 먹는 놈, 내가 자리를 뜨고 나야 그 부스러기를 핥아먹는 놈."

막내가 무슨 말인가를 꺼내려다 주춤하고 왕언니 눈치를 살핀다.

124

"젖몽오리가 서던 때였어. 낮부터 내린 눈이 저녁때는 정강이까지 차더니 초저녁이 되니까 길인지 산인지 분간이 안 되는 거야. 난 그대로 눈 속에 생매장 당할까 봐 자꾸만 문을 열어보면서 입구를 쓸었지. 눈이 정말 원수같이 퍼부어댔고 난 산 채로 눈사람이 되는 듯 했어. 도끼를 들고 미루나무를 쾅쾅 쳤어."

"왜요? 드디어 미쳐버렸나?"

"까치라도 있으면 날아보라고. 정말 미칠 것 같았어. 도둑이라도 좋고 문둥이라도 좋으니 누가 좀 와줬으면 하고 바랐단다."

"정말 문둥이라도 좋았을까?"

내가 물었다.

"강원도엔 정말 눈이 많이 와. 니들은 인적이 없는 눈길을 걸어본 적 없지? 온 천지가 눈 바다인 걸 보면 숨이 턱 막히면서 죽을 만큼 고독해져. 그럴 때엔 짐승 발자국만 봐도 위로가 돼. 오종종 나 있는 새 발자국을 보면 한결 기분이 나아지지. 그런데 하물며 그 길을 먼저 걸어간 사람의 발자국을 봐봐. 얼마나 가슴이 두근대는데. 그게 누구냐에 관심 가는 건 사치야. 그냥 사람이기만 하면 고마운 일이지. 암튼 눈 집에 갇혀서 이대로 냉동인간이 될지도 모른다는 불안감에 떨고 있는데, 그런데 거짓말처럼 인기척이 났단다."

왕언니가 눈을 지그시 감고 담배를 깊게 빨아들인다. 다음 말을 기다리는 막내한테서는 침 넘기는 소리가 꼴깍 하고 들린다.

"니들이 땡중이라고 하는 그분이 오셨단다 글쎄. 발짝 소리도 없이 와서 종을 딸랑딸랑 흔들더라? 스님처럼 말야."

'따르르릉' 방울소리가 들린다.

소리는 새벽 신문을 돌리는 소년의 자전거에서 난다.

왕언니가 하품을 하는 사이에 툭하고 신문 떨어지는 소리가 난다. 툭, 툭, 툭 신문 떨어지는 소리가 점을 만들고 그 점이 이어져서 시간이라는 선을 만들고 선은 또 이어지면서 세월이라는 원을 만들어 간다.

왕언니는 변함없이 약쑥에 불을 붙인다. 아침결 햇살인 양 발갛게 타오르는 불빛이 너무 곱다. 아주 고운 게 아니라, 너무 곱다. 아가씨들은 맨질맨질하게 감촉이 좋은 홀복을 입었다. 수영복같이 생겼지만 캡이 없어 젖꼭지가 노골적으로 도드라져 보인다. 그런 차림에다 같은 천으로 된 종이배 모양의 모자도 살짝 얹었다. 조상 가림용 모자란다. 사극을 모방한 야한 비디오 보면 옷을 홀랑 벗은 기생들이 버선을 신고 있는 것도 조상가림이라고 하던데 같은 맥락인가 보다.

열두 시도 안 됐는데 벌써 방이 꽉 찼다. 그러고도 군바리들이 기웃거린다. 어디 얼간이 소대장이 총각 딱지 떼고 오라고 단체로 특박 내줬나 보다. 아가씨들은 룸에서 지체하는 시간이 이십 분도 채 안 되고 뒷수발 드는 나도 정신없다. 안주 접시 만들랴, 장부 정리하랴. 위가 나쁜 왕언니는 방을 옮길 때마다 약을 먹는다. 손거울을 들고 진땀이 성게알처럼 맺혀 있는 이마를 들여다보던 왕언니가 한숨을 쉬면서 화장을 고친다. 한번 얼굴을 두드린 분첩으로 파운데이션을 묻히자 파운데이션 표면이 젖고, 젖은 부분이 금세 캐러멜처럼 굳는다. 저렇게 진을 빼고 얼마나 견뎌낼까, 이런 생각을 하며 내가 생수를 한잔 따라서 왕언니에게 건네는데 손님이 들어온다.

잘 차려 입은 노신사다. 이 집에서 제일 어린 아가씨를 넣어 달란다.

막내가 룸에서 나온다. 저 애는 오늘 상종가를 올리고 있다. 숫제 속옷을 입지 않은 채 망토처럼 까만색 목욕타월로 몸을 감싸고, 서류철을 묶는 굵은 집게로 고정시켰는데, 타월이 아슬아슬하게 흘러내리지만 막내는 무신경하다. 주인의 방심을 틈타 한쪽 유방이 쏘옥 드러난다. 여리여리한 목련꽃송이로 손님의 눈길이 머문다. 다른 손님이 오기 전에 어서 품어 안고 뒹굴고 싶은 눈치.

"육갑만 떠는 육십 노인네도 칠만 칠하다 마는 칠십 꼰대도 죄다 영계만 찾는다니까. 엿 같은 새끼드흘."

냉수를 발칵발칵 들이키더니 손님 턱밑에 제 얼굴을 바짝 들이밀면서 막내가 앙탈이다. 원래도 거침이 없는 애지만 술김이어서 눈앞에 아무것도 안 보이나 보다.

"그럼 뭐라 해야 되나, 영계 아가씨?"

노인의 말투가 짐짓 점잖아 희극적으로 들린다. 막내가 집게를 빼고 타월 양 끝자락을 펼친다. 열일곱 살 막내의 몸이 고스란히 노출된다. 흡사 박쥐 같다. 저애는 술이 만땅이 되면 옷을 홀랑 벗는 습관이 있다. 손님이 무안을 탄다. 막내가 손님 목에 매달리며 검지로 손님의 뺨을 건드린다.

"알아서 나한테 맞는 걸로 달라 그럼 어디가 덧나?"

손님은 아무런 응대 없이 막내를 지긋이 내려다본다. 어차피 너나 나나 고달픈 인생 이런들 어떻고 저런들 또 어떠랴 하는 달관이 엿보인다. 풍기는 이미지가 고급공무원이거나 못해도 교장선생님 정도는 돼 보인다. 저런 사람이 뭐가 아쉬워서 이런 델 드나드나 모르겠다. 병원에 가면 모든 사회적 신분을 막론하고 환자라는 틀에 맞춰 취급 받듯이 텍사스촌에 오면 나이와 신분 불문하고 아가씨들과 서로 노리개가 되는 것을.

막내는 타월 안으로 노신사를 감싸 안고 방으로 든다.

손님이 또 한 명 들어온다.

"실례합니다."

이번엔 손님이 아니다, 말하는 폼에 공연한 거품무게가 실려 있다.

"나 이런 사람인데, 이런 아가씨 이 집에 있소?"

코앞에 언뜻 들이밀었던 신분증 사진은 경찰 복장이었고 또 한 장은 초등학교 졸업사진이다. 왕언니와 내가 사진을 들여다보는 사이에 허름한 옷차림을 한 노인이 뒤따라 들어선다. 머리가 옥수수 수염처럼 누리틱틱하게 세어가는 중늙은이인데 어깨 위에는 비듬과 먼지가 허옇게 떨어져 있다. 벽돌색 바지는 무릎이 툭 튀어나와서 칠보바지가 되었고 고무줄이 늘어난 양말은 복사뼈 밑에까지만 신겨져 있다. 바지 밑단에서 양말 모가지 사이에 보이는 맨 살이 노인의 신산스러운 형편을 한눈에 짐작케 해준다.

"있소 없소?"

신분증을 내민 손님이 으름장을 놓았다.

"이렇게 어린 꼬맹이가 여길 무슨 볼일이 있다고 옵니까?"

왕언니가 건성으로 대답해 주고는 전화기를 들고 방으로 들어간다.

"갸가 내 딸이여, 여그 있다는 소문 다 듣구 왔응께, 고발허기 전이 끌코 와 그년을."

아무래도 저 노인은 딸을 찾고 싶어서 온 것 같지가 않다. 가출한 딸을 찾는 부모들이 이곳까지 찾아 나설 때는 진이 빠진 상태에서 오게 마련이고 그들은 사정을 하는 게 다반사다. 찾아 주기만 하면 보답을 하겠다고 나선다. 그런데 저 노인은 고발 운운하며 공갈부터 치는 것이 아무래도 미심쩍다. 따져봐야겠다.

"영감님은 그 애랑 어떻게 되는데요?"

"내가 갸 애비랑게. 자네 귀머거리여? 내 딸 이름 대줘? 지영, 민지영이여, 나이는 올해 열일곱, 인자 되얐으?"

주머니를 뒤적거려서 피우다가 넣어 두었던 담배꽁초에 불을 붙여 무는 노인의 얼굴엔 초조한 기색이 역력하다.

"우리 집엔 민지영이라는 애 없어요."

트레이닝 셔츠를 걸치고 나오던 왕언니가 말했다. 누구를 상대로 하여 얘기할까 하고 탐색전을 벌이느라 노인이 나와 왕언니를 번갈아 쳐다본다. 신분증을 내밀었던 사내가 노인을 뒤로 세우며 나선다.

"서에 연락해서 이 집을 싸그리 뒤지라고 해야지 안 되겠구먼."

"놔둬. 내가 다 알아서 헐팅게 동상은 승질 자랑헐 거 없어. 인자는 손님도 걸려 들어간다고 신문에 났잖여. 걸렸다 허문 손님이고 아가씨고 다 좋덜 모더지."

노인은 룸이 늘어서 있는 복도를 휘젓고 다니며 목청을 돋운다. 말하는 중간 중간에 피우고 있는 담배를 빨아들일 때마다 얼마나 피웠나 확인을 해본다.

손님들이 하나 둘 빠진다. 에레나도 나오고 막내도 같이 들어간 손님 품에 안겨서 나온다.

"아유, 더 노홀다 가래두 왜 벌써 가니, 긴 밤 끊어 놓구 본전 생각

안 나니히."

술이 떡이 된 막내가 이번엔 수건을 말아 쥐고 한 쪽 자락으로 손님을 툭툭 치고, 그때마다 막내의 몸 한 쪽을 덮었다 열었다 하는 꼴이 된다.

"옳지, 요년. 넌 튀어야 베룩잉게."

노인이 막내 앞으로 다가가며 이죽거리고 신분증도 폭을 좁히며 가세한다. 노인은 다짜고짜 막내의 코피부터 터트린다. 얼결에 기습을 당한 막내는 술김인데도 눈을 똑바로 뜨고 입을 앙다문 채 노인을 응시하고 서 있다.

"캬준 은공도 모르구설랑 소식을 끊어뻔져야?"

아버지가 아니라 남이라도 어린것을 저렇게 인정사정없이 주먹질을 해대기는 쉬운 일이 아니다. 말릴 겨를을 놓친 우린 어쩔 수 없이 구경꾼이 되어버렸다. 노인을 쏘아보던 막내의 어깨가 일순간 푹 꺾인다. 에레나가 부랴부랴 트레이닝복을 가져다 막내에게 입힌다. 신분증이 함부로 막내를 차에 구겨 박으며 뒷덜미를 움켜쥐고 다른 한 손으로 운전대를 잡는다. 새장에 갇힌 새같이 파닥이는 막내의 혓바닥이 쑥 비어져 나오고 얼굴로 핏기가 몰린다. 차가 쏜살같이 골목을 빠져나가고 우리는 대책도 없이 차 뒤꽁무니만 쳐다보고 있다.

"흠, 으흠."

침묵을 깬 사람은 노인이다.

"아까 신분증 잘 봐뒀겠지? 나도 든든하게 빽이 있는 사람이여. 인자 나가 신고를 해불문 이 집 쥔은 콩밥을 먹을 틴디, 으찌서 코빼기도 안 내민당가. 쥔 델코 와."

130

앞으로 나란히 하는 자세로 팔을 한껏 뻗었다가 팔짱을 끼는 노인의 폼이 자신만만하다. 증거를 확보한 형사의 폼과 닮았다.

이 집주인은, 행실이 좋지 않은 전직 형사와 내연 관계에 있는 사람으로서 강남에서 고급 룸살롱을 한다. 이 가게를 인수할 때 아가씨들까지 넘겨받았다. 얼마를 벌든지 일체 간섭하지 않고, 월말 계산해서 마담인 왕언니가 부쳐주는 대로 많다 적다 소리가 없다. 앞으로 한 두 해만 더 해먹고 왕언니한테 가게를 넘겨준다는 얘기가 있는데 돌아가는 정황을 봐도 그 말은 신빙성이 있다. 형사가 이젠 퇴직을 해서 '전직 형사'가 되었고 여기 물도 예전만 못하다. 게다가 웬만한 사람은 이 장사 못한다. 걸핏하면 단속이 뜨고 좀 잠잠해질 만하면 보호자 사건이 나는 통에 사이삼번지에서 한 십 년 술장사 한 사람치고 감방 구경 안 해봤다 그러면 여기 애들 말로 '생구라'다. 물론 왕언니도 예외일 수는 없다. 두어 번 이런저런 사건에 걸려 한 보름씩 구류를 살다 나왔고 지금도 블랙리스트에 올라 있다. 한 번씩 걸릴 때마다 적잖은 돈이 누구에겐가 건네지는 눈치였다. 그러고도 살 만큼은 살다 나왔다. 형사가 현직에 있을 때라서 뒤를 착실히 봐주고 있었지만 그 윗선에서 건드릴 때는 손을 못 쓰는 모양이었다.

왕언니가 담배에 불을 붙여 노인에게 건네준다.

"거기 앉아 보세요."

노인의 손이 무심결에 담배를 받고 왕언니도 한 대 붙여 물고는 무릎을 세워 팔꿈치를 얹는다. 둘은 잠시 휴식이라도 취하는 양 그저 담배만 피운다. 왕언니가 먼저 담배 불을 끄고 노인 쪽으로 돌아앉는다.

"어느 쪽을 원해요, 딸하고 돈 중에."

"워매? 이자 봉께 보호자 사건으루 걸려들어가도 좋다 그 말잉감네? 샥신지 쥔인지는 몰라도, 쌈은 말리고 홍정은 붙이랬다고 배짱으루다 나오문 나가 쪼까 섭해부러라."

바짝 마르고 몸피가 왜소한 노인의 어디에서 그렇게 힘이 솟는지 카랑카랑한 목소리가 홀 안을 휘젓는다.

보호자 사건이란 미성년자한테 윤락행위를 시킨 업주에 대해 보호자가 신고를 하는 것을 말한다. 걸렸다 하면 벌금도 엄청나고 업주는 감방 신세를 면할 수가 없다. 그래서 우리는 막내를, 민지영이라는 예쁜 이름을 놔두고도 막내라고 불러주는 것이다. 막내는 또한 검문을 당할 때를 대비해서 이름 김미선. 나이 만 십팔 세. 본적, 충남 예산군 삽교읍…… 하고 제 또래 애들이 국사 연대표 외우듯이, 왕언니가 적어준 남의 신상명세서를 달달 외워서 써 먹는다. 왕언니도 이럴 땐 막내가 무슨 장물(臟物)처럼 짐스러울 터이다.

"늙은 소도 콩깍지 실러 갈 때는 잽싸다더니. 보호자 사건? 공부 많이 해가지고 오셨네요, 할아버지?"

방금 전에 홀에서 나온 에레나가 노인의 위아래를 훑어 내리며 이죽거린다. 에레나는 중학교 일 학년 다니다 만 학력이 전부지만 들은풍월이 가끔씩 안타를 칠 때도 있다.

"요, 불여시 같은 가시내는 또 뭐이다냐? 좌우지간에 놀래 부렸을 것이여. 내가 그런 법까지 알고 있응게. 엄연히 갸가 내 딸이구 미성년잔디 어느 눔이 시비 걸 거여?"

노인은 거의 다 피우고 필터만 남은 담배꽁초를 손으로 비벼 끄고 후후 불어가며 재를 털어서 주머니에 넣는다.

어깨들 서너 명이 들이닥친다. 왕언니는 '진상이 났을 땐 최대한 빠른 시간 안에 쇼부 보기'라는 원칙을 갖고 있다. 구역에서 멀어질수록 손쓰기 힘들어지기 때문이다. 어깨들은 그야말로 어깨가 따악 벌어졌으며 덩치가 보통 사람보다 월등히 크다. 노인이 헛기침을 한다. 어깨들이 노인을 일별하면서 코웃음을 친다. 닭 잡는데 소 잡는 칼을 쓰랴, 하는 냉소다. 그중에서도 제일 덩치가 큰 이무기라는 별명을 가진 사내가 노인의 옆에 와서 앉는다. 이무기는 어린애 머리만한 주먹을 쥐었다 폈다 하면서 손가락 마디 꺾는 소리를 낸다. 노인은 슬그머니 손을 사타구니 밑으로 간수한다. 이무기와 미꾸라지가 한 웅덩이에 앉아 있는 형국이다.

"여기 각서 쓰세요, 앞으로 여하한 일이 있어도 사이삼번지에는 다시 안 나타나겠다. 딸을 찾아가면서 위로금 조로 일금 삼백만 원을 인수함, 이라고 쓰고 밑에 날짜 쓰고 지장 찍어요. 여하한이란 말은 지영이가 제 발로 찾아오는 데는 나도 어쩔 수 없는 일이니까 그걸 단서로 두는 겁니다."

왕언니의 말이 끝나자 이무기가 헛기침을 해서 분위기를 잡는다.

"내 모가지가 분질러지는 한이 있어도 돈을 쥐 줘야 갈 것이구만. 빈손으로 날 내쫓을 생각은 아예 허덜 말어야 써. 다 겡오가 있고 법이 있응게."

노인은 왕언니를 보면서 얘기하지만 속셈으로는 어깨들 들으라고 하는 소리 같은데 이 상황에서는 경우니 법이니 하는 말들이 어쩐지 공허하게만 들린다. 에레나가 참견하려고 헛기침을 한다.

"그 양반 중국놈 빤스를 훔쳐 입었나, 의심은 되게 많네."

에레나는 어서 안전하게 노인을 내보내고 싶은 눈치다. 에레나는 어깨들에 대한 나쁜 기억을 갖고 있다. 타 지역 건달들이 떼거지로 몰려와서 여기 어깨들하고 대낮에 활극을 벌인 적이 있었다. 포장마차에서 파는 꼼장어처럼 생긴 뻘건 흉터가 꾸덕꾸덕 굳어가던 이무기의 팔뚝이 또다시 칼침 맞는 꼴을 본 에레나는 심하게 구토까지 했었다.

왕언니가 수표를 내민다. 노인은 침을 묻혀가며 수표를 센다.

"스무 갠디?"

"공갈 협박, 공문서 위조금 조로 백 제했어요. 아까 그 신분증 가짜였잖아요."

에레나의 얼굴에 안도의 화색이 돈다.

"어머나! 그랬었구나, 몰랐네? 그 노인네 고발 뻑시게 좋아하니까 억울하면 신고하라 그래, 왕언니."

"그란디, 저누무 가시내는 약방에 감초맨치 퐁다앙 퐁당 나실 때 안 나실 때 참견하고 자빠졌네. 똑 조막댕이 만한 게 주둥이만 살어 가지구는 할미새 꽁지 까불데끼 나불대구 염병이네."

노인은 십만 원 권 수표가 스무 장밖에 안 되는 분풀이를 에레나에게 퍼부으며 볼펜을 받아 쥔다.

'압으로 여그 술집이는 안 오겠다. 내 딸을 차저감서 삼백만 원을 바닷다. 김봉술.'

"읽어보세요."

"썼으문 되았지, 내가 한두 살 먹은 애덜이랑가. 나도 한 입 갖구 두 말 허고 잡은 사람 아닝게 그만 허드라고."

볼펜을 놓은 노인이 비루한 웃음을 흘리며 일어서서 돈을 잠바 주머니에 넣는다.

"그나저나 막걸리 값으로 쪼께만 더 쓰시요이."

왕언니는 군말 없이 수표 다섯 장을 세서 건넨다. 노인이 허겁지겁 달려들어 수표를 받아 가지고 뒤도 돌아보지 않고 구두를 질질 끌며 가게를 나선다. 에레나가 소금을 뿌린다. 노인에게도 왕소금이 뿌려졌다. 구두 뒤축을 펴던 노인을 에레나가 미처 보지 못해서 일어난 실수다. 정수리에 허옇게 소금을 뒤집어 쓴 채 황급히 골목을 빠져나가는 노인의 뒤를 사이삼번지 길바닥을 휩쓴 바람이 얼렐레 조롱하듯 좇는다. 어깨들한테도 남은 수표 다섯 장을 쥐어주자 그들도 깍듯이 인사를 치르고 물러서서 나간다.

왕언닌 간판 불을 끈다. 골목 안이 한층 어두워 보인다. 음습한 사이삼번지 특유의 냄새가 내 감각을 자극한다.

"벌써 시마이하게요? 하긴 재수 옴 붙은 날은 문 닫는 게 장사 잘하는 거니까. 의부가 덮치려고 해서 가출했단 얘기 들었었는데 저이였나 봐요?"

에레나가 물었지만 왕언닌 아무 말이 없다. 블라인드를 내리는데 막내가 배시시 웃으며 들어선다. 막내의 손에는 봉지가 들려 있고 어깨 위에는 아까 노인이 입었던 잠바가 걸쳐 있다. 에레나가 봉지의 내용물을 꺼내 놓는다. 족발이다.

"한잔 할까, 우리?"

왕언니가 쓸쓸한 표정으로 그렇게 말하자 에레나가 과일안주를 준비하고 막내도 술잔이랑 맥주병을 가져온다. 왕언니가 저렇게 술을 하자고 할 때는 기분이 우울할 때이다. 왕언니를 처음 만나던 때가 생각난다.

엄마가 교통사고로 다리를 다쳐서 천호동 소재의 병원에 입원했을 때 난 한 달 동안 간병을 하게 되었다. 근처 목욕탕엘 갔더니 여름이라 손님이 거의 없었다. 등을 좀 밀어야겠는데 때밀이 아줌마도 안 보였고 탕에는 목욕을 다 마친 여자 혼자 발톱 소제를 하고 있었다. 내가 손이 안 닿는 부분을 억지로 밀고 있을 때였다.

"밀어줄게."

그녀는 이태리타월을 양손에 끼고는 때 미는 베드 위로 누우라고 했다. 내가 엉거주춤 하고 있자 팔을 잡아끌었다. 그녀는 체구에 비해 상당히 큰 유방을 갖고 있었다. 포르노에서 본 서양여자들처럼 축 늘어진 유방은 너무 커서 그녀의 몸은 유방에 쏠려 있는 듯 보였다. 유두가 내 몸에 슬쩍슬쩍 쓸릴 때마다 기분이 묘했다. 그녀는 등을 밀고 나더니 비누칠을 해놓고 온몸에 지압을 했다. 토다닥 토다닥 리드미컬하게 두들기고 나서는 경혈을 찾아 지긋이 눌러줬다. 특히 목덜미와 복숭아뼈 근처를 누를 때 근육이 발끝까지 이완되면서 전신이 녹작지근해졌다. 전문가구나! 내가 이런 생각에 빠져 있을 때 돌아누우라고 내 엉덩이를 두 번 두드려서 신호를 보냈다. 다시 비누칠을 하더니 원을 그리며 마사지를 해나갔다. 미끄덩거리는 그 감촉에 난 아랫도리가 묵지근해지면서 참을 수 없을 만큼 성욕이 팽창되었다. 괄약근에 힘을 주며 발가락을 잔뜩 꼬부렸다. 복부 부근의 아랫배를 꼬집듯 지압을 했을 때 난 개구리처럼 다리를 죽 뻗고 아흑! 소리를 내고 말았다. 뭘 어떻게 한 것이 아니고 그냥 지압을 한 거였는데 그랬다. 내 안에 뭉쳐 있던 뭔가가 툭 터지는 느낌과 함께 분비물이 배출 되었다. 그녀가 대야로 물을 끼얹었다. 오일을 뿌려놓고는 팔을 이용해 밀어 댔는데 흡사 국수방망이로 미는 힘이 느껴졌으며 살과 살이 닿는 감촉은 아주 특별했다. 목욕을 끝내고 나왔을 때 그녀는 보이지 않았다.

카운터에 가서 때 미는 데 얼마냐고 물었더니 때밀이 아줌만 그날 안 나왔고 그녀는 손님이라고 했다. 난 아주 황당한 기분으로 일단 그냥 병원으로 갔다.

엄마가 퇴원을 하고 나서 한참 뒤에 그놈의 묵지근 병이 도졌을 때 느닷없이 그녀가 생각났다. 목욕탕엘 가봤더니 그날은 없었다. 난 가급적 오랜 시간 동안 목욕탕에 있었지만 그녀는 오지 않았다. 그 다음날도 또 그 다음날도 그렇게 했는데, 사흘째 되는 날은 그녀가 탕에서 몸을 불리고 있었다. 내가 목례를 하자 그녀가 어, 하고 반말로 인사를 받았다. 그녀의 피부는 기름지고 탐스러워 보였다. 공들인 덕일 터였다. 냉탕은 욕조가 길었다. 그녀는 욕조에서 잉어처럼 얌전하게 수영을 했다. 물에서 나오면서 물기를 털어내는 자태가 어찌나 탱글탱글하던지, 물속에서 요동을 치며 솟아오르는 한 마리 잉어 그대로였다. 군살이라고는 전혀 붙지 않은 가는 허리선을 축으로 하여 가슴과 엉덩이가 볼륨 있게 빚어낸 완벽한 에스라인, 그 위로 자유분방하게 흘러내린 윤기 도는 긴 머리, 그 황홀한 모습을 보며 나는 여체의 상한가가 있다면 바로 저 모습이겠구나, 감탄했다.

"한잔할까, 우리?"

목욕탕에서 나올 때 그녀가 물었다. 나는 무턱대고 그녀를 따라가고 싶어졌다. 그녀에게는 확실히 사람을 끌어당기는 마성이 있었다. 그녀는 나를 자기 집으로 데려갔다. 들어서자마자 그녀는 담배를 붙여서 나에게 주었고 난 얼결에 받아서 입으로 가져갔다. 그때까지는 담배를 피울 줄 몰랐는데 내 몸에서는 아무 저항 없이 담배를 받아들였다. 내가 담배를 피우다니, 삶은 그렇게 한순간에 터닝을 하기도 하는 모양이었다. 그녀는 직접 담근 포도주와 간단한 다과를 내놓았다. 포도주 맛은 일품이어서 자꾸 마시게 되었고 술이 약한 나는 잠깐 그녀의 침대에 누웠다. 그런데 그녀가 홀랑 벗고 침대 속으로 파고들었다. 그녀는 혀를 뱀의 그것처럼 놀려 나를 농락했다. 나를 괴롭히던 '묵지근병'은 상쾌하게 치유되었다.

집에는 남편이 먼저 와 있었다. 분위기가 심상찮았다. 남편이 문이란 문은 죄다 걸어놓고 커튼을 쳤다. 그 행동이 얼마나 꼼꼼하고 침착하던지 자상한 가장이 잠자리에 들기 전 문단속을 하는 듯 했다. 눈을 살무사의 그것을 해 가지고 어금니를 갈면서 주먹을 쥐었다 폈다를 해 보였다. 양복 윗저고리를 벗어서 소파에 걸쳐두더니 남편은 아주 느긋한 폼으로 화장실까지 다녀와서 본론에 들어갔다.

"어디 갔다 이제 오나, 언제부터 술주정뱅이가 됐지?"

와이셔츠 목과 소매단추를 풀어 소매를 둥둥 걷어 올리며 작지만 단호한 목소리로 다그쳤다.

"너 어떻게 하고 돌아다니는지 내가 안 봐도 눈에 훤해. 개똥참외 덩굴에 개똥참외밖에 더 달리겠냐? 본바닥이 어디 가겠냐고."

분노가 일었다. 심한 욕을 하고 싶었지만 내 입에서는 엉뚱한 말이 튀어 나갔다. "나 애인 생겼어요. 그러니 제발 날 그만 놔줘요. 이혼해 달라구요."

느닷없이 식탁 위에 있던 빈 국사발이 정통으로 날아와서 나는 무의식적으로 고개를 숙이며 눈을 질끈 감았다. 그 바람에 정수리를 맞았고 아찔하게 현기증이 나면서 피가 목덜미를 타고 흘러내렸다.

"씨벌 년, 어디 한 번 더 지껄여 봐. 나불대는 혓바닥을 끊어 놀 테니까는."

나를 낚아채더니 가위를 목에 대고 속삭이듯 욕을 했다. 남편의 눈에서는 칼날 같은 푸른 독이 뿜어져 나왔다. 내 몸의 털이란 털이 모두 일어났다. 나는 겁먹고 화가 치밀어 왼손에 쥐가 났다. 피는 계속 나오고 병원엘 가야 했는데도, 도대체 기력이 달려서 운신을 할 수가 없었는데도 기댈 만한 사람이 없었다. 그게 서러워서 눈물이 흘렀다. 머리에 수건을 접어 한 손으로 누르고 병원엘 갔다. 의사가 왜 다쳤냐고 물었다. 난 사실대로 말했다. 의사는 난처한 표정을 지으며 입을 다물고는 기술자처럼 손만 놀렸다. 잿빛 바탕에 사선으로 흰 줄이 그어진 의사의 넥타이가 구렁이처럼 보였다. 당신도 남잔데 피해를 입은 여자 마음을 알 리가 없지 하는 반감이 들었다. 일곱 바늘을 꿰매고 집에 와서 거실에 누웠다. 기적이 있어 깨어 보니 고양이가 주위를 뱅뱅 돌며 나를 구경했다. 안약을 넣었을 때처럼 일회용의 한 줄기 눈물이 볼을 타고 미끄러져 내렸다. 구경꾼이 또 있었다. 남편은 이즈음 가르치는 일은 하지 않았지만 학원을 건사하러 정기적으로 출근을 했다. 출근시간에 맞춰 양복을 말쑥하게 차려입고 현관 벽면에 붙어 있는 거울 앞에서 넥타이를 고쳐 매고 있던 남편과 눈이 마주쳤다. 남편의 눈은 뒤통수에서 잡아당기기라도 하는 것처럼 위로 치찢어졌다. 전형적인 뱀눈인 그 눈엔 그때까지도 독이 남아 있었다. 문 걸어 잠그는 걸림쇠

소리를 들으며 나는 아뜩한 현기증이 일었다. 교수대에서 수십 미터 아래로 떨어지는 느낌이 그럴 것이다. 핑계를 대고 학원엘 하루 정도 빠졌다면, 그랬다면 내가 약을 올려서 남편이 본의 아니게 실수를 했다고 아마 나는 그렇게 해석했을 것이다. 그러나 아침에 나갈 때 본 그의 눈빛은 나에 대한 분노로 제 몸이 상하는지도 모르고 독을 키우고 있는 독사의 그것과 닮아 있었다. 미국 영화에서 총으로 간단히 한 방에 사람을 죽이는 걸 볼 때 저건 어디까지나 영화니까, 그래왔었다. 그런데 전날 남편 손에 만일 총이 있었다면 난 이미 저 세상 사람이 되어 있을 것이다, 라는 생각에 몸서리가 쳐졌다. 남편의 몸속에는 그만큼 증오와 분노의 농축된 함량이 많이 있었다. 처음엔 그것도 모르고 난 내가 뭘 많이 잘못한 줄 알고 더 잘해 보려고 무진 애를 썼다. 그런데 독은 암세포처럼 점점 더 증식을 하고 농도가 짙어져서 점차 외형상으로도 그 기운이 배어 나왔다. 뱀같이 차고 징그러운 사람이라는 걸 칠 년 같이 살아 본 후에 알게 되었다. 내가 노력해도 그의 본질은 변하지 않는다는 걸 깨닫는데 칠 년이 걸렸다.

초인종이 방정맞게 울렸다. 엄마였다.

"대체 이게 뭔 일이다냐? 강 선생이 즌화혔더라."

엄마는 그 상황에서도 고양이 쥐 잡아 먹은 입술을 해 가지고 왔다.

"살다 보문 벨에 벨일 다 겪구 사능겨. 글도 강 선생이 생활력은 있잖냐, 한 가지 숭 읍는 늠이 별반 있간? 이렇게 살기 폭폭헌 시상에 공연시리 찧구 까불다가 복 쏟어내꼰지지 말구서나, 죽어두 그 집 귀신 돼야지 별 수 읎다는 걸 명심히야 혀."

머리를 꿰매고 상심해 누워 있는 딸을 보면서도 엄마는 귀신 타령에

만 열을 냈다. 애석해 하는 빛이라곤 약에 쓸래도 찾아볼 수 없었다. 고등심문관이 휴식을 취하러 간 사이에 경험도 없는 신참이 바통을 이어 받은 듯 괴롭혔다. 난 속에서 부아가 끌어 올랐다.

"오긴 뭐하러 와요, 뭐 좋은 구경났다고."

"차비 들여 식전 댓바람부터 먼 길 온 지미한테 그걸 말따구라고 허냐 시방? 하기사, 자식이 으찌 부모으 짚은 속을 헤아리겠냐. 긍게, 말이 있잖여? 자식이 부모 은공을 천분지 일만 갚어도 효자문 시 줘야 헌다는……."

엄마의 장광설은 리포트를 쓰기 위해 억지로 봐야 하는 영화만큼이나 지루하고 따분했다. 나는 차라리 못되게 굴었다.

"난 오늘 이 집을 나가요, 그러니 다신 여기 와서 손 벌릴 생각 마요."

가계부에 있던, 쓰다 남은 돈을 몽땅 쥐어 주면서 나는 병원에 가야 한다는 핑계를 내세워 엄마를 반강제로 내보냈다.

나는 사흘 동안 병원 다녀오는 것 외에는 방에 누워 꼼짝을 하지 않았다.

퇴근한 남편은 안방에 들어오지 않고 서재를 쓰면서 때가 되면 거실에 나와 티브이를 봤고 고양이를 끼고 앉아 밥도 챙겨 먹었다. 짬뽕을 한 그릇 시켜 후루룩 쩝쩝 소리를 냈고 녹차를 타서 들고는 단지에 조성된 화단을 내려다보며 가스펠 송을 들었다.

난 이 모든 상황들을 소리와 냄새만으로도 충분히 짐작할 수 있었다. 집안에는 사랑과 평화의 노래가 은성하게 퍼졌다. 모처럼 만에 부모가 집을 비워 홀가분해진 사춘기 소년 같은 해방감이 남편한테서 느

꺼졌다.

내가 머리를 싸매고 누운 지 나흘째 되는 날 낮에 전화가 왔다. 그즈음부터는 남편의 목소릴 들으면 소름이 끼치며 설사가 나왔다. 내 혀를 자르겠다며 남편이 집어 들었던 가위가 내 눈에 들어왔다. 집요하게 울어대는 전화벨 소리를 세면서 나는 그 흉기를 집어들었다. 전화벨이 정확히 내 나이만큼 울었을 때 송수화기를 들었다.

"경고하겠는데 얌전히 굴어, 그렇잖으면 후회할 일 벌어질 줄 알아. 나 오늘 일찍 들어갈 테니까 밥 해……."

그쯤 듣고 있던 나는 전화선을 싹둑 잘라버렸다. 방금 전까지 남편의 목소리가 들리던 송수화기에서 핏물이 뚝뚝 떨어지는 착각이 들었다. 화장대 거울 저편에서 광기 번득이는 눈을 하고 시퍼렇게 독기를 머금은 입술을 가진 한 여자가 나를 노려보고 있었다. 수화기를 거울 속으로 집어던져 버리고 부랴부랴 배낭에 옷 몇 가지만 챙겼다. 내 운동화를 고양이가 깔고 앉아 있어서 밀쳐내니까 이빨을 드러내며 앙탈을 부렸다. 후회할 일 벌어질 줄 알어, 하던 목소리가 맴돌았다. 신발장 위에 놓여 있던 수석을 고양이에게 날렸다. 고양이 대가리가 마룻바닥에 짓이겨지면서 핏물이 나왔다. 사지를 바르르 떨더니 고양이는 이내 쭉 뻗었다. 현관문을 닫았다. 다리가 후들거렸다.

택시를 타고 나서 어디로 갈까를 고민하다가 문득 손지갑을 신발장 위에 올려놓은 게 생각났다.

천호동 그녀의 집으로 갔다. 그녀는 무슨 일인가 캐묻지도 않았고 부담 없이 지낼 수 있도록 배려해 줬다. 실밥을 뽑으러 근처 병원엘 가는데 그녀도 따라 나섰다. 내키지는 않았지만 병원에 가서 또 한번 남편의 만행을 누설해야만 했다. 참으로 불쾌한 일이어서 눈물이 흘렀고 그녀가 나를 감싸주었다. 그녀는 자기 일터로 나를 데려갔다. 그녀의 집이 텍사스촌에 있었으므로 어렴풋하게나마 그와 관련된 밥벌이를 하나 보다 했는데 그녀는 경력이 만만찮게 붙은 오리지널 창녀였다. 어쩌다 홍등가를 지나칠 때, 내가 만약 그런 처지에 놓이게 된다면 차라리 죽어버리고 말지 저 짓은 안 하겠다 그러던 나였다. 폐수가 흘러 내리는 하천가에 빠진 듯 악취가 느껴졌다. 늪에 빠지기 전에 발을 빼야겠다고 내 이성이 지시했다. 도서관 사서, 보육교사, 은행원, 백화점 점원 등 해보고 싶은 일부터 떠올려 보았지만 내겐 조건이나 자질이 부족했다. 빈 몸으로 나왔으므로 우선 잠잘 곳이 제일 급선무였다. 이번엔 식당 종업원, 목욕탕 때밀이, 식모…… 숙식을 할 만한 곳부터 머리에 떠올려 봤다. 내 처지가 한심하다는 생각을 했다. 엄마는 남편과 한 패여서 나를 숨겨줄 사람이 아니다. 짚이는 데가 있어 연락을 해봤다. 막내 언니가 둘째를 낳아서 몸조리를 하고 있었는데 와도 좋다는 허락을 받아냈다.

천호동 그녀의 집을 나올 때, 정 갈 데 없으면 다시 와도 좋다고 했지만 난 절대 그럴 리는 없을 거라고 속마음을 먹어두었다.

언니는 국밥도 잘 먹었고 조카도 순했다. 천성이 군자인 형부는 남한테 서운하게 하는 사람이 아니어서 지낼 만했다. 일주일 정도 지났을 때 언니가 나를 불러 앉혀놓고 집 나온 이유를 물었다. 나는 잠자코 있었다. 언니는 그 꽁생원 아니면 남자가 없냐고, 잘못 끼운 단추는 풀어서 다시 끼워야 하는 거라고 충고해 줬다. 언니가 자리를 털고 일어나 찬물에 손을 담가도 좋을 만큼 날짜가 지났을 때였다.

"나는 원래 친정 도움도 안 받고 도와주지도 않기로 작정한 사람이야. 너도 이제 그쯤 해 뒀으면 집으로 들어가. 니가 막말로 가진 게 있니, 남들처럼 수완이 좋길 하니. 한 살을 더 먹어도 더 먹은 내 말 들어. 쥐뿔도 난 것도 없으면서 난 척 그만하고."

나는 그때 갑자기 왼쪽 새끼손가락 옆이 심하게 가려웠다. 언니가 나를 육손이처럼 잘라내지 못해 안달하는 듯 했다. 막내언니 집을 나온 나는 역순으로 언니들 집을 전전했다. 큰언니네가 그래도 제일 만만했지만 해소기가 있는 언니 시어머니와 한 방을 쓰는 일은 고역이었다. 나는 언니들한테 왜 내가 집을 나오게 됐는지에 대해서 말하지 못했다. 내가 그 말을 하려고 하면, 여자는 뭐니 뭐니 해도 서방 그늘이 제일이란다, 어울리지 않게 노인네 흉내를 냈다. 언니들의 물리적인 나이는 삼십대면서 나를 훈계할 때는 완전히 조선시대 할머니들처럼 굴었다. 나는 언니들 집을 나오면서 얻어온 돈이 바닥날 때까지 여관에 머물렀다. 거기 드나드는 대부분의 남자들은 여자를 '암컷' 이상으로는 보지 않는 다는 것을 그때까지는 몰랐다. 여관은 정말 젊은 여자가 의탁할 만한 곳이 못 된다.

가을비가 청승맞게 내리던 날 나는 어쩔 수 없이 이곳 '사과밭'에 내 발로 찾아들었다. 왕언니와 같은 방을 쓰면서 주로 살림을 돌본다. 아가씨들 빨래도 하고 밥이며 청소도 하고. 여기 사람들도 나를 왕언니 친구라고 인정해 준다. 왕언니 말고는 내가 결혼한 여잔 줄 아무도 모른다. 사실 난 남들과 말을 잘 섞는 성격이 아니다. 이 바닥에선 내 상처가 깊으니 남의 과거도 헤집지 않는다. 상처가 많은 사람들일수록 풀 먹인 자존심보다는 묵지근한 의리를 움켜쥐고 사는 모양이다. 왕언니는 밑바닥 인생인 이곳 아가씨들이나 삐끼들한테도 인기가 좋다. 누구한테나 인심이 후하다. 재산이라고는 끓어오르는 맨 몸뚱이뿐이어서, 묵지근 병을 앓는 중생들을 보시하는 마음으로 산다고 했었다. 나는 그런 사고방식을 가진 내 룸메이트가 좋아서 여길 쉽게 떠나지 못하고 있는지도 모르겠다.

오늘은 대낮부터 단속이 떠서 사이삼번지 전체가 난리도 아니다.

사이렌 소리를 내면서 경찰차가 선발대로 들어서고 그 뒤를 소방차와 방송국 차가 따라붙는다. 중세시대 전투복장을 연상케 하는 옷을 입은 소방대원이 차 안에서 상체를 내밀고서 손 마이크를 입에 대고, 쏘나타 옆으로 좀 더 비키시오, 오뎅 리어카 빨리빨리 비키시오, 진두 지휘를 하고 있다. 저런 상황을 두고 호떡집에 불난 거 같다고 하는 모양이다. 하지만 아무데서도 연기는 나지 않는다. 여기 중앙통 길목에서 찻길까지, 기역 자를 옆으로 제쳐놓은 것 같은 모양새로 차의 행렬이 이어져 있다. 잠자다 말고 부랴부랴 빠져나온 우리는 에레나를 기다리면서 골목에 숨어 그 광경을 보고 있다. 소방차는 골목 중간, 그러니까 '사과밭' 앞에 멈추고 방송국 차가 골목 초입에 들어설 때 에레나가 아슬아슬하게 텍사스 골목을 빠져나온다. 우리는 일단 비밀 아지트인 왕언니 방으로 피하기로 한다. 목욕탕에서 날 처음 데려왔던 바로 그 방이다.

여긴 텍사스촌 골목과 약간 비껴 있어서 아무 소음도 들리지 않는다. 이미 블랙리스트에 올라 있는 왕언니는 핸드폰 전원까지 아예 꺼버린다. 단속이야 늘 있어 왔지만 기껏해야 잠근 문을 강제로 따는 정도였는데 오늘은 대대적인 합동 단속이 떴다. 구청장 출마와 연관이 있지 싶다.

"자초지종을 알아야겠는데 이 형사 전화를 안 받네. 막내 너는 당분간 좀 피해 있어라. 어디 갈 데 없니?"

왕언니가 물었지만 막내는 무조건 여기서 버티겠다는 심보로 못 들은 체 하고 있다. 우린 차례로 화장실에 들어가 샤워를 하고 나온다. 막내의 얼굴이 열일곱 살로 되돌아가는 순간이다.

"넌 어떻게 된 게 화장을 지워도 술집 아가씨 티가 나냐? 그러니까 너 각별히 조심해, 괜히 걸려서 민폐 끼치지 말고."

"내가 도둑질을 했어, 사기를 쳤어? 그리고 내가 갈 데가 어디 있다고들 그래. 내 사정 다 알면서 정말 너무들 하는 거 아냐?"

에레나가 저를 위해 하는 말인 줄 알면서도 막내가 투덜댄다. 누워서 시간을 죽이다가 짜파게티로 저녁을 때우고 뉴스를 보려고 티브이를 켠다.

"미성년자를 고용해 윤락업을 시키고 임금을 갈취한……"

사이삼번지 골목이 화면에 가득찼다. 얼굴을 알 수 없는 업주가 잠바를 뒤집어 쓴 채 끌려가고 아가씨들이 우왕좌왕한다.

"어, 어머! 나야 나."

에레나가 땅에 떨어진 가발을 집어 들고 뛰는 모습이 화면에 잡혔다. 다른 아가씨들에 비해 검정치마에 흰 저고리를 입은 에레나의 복장이 도드라져서 더 눈에 뜨인다.

에레나가 티브이 앞으로 다가가며 소리를 지르는 바람에 우리는 놀라서 나머지 상황은 듣지 못했다.

"에레나 언니 좆나 쪽팔리겠다. 걱정 마, 언닌 그냥 재수 없게 카메라에 잡힌 거 뿐야, 엑스트라로. 근데 얼굴 알려져서 빌발이랑 결혼하기로 한 거 불발됨 어떡하냐……."

막내는 걱정돼서 하는 말이겠지만 별 위로가 못 되는 발언이다.

에레나는 살림을 차린 경험이 많다. 그렇지만 매번 실패를 하고 빈털터리가 되어 다시 돌아오곤 했다. 빌발하고도 제주도에 가서 한 달 동안 지낸 적이 있는데 이번엔 진짜 결혼을 약속 받았다고 좋아했었다. 빌발이랑 스리랑카에 가서 차 농사를 지으며 토끼 같은 새끼 낳고 부모님 모시고 살기로 했어, 입버릇처럼 말해 왔었는데.

밖에는 봄비가 내리고 우리는 누워서 빗소릴 듣고 있다. 행복한 사람들이 그들의 보금자리에서 서로의 체온을 나누며 잠든 이 시간에, 낮과 밤의 순리를 역행한 불행한 불나방들은 고단한 날개를 접지도 못하고 뒤척이고들 있다. 왕언니는 다리를 벽에 걸쳐 놓은 채 팔베개를 하고서 천장의 무늬만 좇고 있다. 에레나는 다리를 꼬부리고 누워서 자꾸만 배를 쥐어짜며 훌쩍인다. 막내는 한쪽 팔을 접어 베고 방바닥에 금만 긋고 있다.

창 밖에서 '마음은 짚시' 노랫소리가 들려온다. 저 노래가 유행할 때부터 이 골목에서 리어카를 끌고 다니며 냄비국수를 팔았다던데 저 사람도 오늘은 허탕쳤겠다. 나, 나, 나나 막내가 발을 까딱거리며 음을 따라 부른다. 리어카의 덜컹거리는 소리가 멀어지고 마음은 짚시도 가물거리는데 막내는 맥없이 방바닥을 두들겨가며 흥얼거린다. 빗소리가 점점 드세어진다.

나는 꼬리를 무는 생각을 털어 버리려고 왕언니에게 말을 걸어본다.

"잠도 안 오고 뭐 한다지? 저번 때 하던 얘기나 마저 해 주지."

"언니들은 아무래도 사귀나 봐. 둘이서만 맨날 쏙닥쏙닥거린다니까."

"그래, 우린 서로 사귄다, 샘 나냐? …… 아, 지겹다!"

왕언니가 기지개를 펴며 농담을 하고는 일어나 담배를 피워 문다.

"지금부터 얘기 해 줄게. 중간에 웃는다거나 묻지 말고 듣기만 하기다?"

"알았어요, 근데 그때 땡중이 왔다는 얘기까지 해 줬으니까 거기서부터 이어서 해봐요."

"그 분이 먹을 걸 잔뜩 싸와서 나는 오랜만에 빵을 먹고 있었거든? 뭔가 이상한 기미가 느껴져서 부엌으로 나가 팬티를 벗어 보았더니 피가 묻어 있었어. 초경이었던 거야. 어떡하나 하다가 일단 방에 들어가서 첨엔 가만히 무릎을 꿇고 앉아 있었어. 피가 또 나오는 거야. 그래서 발뒤꿈치로 거기를 누르고 앉아서 아주 천천히 빵을 베어 먹고 있는데 체한다고 편히 앉으래. 그래서 나는 피가 나와요, 그랬어. 방안에 있는 거라곤 횃대에 걸린 울긋불긋한 무당 옷 나부랭이와 사과궤짝만한 반닫이가 고작인데, 세간이라고는 그게 전분데 그럼 어떡하니. 휴지가 있니, 신문지가 있길 하니, 걸레는 얼어서 동태처럼 빳빳하고. 첨엔 무슨 말인지 못 알아듣더니 목이 멘다고 사이다 먹으라며 건네주면서 내 어깨를 두드려 주었어. 난 정말 목이 메었어…… 이 얘긴 정말 입 밖에 내지 않으려고 했었는데, 내가 죽는 날까지."

왕언니는 체증이 있는 사람처럼 가슴을 누른다.

"바랑을 뒤적뒤적하더니 바랑을 또 한 개 꺼내더라. 메고 다녔던 바랑은 날긋날긋 헤졌었는데 그 속에서 꺼낸 것은 깨끗한 진솔이었어."

에레나가 돌아누우며 한숨을 쉬었고 왕언니가 잠시 얘기를 중단한다.

"펼쳐보더니 그 깨끗한 바랑을 네모나게 찢더라. 좌악 소리를 내며 찢어질 때 나는 어쩔 수 없이 엄마 생각이 났어. 큰 만신인 엄마가 일을 하러 나설 때면 휘하에 적지 않은 사람들을 거느리고 다녔어. 큰무당은 무속인들 사이에서는 꽤 파워가 있었어. 현장에서는 무슨 장군, 무슨 장군 하며 불렀지. 무릎까지 오는 비단옷을 여러 벌 겹쳐 입고 허리에는 옛날 무관들처럼 호패를 찬 다음, 손에 삼지창을 들었지. 머리 치장은 또 얼마나 화려했는지 몰라. 분필로 금을 그은 듯이 하얗게 가운데 가르마를 타 놓고 눈꼬리가 뒤통수로 당겨질 듯이 정갈하게 빗어 넘겨 쪽을 찌고 북채만한 옥비녀를 질러 머리에 금붙이 은붙이 노리개로 한껏 멋을 부린 폼이, 오백 년 전 왕실의 어떤 빈 마마님이 환생한 것 같았어."

왕언니가 한창 얘기에 열중할 때는 강약이 실린다.

"동네에서 자리걷이 할 때였어. 마을 정자나무에다 기다란 베를 묶어 놓고 그 한가운데를 고깔을 쓰고 자라랑 자라랑 바라춤을 추며 나아갈 때 그 박자에 맞춰서 베가 양쪽으로 파도처럼 갈라졌어. 정말 근사했지! 그분이 바랑을 좌악 찢을 때 베를 가르던 그때의 엄마 모습이 떠올랐던 거야. 바랑을 네모나게 개켜서 주고 끈을 이어서 허리띠를 만들어 주면서, 이제 너도 여자가 되는 거야, 그랬어. 난 그걸 들고 부엌으로 나가서 밑에다 찼어. 초등학교 육학년 겨울 방학 때였으니까 내 나이 열네 살 때였어."

왕언니 눈이 노루의 그것처럼 슬퍼 보인다.

"그 분은 나를 아랫목에서 쉬게 하고 장작을 패서 불을 지폈어. 아궁이 앞에다 언 물 항아리를 빙글빙글 돌려가며 녹여서 물을 만들어 놓았고, 집 앞 개울로 나가 얼음을 깨고 그 물을 퍼다 허드렛물을 데워서 나를 씻게 해주었어. 오랜만에 따뜻한 쌀밥을 김칫국에 말아먹었지. 숭늉을 먹으며 우린 엄마 얘길 했어. 그리고 잤어."

막내가 무슨 말인가를 하려고 했지만 끼어들 틈도 안 주고 왕언닌 이야길 마저 잇는다.

"방고래가 막혀서 어차피 윗방은 냉골이어서 우린 한 방에서 잤어. 그분은 여러 날을 묵으며 변소 가는 길과 샘물 뜨러 가는 길에 눈을 치워 길을 뚫어줬어. 부엌 출입문에 거적도 달아주고, 눈을 털어내고 생솔가지도 툭툭 쳐다 쟁여주고 그랬어. 노인네 살비듬 같은 눈이 시름겹게 내리던 날 그 분은 떠났어. 그때 밖으로 향한 그 발자국을 보면서 그분이 그리워질 거란 느낌이 들더라. 앞으로 엄마보다 저 분이 올 날을 기다리며 살지도 모른다는 예감 같은 거 있잖니 왜. 그해 겨울 마을 남자들이 도둑고양이처럼 우리 집을 찾아 들었어. 어떤 땐 초저녁에 한 놈이 다녀가고 샐녘에 또 한 놈이 온 적도 있었어. 말함 뭐하니, 그 전날 아들이 왔었는데 그 이튿날은 애비도 왔는 걸."

막내가 눈에 분기를 담는다.

"세상에…! 좆 같은 놈들."

"그땐 내 손에 총이 없는 게 한이었어. 복병처럼 숨었다가 우리 방문을 열 때 뒤에서 불러 세워 타당! 쏴 죽이는 상상을 했어. 자꾸 원수들이 늘어가서 나중엔 각본이 조금 바뀌었어. 기관단총 하나 장만해서 드드드 갈겨 버리고 마지막 한 방은 남겨뒀다가 내 입안에다 쏘아 버리면 까마귀들이 캬욱캬욱 즐거운 비명을 지르겠구나 이렇게. 그런데 내가 중삼 때 어느 놈의 씬지도 모르는 애를 떼고 나서 그 놈에 범죄소굴 같은 집에 불을 놔버렸어. 그리곤 서울로 왔지."

"맨 처음 어디로 왔어? 여긴 어떻게 오게 됐는데?"

나는 그게 궁금했다.

"글쎄…… 그걸 다 얘기하자면 이 밤이 새도록 해도 못다 하지. 난 많이 떠돌아 다녔는데 그게 생리에 맞았어. 참 엄만 내가 움집을 불태우던 그해 여름에 죽었어. 그분이 주로 묵는 암자에 모셨단 소릴 듣고 내가 찾아갔을 땐 엄마는 이미 재로 변한 뒤였어. 죽었을 당시에 엄마 몸에는 구렁이가 감은 것 같은 무늬가 새겨졌더라고 했어. 난 그때 내 머릿속에서 번개처럼 전율이 일었어."

왕언니는 몸을 부르르 떤다. 나도 떨린다. 아버지 제삿밥 하려고 씻어 두었던 쌀. 그 쌀에 새겨져 있던 새 발자국이 선명하게 그려진다.

"내가 집에 불을 지르고 옷 보퉁이를 가지고 나오던 날. 불은 헛간부터 타 들어가더니 뱀 혓바닥처럼 날름거리며 지붕을 삼키더라. 그때부터 뒤도 돌아보지 않고 무작정 뛰었어. 그 골짜기를 빠져나와 마악 산등성이에 올라서서 한숨을 휴, 내쉬는데 글쎄 지개작대기만한 구렁이가 스윽 내 앞을 가로막는 거야. 해거름 때였거든? 초록과 붉은 빛의 오로라가 휘리릭 서쪽 하늘에서 땅으로 이어지면서 그 속에 들어 있던 구렁이가 꼿꼿이 서서 나를 휘휘 감는 것 같은 환각이 일어났어. 그때 그 너머 골짜기에서 저녁 예불 소리가 어렴풋이 들리자 구렁이가 스르륵 길을 비켜주었고 난 그만 의식을 잃었어. 습한 땅에서는 흙냄새가 맡아졌고 이대로 땅속에 묻혀 버리는 거구나 담담하게 받아들이면서 땅으로 가라앉는 느낌이었어. 다시 예불 소리가 들리는 듯했고 의식이 돌아왔을 땐 사위는 칠흑같이 깜깜했어. 한 발작도 움직일 수가 없었어. 발을 움직이면 구렁이가 물컹하게 밟힐 것 같았어. 나뭇잎 부딪는 소리가 사사삭 들릴 때마다 구렁이가 등 뒤에서 내 몸을 휘감을 것만 같았어. 나는 바위를 찾아서 다시 그 틈새에 누웠어. 누워서 곰곰이 생각했지. 내가 동이 틀 때까지 구렁이 밥이 되지 않고 이 산을 빠져나간다면 나를 짓밟은 모든 사람들을 용서해 주려다, 나는 다시 태어나는 것이다, 마음을 가다듬었어."

저럴 땐 꼭 처녀무당 같다. 뭔가 정기 어린 눈으로 한 곳만 응시할 뿐 주위에 있는 우리들은 아랑곳하지 않는다.

"타다 만 그 집은 그대로 폐가가 되었어. 엄마네 엄마도 무당이었대. 항아리 속에 들어가도 팔자땜은 못 한다는데 내가 집에 불을 놓으면서 강제로 다른 쪽으로 내 팔자의 물꼬가 트인 거야. 그 구렁이는 움집의 '집지기'였을 거 같았어. 그분이 구렁이 얘기할 때 그때 생각이 났어. 그 구렁이는 엄마한테 해코지를 한 건지도 몰라. 내가 움집을 태운 시기와 엄마의 제삿날이 얼추 비슷한 것도 우연이 아니라고 봐, 난."

막내와 에레나는 잠이 들었다.

"바위에 가만히 누워 있으니까 새들이 앓는 소리, 자리를 틀 때마다 가랑잎이 부딪는 소리, 별의별 소리가 다 들리더라. 바람의 방향에 따라 솔 냄새가 나는가 하면 비릿한 버섯 냄새가 실리기도 하고. 내가 엄마를 진심으로 이해한 건 그때였어. 신열이 끓으면 한겨울, 한밤중에도 중얼거리며 버선발로 온 산을 헤집고 다니던 엄마는 나무나 바위 같은 정령들과 접신을 하려고 했던 게 틀림없어. 무당이나 작부나 다 전생에 죄가 커서 그래. 이승에서 죄업을 다 닦으면 극락 갈 거야."

주문을 외듯 방백을 하듯 그렇게 말을 이어나가던 왕언니가 말을 끝내자 비닐 차양 위에서 빗방울 듣는 소리가 굿거리장단처럼 중중모리 가락으로 들려온다.

마음이 편치 않은데다가 잠자리마저 떠서 자는 시늉만 내다가 우리는 목욕을 왔다. 왕언니는 밤새 앓더니 하룻밤 새에 수척해졌다. 간이 좋지 않은 줄은 알고 있었지만 얼굴색이 심상찮다. 병원엘 가자고 해봐야겠다.

다른 술집 아가씨들이 들어온다.

"위에서 지시가 있었대나 봐. 오늘 신문에, 어제 방송국에서 나온 내용 또 났어. 아가씨들 잠도 안 재우고 손님방에 집어넣었다, 포주가 아가씨 방에 들락거리면서 못된 짓 했다, 이렇게 났어. 에레나 언니 어제 화면발 죽이더라?"

"참, 사과밭 문이 잠겨서 소방차로 물을 뿌렸다던데 어떻게 된 거야? 안에는 불도 켜 있고 사람 소리도 났다던데?"

우리는 서둘러 목욕을 끝내고 가게로 간다. 가게 앞이 물 천지다. 문을 열었지만 조르르 달려 나와야 할 이슬이가 보이지 않는다. 커튼이 젖어 있고 홀 바닥에도 물 천지다. 세상에! 강아지가 물을 흠빡 뒤집어쓴 채 죽어 자빠져 있다. 에레나가 가슴에 손을 얹더니 눈을 감고 그 자리에 서 있다. 왕언니는 탈진한 상태로 벽에 기대고 앉아 이형사한

테 전화를 걸고 있다. 나는 방에 들어가 왕언니 수첩을 뒤져 땡중 전화
번호를 찾아낸다. 전화는 받지 않고 응답 메시지만 돌아간다. 김우가
병원에 입원했다는 메시지를 남긴다. 에레나가 배를 쥐어짜며 주저앉
는다. 얼굴이 갑자기 하얘진다. 난 무서워서 119 구급차를 부르자고
한다.

"그러지 말아요, 언니. 나, 사실 임신했었는데 아무래도 유산된 거
같아요."

여벌의 팬티를 가지고 화장실로 들어가는 에레나의 트레이닝복이
벌겋게 물들어 있다. 몰랐다, 그녀가 임신한 줄을. 왕언니가 기운을 추
슬러 에레나를 데리고 앞장서고 나도 따라나선다. 여기 아가씨들 단골
인 개인 산부인과로 간다. 창구에서 의례적으로 보호자 이름을 묻자
에레나가 빌발이요, 그런다. 간호사가 네? 하고 인상을 쓰자 왕언니가
알아서 써줘요, 하고 신경질을 부린다. 에레나가 수속을 밟을 동안 왕
언니는 축 늘어져서 기진맥진하고 있다. 화장 안 한 얼굴을 밖에서 보
니까 왕언니도 이젠 한물 간 빛이 역력하다. 에레나가 수술을 끝내고
회복실에 누워서 링거를 꽂고 있을 동안 나는 왕언니와 동네에 있는
종합병원으로 간다. 왕언니는 입원을 해야 한단다. 간염 수치도 올라
가고 혈압도 높아서 오래 걸릴 거란다.

입원 수속을 마무리 하고 입원실이 배정되어 환의로 갈아입히고 났
는데 땡중이 왔다. 왕언니 손을 덥석 잡고는 쓰다듬으며 어깨를 다독
여준다. 몹시 아끼는 손길이다. 내가 생전 받아 보지 못한 그런 손길.
땡중은 원래 살집이 없는 사람이긴 하지만 그 동안 더 말랐다. 불을 지
피면 순식간에 호로록 타버릴 것만 같다. 눈인사만 건네고 병실을 나

오는데 땡중이 병원 문 밖까지 따라 나와서 나를 배웅해 주고 돌아선다. 흰 고무신이 사뿐사뿐 걸음을 옮길 때 사람은 보이지 않고 커다란 바랑만 나무 막대기에 달려가는 느낌이다. 천성이 따뜻한 사람 같다.

구멍가게에서 미역을 사들고 들어가니까 에레나가 벌써 와 있다. 강아지를 어떻게 할 건지 상의해 보지만 그녀는 수도꼭지처럼 눈물만 줄줄 흘리고 있다. 내가 살던 아파트 단지의 화단에 묻어 주고 싶다. 그 생각이 나를 흥분시킨다. 몇 년 전에 고양이를 죽인 죄 값을 상쇄하고 싶은 무의식의 발로인 모양이다. 나는 갑자기 남편의 소식이 궁금해진다. 오늘 내가 왜 이렇게 적극적으로 행동하는지는 나도 잘 모르겠다. 전화나 한번 걸어봐야겠다. 신호가 간다. 나는 떨려서 얼른 수화기를 놓아버린다. 숨을 크게 내쉬고 마음을 진정시킨 다음 점을 찍듯이 번호를 누른다.

"여보시오. 이으 보시오, 지은화를 걸었이문 말을 하시야지요."

분명히 엄마 목소리다. 이상하다? 나는 수화기를 고쳐 잡고 배에 힘을 준다.

"나예요, 연명이."

"아이구 야야, 너 증말루 이은멩이 맞냐, 너 시방 거가 으디냐?"

큰일 났으니 당장 오라고 성화다. 영문을 물어도 엄마는 당장 어서 못 오냐고 닦달이다. 나는 이따가 다시 전화를 걸겠다고 하고 일단은 끊는다. 일이 손에서 겉돈다. 미역국을 안치고 나서 쌀을 꺼내며 도대체 몇 인분의 밥을 안쳐야 할지 몰라 허둥댄다. 에레나는 검은 봉지를 가져다 강아지를 담고 개 밥그릇과 먹이까지 죄다 쓸어 담는다. 다 담아 놓고 나서 그녀는 한참을 느껴 운다. 어기적거리는 거동에서부터 우는 폼이 영락없는 산모다. 참 쓸쓸한 풍경이다. 내 눈에서도 맥쩍게 눈물이 흐른다.

"내 모습 추하지? 제발 나 같은 사람 되지 마요, 언니는."

"……!"

"우리 같은 접대부들의 말로는 뻔해요. 망설이지 말고 여길 떠나, 언니. 그동안 돈 모은 것도 있겠다, 방부터 얻어 놓고 뒷일은 나중에 생각하면 되지. 그래야 왕언니도 발 빼기가 수월할 테고. 또 누가 알아요, 언니가 잘 돼서 나도 좀 데려가 주게 될는지?"

만일 어디 착한 남자 있다면 당장 이 여잘 묶어 주고 싶단 생각이 든다. 나는 미역국을 퍼다 에레나와 마주앉는다.

"빌발도 다음 주면 본국으로 간대. 지난번에 그 얘기하러 온 거였어요. 내가 임신했다니까 무척 걱정하면서도 일단은 자기가 먼저 들어가서 연락한다 그랬는데, 이젠 틀렸지 뭐. 괜히 얘기했어, 그냥 홀가분하게 보내주는 건데. 빌발은 대학도 나오고 집안도 좋은가 봐요. 주변 친구들은 나 여기 있는 줄 몰라요. 빌발이랑 그 친구들 우리 오빠랑 같은 공장 다니거든."

막내가 오더니 왕언니와 같이 먹겠다며 밥을 싸서 병원에 들고 간다. 막내는 오늘밤도 미장원집 끝 방에서 피해 있어야 한다. 저 애는 할 수만 있다면 올해의 달력들을 모두 찢어 내고 어서 새 달력을 걸어 놓고 싶을 것이다.

밤늦게 병원에 가 본다. 왕언니는 잠들어 있고 땡중은 그 옆에서 책을 읽고 있었던 모양인데 한손으로 왕언니 얼굴을 쓰다듬고 있다. 그 모습이 무척 평화로워 보여서 나는 온몸에 기운이 쪼옥 빠진다. 왠지 마지막이 될 것 같은 예감이 든다. 나는 그냥 발길을 돌려 가게로 간다. 새벽 한 시다. 전화를 걸어본다. 남편이 받아도 말문을 터볼 생각이다. 죄를 실토하기 직전처럼 가슴에 동요가 인다. 우린 아직 서류상 부부이므로 서로 계산이 남아 있다. 이번엔 정말 도장을 받아낼 거다.

"안 자고 지달렸다. 단도직입적으루다 말하겠는디 놀래지 말구설랑 들어야 헌다."

엄마는 말을 잇지 못하고 뜸을 들인다.

"죽었다, 니 냄편."

"……!"

"듣구 있냐? 어제 장사 지내고 낼이 삼오(삼우제)니께 지금 택시 타고 오니라. 즌화루다 진 얘기 헐 거 음씨 무조건하구 와야 써."

전화는 일방적으로 끊어졌다. 나는 차근차근 역 계산을 해 올라간다. 그날이구나! 가슴으로 얼음물이 고랑을 이루며 찌르르 흘러간다. 얼굴에 회칠을 하고 홀에 앉아 있던 날. 그날 비몽사몽간에 들리던 까마귀 소리가 다시 들리는 환청을 느낀다. 그럼 남편은 가기 전에 나를 찾아왔었나? 나는 오랫동안 수화기를 내려놓지 못하고 붙잡고 있다.

밤바다 같은 검고 음흉한 물결이 내 눈앞에 넘실거린다.

오봉아재네 집

왕겨를 퍼 나르는 오봉아재의 손놀림이 사뭇 경쾌하다. 누가 보면 캠프파이어라도 벌이려는 줄 알겠지만 실은 내 아기의 태를 태울 채비를 하고 있는 중이다. 아내가 출산을 할 모양이라고 귀띔해 주자 오봉아재는 신심이 독실한 불자 같은 몸짓으로 장독대 주변으로 가서 돌부처를 한참이나 올려다보았었다. 이 마을에서는 태를 태워 산에 묻는 습속이 있지만 오봉아재는 어쩜 돌부처 밑에 재를 묻을는지도 모른다. 오봉 아재가 제일 신성한 곳이라고 여기는 곳은 돌부처 주변이니까.

　울타리는 물론이고 뒤꼍 감나무에서 앞마당 자두나무까지 이어진 빨랫줄하며 집안은 온통 기저귀 천지다. 아내가 어제 갑자기 산기를 느낄 때 모친이 제일 먼저 한 일은 기저귀를 삶아 담가둔 일이었다. 그러더니 오늘 모친은 신 새벽부터 일어나 기저귀를 널어놓았다. 기저귀들이 명랑하게 펄럭이며 신생아의 탄생을 알리고 있다.

　이다지도 기쁜 이 순간에, 일구월심으로 빌어준 오봉아재가, 청아한

내 아기의 첫울음 소릴 듣지 못하는 것이 나는 유감이다. 오봉아재가 콧구멍을 벌쭉거리고 산월이 내 달인 진돗개 진심이도 따라와서 얼쩡거린다. 아무래도 아들인지 딸인지 궁금한 모양이다. 오봉아재는 연신 끄끄 거린다. 그래 에미와 아이는 무사하냐, 여식이냐 사내냐, 성한 사람이라면 아마도 이렇게 물어볼 터인데 무턱대고 끄끄 거리고만 있다. 오봉아재는 귀가 먹었을 뿐만 아니라 말도 하지 못한다. '끄끄끄' 하고 단속적인 소리를 내지만 그건 인간의 언어라고 볼 수 없다. 개나 고양이도 필요에 따라서 제법 다양한 소리를 낸다. 오봉아재는, 한때 나라에서 무료로 수화 교육을 시켜주던 혜택마저도 받지 못했다. 몇 번 시도해 보았지만 원체 기본적인 인지 능력이 모자라는 탓에 제외되고 말았다. 오봉아재가 비록 청각과 언어 장애가 있긴 해도 우리 식구와는 아무런 불편 없이도 서로 의사 교환을 해가며 살아왔다. 그런데 내가 객지로 떠돌다 보니 그 동안 익혀 왔던 우리들만의 소통 체계를 잊은 데서 지금 같은 혼란이 일어나는 것이다.

도대체 딸아이를 뭐라고 표현해야만 이 양반이 알아들을 수 있을는지…… 내 머릿속에 저장되어진 밑그림이 펼쳐진다. 딸, 여자, 女, girl, 심지어 '우' 이런 기호까지 떠올랐지만 오봉아재를 이해시키는 데는 별무신통이다. 그렇다고 인정상 모른 체하고 넘어갈 수는 없는 노릇이어서 나는 별의별 시늉을 다 낸다. 두 번째 손가락을 눈썹에 대고 한일자를 그려 단발머리 계집아이를 흉내내보다가 쪼그리고 앉아서 오줌 누는 시늉을 해 보인다. 이 순간 나는 한 마리의 원숭이가 된 기분이다.

오봉아재가 내 어깨를 툭툭 친다. 뭔 소리인지 알아들었다는 뜻이다. 긴가민가해서 내가 고개를 갸웃거리니까 오봉아재는 금줄을 매려고 갈무리해 두었던 것 중에서 붉은 고추를 집어내고는 소쿠리를 내게 내민다. 맞았소, 아재. 등을 시원스레 쳐주자 이번엔 오봉아재가 내 눈치를 살핀다. 딸을 낳아서 섭섭지 않느냐는 뜻인가 보다.

언젠가 용문산에 갔다가, 천년 세월을 견뎌 온 노거수(老巨樹) 은행나무를 본 적 있다. 그런데 그 나무가 우리 집 돌부처 옆으로 옮겨져서 초록 은행이 알사탕처럼 알알이 맺혀 있었다. 거대한 알사탕 부케가 홀연 연꽃 묶음으로 변하더니 그 속에서 선학이 한 마리 솟아올라 공중을 선회하는, 그런 꿈을 나는 태몽으로 꾸었다. 남자가 무슨 태몽이냐고 아내에게 면박까지 받았지만 그건 분명 태몽이었고 필경 저 아이는 여아일 터이다. 나는 그때 이미 아기의 아명을, 은행 알처럼 희고 단단하게 자라라는 의미를 담아 백과(白果)라고 지어 두었다.

섭섭하다니요, 벼락 맞을 소릴 하구 있구려. 나는 엄지손을 추켜든다, 무진장하게 좋다고. 그제야 오봉아재도 엄지손가락을 들어 힘을 팍 준다. 음료수 선전으로 한때 유행을 했던 '따봉' 하는 그 폼은, 이미 육십 년 전부터 써 오던 오봉아재의 전매특허다.

내가 초등학교에 입학하던 날이었다.

모친은 내게, 하얀 스텐 칼라와 야단스럽게 광을 내는 다섯 개의 금빛 단추가 달린 검정 양복을 입혀주고는 앉으라, 일렀다. 모친도 방 가운데에 다리를 쫙 벌려 앉았다. 모친이 보자기처럼 펼쳐진 치마폭에 마분지 뭉치를 뚜루루 풀어내자 운동화가 나왔다.

"히야!"

내 입에서는 저절로 탄성이 나왔다. 나를 놀래켜 주려고 그렇게 깜짝 선물을 준비한 모친의 얼굴에는 자부가 넘쳐 났다. 모친이 공들여 운동화 끈을 매주어 나를 체경 앞에 세워 놓았을 때, 멋진 꼬마신사가 나타났다. 모친은 황홀한 눈빛으로 날 바라보며 눈물을 질금거렸고 밖에서는 연신 *끄끄* 거리는 소리가 들렸다. 그날의 히로인이 된 내가 흰 운동화를 신은 발로 방문을 박차면서 마루 위에 마악 한쪽 발을 떼어 놓으려는 데 난데없이 새카맣게 윤이 흐르는 새 검정 고무신 두 짝이 납죽 놓이는 것이었다. 난 그만 운동화 신은 발로 검정 고무신을 무참히 밟고 말았다. 그때의 참담함이라니 어린 마음에도 이건 아닌데 싶어,

　"뚜앙!"

　뚝배기 깨지는 소리를 내지르고 말았다. 오봉아재는 벌어진 입을 다물 줄 모르고 한참이나 넋을 놓고 날 올려다보았다. 그 눈길에는 내가 감당하기에 버거울 만큼의 사랑과 감사가 담겨 있었다. 오봉아재는 이내 엄지를 세워 보였다.

　나는 모친과 오봉아재의 손을 잡고 학교에 갔다. "축 입학"이란 현수막 아래에서 오봉아재가 예의 그 엄지손가락을 들어 올려 주었다. 나는 오봉아재를 등 뒤에 세워 놓고 세상 속으로 첫발을 내디뎠다.

　그해의 학년말이었다. 개근상장을 받아들고 와보니 집에는 오봉아재만 있었다. 장난기가 발동한 나는 '개근상' 이라고 쓰여 있는 곳을 가리키며 엄지를 추켜들었다. 당연히 내가 공부를 잘해서 상을 타온 줄로 이해한 오봉아재는 나를 번쩍 들고는 빙글빙글 돌리다가 내려놓으며 건배 제의라도 하듯이 예의 그 엄지를 들어줬다. 저녁 때 모친이

돌아왔을 때, 오봉아재는 싱글벙글거리며 낮에 있었던 상황을 재연했다. 그깟 개근상장에 저렇게 좋아할 때야 우등상장을 타 오문 까무러치겠다고 모친이 말했다. 결과적으로 두 사람을 속인 나는 쉰 뜨물을 퍼먹은 것 마냥 저녁 내내 기분이 언짢았다.

짚을 추리던 오봉아재는 중국집 주방장같이 양팔을 좌좍 늘여 보이며 굴뚝 모퉁이로 돌아간다. 아무래도 짚이 마음에 들지 않는 모양이다. 나도 줄래줄래 그 뒤를 따라붙는다. 쥐새끼 울음소리가 난다. 오봉아재가 짚가리를 들어낸다. 세상에! 짚단 밑에는 갓 태어난 새빨간 쥐새끼 대여섯 마리가 고물거리고 있고 어미 쥐가 이빨을 드러내며 쥐이쥐이 괴성을 지르고 있다. 이것들을 그냥…… 나는 단매에 요절을 내버리고 싶어 장작개비를 집어 들었다. 오봉아재가 질겁하며 손사래를 친다. 내가 몽둥이를 놓지 못하고 무르춤하게 서 있자니까 오봉아재는 숫제 날 잡아 잡수, 하는 듯이 온몸으로 엎드려 방패막이를 하고 있다. 행동이 굼뜨고 무슨 일에나 딱 부러지게 자기주장을 드러내지 않던 양반이 왜 저러는지 모르겠다. 신생아는 면역이 약하다는데, 식중독은 물론이요, 고열에 간염을 일으키는 출혈열 바이러스까지도 쥐란 놈이 옮긴다던데…… 장작개비를 들고 있는 내 머릿속에는 근심이 제 멋대로 부풀려지고 있다. 아시아에서 쥐에게 먹히는 곡물만도 전 생산량의 이십 퍼센트라던데, 이십 프로라면 쌀 열 가마 중 두 가마이니 우습게 여길 일이 아닌데 저 양반이 참말…… 나는 차라리 내 성질에 못 이겨 기권을 하고 장작개비를 제자리에 던져둔다.

오봉아재는 그제야 꾸물꾸물 일어나 짚단을 도로 그 자리에 덮어둔다. 이쪽 끄트머리에서 짚단을 챙겨 뒤꼍을 나서긴 하는데 미심쩍은 기색은 여전히 거둬내지 않고 있다. 해 넘어가면 다시 오리라 마음먹으며 나는 짐짓 시치미 떼고 따라 나온다. 오봉아재는 짚단을 풀어헤쳐 가며 그중에서 파릇파릇한 기가 도는 햇짚을 골라 왼새끼를 꼰다. 금줄은 왼쪽으로 꼰다는 걸 오봉아재도 안다는 게 나는 신기하다.

파락 파락 파라락! 새끼 꼬는 소리가 내 마음에 깃들어 있는 동심을 일깨운다.

외딴집에 사는 나는 친구가 궁했다. 오봉아재의 처지도 나와 다르진 않았으므로 우린 늘 붙어 다녔다. 새끼줄을 나무 기둥에 붙잡아 매어 한 사람이 돌리고 한 사람은 그 안에 들어가 줄넘기를 했다. 내가 돌릴 때면 오봉아재는 몸을 캥거루처럼 움츠리고 콩콩 뛰었다. 둥그렇게 이은 새끼줄 안에 들어가서 칙칙폭폭 기차소리를 내며 온종일 논둑을 헤매 다녔고, 나는 걸핏하면 서울 구경 한답시고 무동을 태워 달라 졸랐고 그것도 싫증나면 말놀이를 하자며 아무데서나 오봉아재를 꿇어 엎드리게 했다. 천성이 무던한 오봉아재는 기꺼이 나를 업고 밭고랑을 기어 다녔다. 이랴! 낄낄. 꼬마 마사는 호령을 했지만 등에 탄 나나 엎드린 오봉아재나 키 큰 호밀 밭에서는 세상이 보일 리 만무했다. 우리는 그냥 흙을 파는 두더지에 다름 아니었다. 돌이켜 보니 내 인생에 있어서 그래도 흙 두더지이던 그때가 행복이었다.

파락 파락 파라락!

왼손을 위로 올린 자세로 두 손을 마주 비벼댄다. 비과사탕을 엮어 놓은 것처럼 일정하게 꼬아진 한 발 길이의 새끼줄을 공중에 치켜들고서 잔털을 뜯어내가며 손질을 한 다음 엉덩이를 한 번 들썩 들어 올려

166

뒤꽁무니 쪽으로 잡아 빼 놓는다. 예술이 따로 없다.

만약 내게 온전했던 왼쪽 팔을 단 오 분만이라도 붙여준다면 나도 저렇게 한번 멋들어지게 새끼를 꼬아보고 싶다. 내가 왜 점점 이렇게 잔망스러워지는지 모르겠다. 별것도 아닌 일을 가지고 시샘이나 하고. 나는 팔 한 쪽이 없다. 지금 착용하고 있는 이 의수를 가지고서는 죽었다 깨난다 해도 저렇게 새끼를 꼴 수는 없는 노릇이다. 뿐만 아니라 우리 아기가 걸음마 배우다 넘어질 적에도 나는 본의는 아니지만 한 팔로 독수리처럼 난폭하게 등덜미를 낚아채거나 모가지를 거머쥐어야 할 것이다. 가짜 팔은 어디까지나 시늉뿐인 허깨비이니까.

오봉아재는 다 꼰 새끼를 풀어지지 않도록 아퀴를 짓더니 청솔가지와 숯을 번갈아 끼워 삽짝에 걸어 놓고 올려다본다. 아무래도 허전한지 아까 집어냈던 붉은 고추를 양쪽 끝에다 꽂는다. 보기 좋다. 뿐이랴, 금줄이 쳐져 있는 동안 우리 집에는 외지 사람은 얼씬도 하지 않을 것이다. 누구보다도 우리 가족을 힘들게 했던, 우리 문중 사람인 서울 양반도 당분간은 조용할 것이다. 남들이 들으면 왜 하필 문중 사람을 들먹이느냐고 나를 되지 못한 사람으로 치부해 버리겠어서 나는 저간의 사정 얘기를 좀 해둬야겠다.

내 조부께서는 선대로부터 물려받은 가산을 노름으로 탕진했고 그 끝에 가옥마저 남의 손에 넘기고 말았다. 오봉아재네가 서울로 이사를 가게 된 것은 그 임시였다. 오봉아재는 지금보다도 더 '반편이' 인데다가 너무나 병약해서 사람 구실을 못할 지경이었다. 오봉아재 부친은 그런 아들을 맡아줄 것을 부탁하면서 이 집을 넘겨주겠다는 조건을 붙였다. 집을 명의이전했다가 노름빚으로 넘어갈 걸 염려하던 조부는 집

문서를 건네받지 않았다. 그 쪽에서도 어디까지나 집 임자는 내 조부라고 못을 박으며 우리 가솔을 이 집으로 이사 시켰다.

갓 시집온 모친은 구촌 시동생뻘인 열두 살 아래의 소년을 그냥 오봉아재라고 불렀다. 오봉아재네는 항렬(行列)이 높았다. 우리와 같은 성을 쓰는 '집안네'인 안마을 사람들은 오봉아재를 '오봉골'이라는 여기 지명을 따라 누구나 오봉아재라고 불러왔는데 모친도 그렇게 한 것이다.

서울로 간 오봉아재 부친은 일이 잘 풀려서 문중 대소사에도 톡톡히 한몫 거들었다. 시월 시제 때나 벌초를 할 때에도 빠짐없이 참석하여 돈푼께나 뿌리며 낯을 세웠다. 우리 조부와 부친이 돌아가자, 문중의 시제답 댓 마지기를 우리가 부쳐 먹을 수 있도록 주선해 준 사람도 오봉아재의 부친이었다. 동네사람들은 오봉아재의 부친을 '서울양반'이라고 불렀는데 그 호칭은 전수되어 오봉아재의 부친이 죽고 나서 그 손자인 오봉아재의 조카보고도 집안네 사람들은 '서울양반'이라고 불러오고 있다. 그러나 서울 양반의 인심은 예전과는 딴판이다. 요즘 들어서는 설상가상으로 동네에 고속도로가 뚫린다고 땅금이 들썩거리니까 서울양반이 고향에 돌아와 삼촌인 오봉아재를 모시며 농사를 짓겠다고 집을 내놓으라고 했다. 우리로서는 생각도 못해 본 재난이 닥친 것이었다. 동네 집안 어른들이 나서서, 이 집의 임자는 내 조부이며 동시에 오봉아재를 봐서라도 집을 서울양반이 차지해서는 안 된다고 역정들을 냈지만 이미 서울 사람이 다 된 서울양반은 그런 말에는 전혀 괘념치 않고 문서를 내보이며 집을 내놓으라고 종주먹을 들이댔다. 그래서 우리는 아내가 몸을 추스르는 대로 이사를 가기로 한 것이다.

168

금줄을 쳐 놓고 보니 갑자기 우리 집이 신성한 성소가 된 기분이 든다. 이 금지 구역에서 아내의 엇나간 뼈마디가 제자리를 찾을 때까지 아무 일도 일어나지 않았으면 좋겠다. 며칠만이라도 모친은 이사 걱정을 뒤로 미뤄둔 채 고단한 육신을 편히 쉬었으면 좋겠다. 오봉아재도 맷돌질에서 손을 놓고 쉬게 했으면 좋겠다. 그러고 보니 우리가 두부 장사를 한 지도 어느덧 석 달째로 접어든다.

지난 가을이었다.

나는 아내의 손에 이끌려 모란장엘 갔는데, 집에서 방금 해 갖고 나온 손두부라며 파는 광경을 보게 되었다. 이거 진짜 집에서 해온 거냐고 아내가 물었고 두부 장수는 그렇다고 했다. 김이 오르는 두부를 양념간장에 찍어 먹어보니 맛이 있었다. 아내는 장사를 해보고 싶다고 청을 넣었다. 아내가 밥벌이를 찾아 장돌뱅이로 나설 요량으로 답사 차 나선 길이라는 걸 난 그제야 눈치 챘다. 아내는 이튿날부터 장사 길로 나섰다. 모란장, 양평장, 장호원장 할 것 없이 경기 이남 쪽은 다 뚫고 다니는 눈치였다. 장사 나간 날은 날이 저물어서야 돌아왔으므로 조석 끼니는 모친이 책임져야 하는 날이 많아졌다. 아내는 일이 고되었던지 몸이 축이 나 있었다. 마른 몸에 맥없이 키만 껑충하니 커 보였으며 가을볕에 그을린 아내의 얼굴은 노새의 그것 같았다. 저녁 밥상을 받으며 아내는 노새처럼 웃었다.

"어머니, 쫌만 참으시면 이제 우리도 잘 살게 될 거예요, 흐잉……."

"그리어, 암튼 장허다. 글피 장날엔 나두 쫌 델꾸 가다우 아가. 장원 (장호원) 장에 말여."

모친은 청국장 뚝배기를 아내 앞으로 바투 놔주며 은근한 목소리로 청을 넣었으나 아내는 수저를 입에 문 채 뜨악한 표정만 지었다. 저녁 상을 물릴 때까지 타협을 보지 못한 모친은, 밥상을 들고 나가는 아내의 등 뒤에서 내게 눈짓을 보냈다. 어떻게 좀 구워삶아 보라는 뜻으로. 나는 샘가로 따라가 보긴 했지만 설거지를 하는 아내 옆에 앉아서 뱅글뱅글 맴도는 물무당만 하염없이 바라보고 있었고 영문 모르는 오봉아재는 물색없이 큰 함지를 내다가 물만 퍼 담고 있었다. 그날 밤 모친은 늦도록 희나리고추의 배를 가르고 있었고 아내도 그랬다. 약정해둔 '글피' 가 되는 장날 아침, 모친은 첫새벽부터 일어나 맑은 물을 길어다 도토리묵을 쑤었다. 깨끗한 스테인리스 양푼에 마른행주질을 하고 나서 공들여 묵을 퍼 담았다. 바가지에서 양푼으로 묵이 쏟아질 때마다, 나무의 나이테처럼, 우물에 돌을 던질 때처럼 동그랗게 둥그렇게 파문이 퍼졌다. 다 퍼 담고 나서, 해파리처럼 야들야들하고 빈대떡처럼 둥그런 묵 누룽지를 두루루 말아주며 모친은 물었다.

"우떠냐, 맛이."

간장 국물이 입 꼬리 쪽으로 뚝뚝 흘려지도록 한 입 크게 베어 문 나는 엄지손가락을 세워 보이며 고개를 끄덕여 주었다. 묵을 풀 때 벌써 잘 쑤어졌다는 것을 알아보긴 했지만 농도도 알맞고 도토리 내가 쌉싸래하게 입안에 퍼지는 게 맛은 천하 일미였다.

모친은 속주머니를 크게 달아 미리 마련해 둔 고쟁이를 받쳐 입고 그 위에 한복 치마를 입었다. 셈을 치를 적마다 치맛자락을 들어 올릴 심산인가 본데 상당히 비능률적인 그 옷차림은 누가 보더라도 초보 티가 났다.

생전 처음 나서보는 행상에 아무래도 자신이 없는지 모친은 따리를 머리 위에 얹으며 뱃심 키우는 소리를 했다.

"장사가 뭐 별 거 있겠어? 내 물건 내주구 주는 돈 받으문 되는 거겠지."

아내가 앞장을 서고 나도 점심 도시락이 든 바케스를 들고 따라나서는데 오봉아재가 짐을 뺏어서 지게를 버팅겨 놓고 짐을 옮겨 실었다. 실랑이를 벌이다가 결국 오봉아재까지 대동을 하게 되었다. 고개 너머 삼거리쯤 나서서 기다리니까 웬 봉고차가 한 대 와서 멈췄다. 봉고차 내부에는 휴대용 불판과 모란장에서 본 두부 모판이 있었다. 설명 없이도 그 봉고차는 아내가 팔고 있는 두부공장에서 보낸 차라는 것을 감 잡았을 수 있었다. 오봉아재는 봉고차에 짐을 옮겨 실어주고는 순순히 빈 지게를 지고 집으로 돌아갔고 우린 봉고차를 타고 장호원으로 갔다. 아내와 모친은 시장 한 귀퉁이에 각자 전을 벌여 놓았다.

"자, 두부 있어요, 두부. 집에서 방금 쑤어온 따끈따끈한 손두부 있어유우……."

순 서울 토박이가 어설프게 질러대는 우리 동네 사투리는 어딘가 희극적인 데가 있다. 비유가 적절할지 어떨지는 모르지만 경상도 출신 국회의원이 전라도에 가서 그쪽 사투리를 구사하며 한 표 구걸하는 느낌이었다.

아내가 시키는 대로 깍두기 모양 썰어놓은 도토리묵을 모친은 이쑤시개에 꽂아 두 손으로 받쳐 들고 외쳐댔다.

"진짜루다 내가 직접 식전 댓바람부터 쒀갖구 나왔구먼이유. 맛이 우떤가 자셔나 보세이 덜."

모친의 얼굴에는 '진짜배기' 라는 자신감에다 아들 며느리를 대동한 데 대한 기세가 엿보였다.

"진작에 나두 묵 장사루다 나슬 걸 그랬구먼, 이렇게만 되문 금세 떼부자 될 거 같어."

저녁 바람이 제법 매웠는데도 모친 얼굴에는 열이 고여 있었다. 두부가 한참 팔리고 나면, 모친은 아유 다행이다 두부가 더 잘 팔려서, 했고 묵이 잘 팔리면 얼렁 떨어뻐지구 내가 두부 팔어 주께, 그랬다. 두부 판이 거지반 다 비었을 때였다. 오봉아재가 빈 지게를 지고 비척비척 걸어오고 있었다. 모친은 집 잃은 강아지 보듬듯 오봉아재를 맞았다. 두부공장에서는 아침에는 태워다 줘도 저녁에는 각자 파장 시간이 다르므로 태워다 주지 않았다. 오봉아재는 막차가 들어오는 시간이면 아내의 마중을 나가곤 했었다.

"자, 떨이요 떨이. 집에서 막 쒀온 진짜 손두부 있어여!"

"아줌마, 이거 진짜 맞죠?"

손님이 만 원짜리를 꺼내들며 물었다. 그러자 같은 일행인 듯싶은 여인네가 담에 살께요, 하면서 자기 일행의 팔을 잡아끌었다.

"두부공장에서 떼다 팔면서 진짜라고 사기 치는 거야. 이젠 도토리 묵까지 가지고 나왔네. 저 사람들 다 한통속이야. 근데 저러고 있으니까 진짜 가족 같잖아? 먹구 사는 것도 여러 질이라니까."

손님들이 지껄이는 말을 들은 모친은 말문을 못 열고 우두망찰 서 있었고 아내는 고개를 돌렸다. 허옇게 버짐 핀 얼굴하며 아내의 모습은 추레하기 그지없었고 밖에서 보는 오봉아재의 목은 더 비뚤어져 보였다. 게다가 외팔인 나까지······.

172

모친은 그날 밤 아내를 붙들어 앉혀놓고 조곤조곤 타일렀다. 아무리 가난하게 살더라도 진짜는 진짜라고 하고 가짜는 가짜라고 하면서 살자는 게 모친 이야기의 골자였다. 그러면서 모친은 없이 사는 게 죄라고 우리도 뭔가 먹고 살 궁리를 해보자고 했다. 내년이면 이제 식구도 하나 더 느는데 언제까지 시제답에만 의존해서 살 수는 없는 노릇 아니냐고. 모친의 말을 다소곳이 듣고 난 아내는 두부 장사를 본격적으로 해보자고 제안했다. 처음에 그 말을 들을 적에 나는 솔직히 저 여자가 미쳤나, 그만큼 타일렀으면 알아들어야지 그런 심정이었다. 그런데 모친은 반색을 하며 그럼 됐다, 나도 너와 같은 생각이니까 하며 무릎걸음으로 다가가 아내 손을 덥석 잡았다. 그때부터 우리는 진짜 손두부 장사를 하게 된 것이다.

이제는 어느 정도 자리가 잡혀 인근 마을에서까지 두부를 사러 온다. 안마을에서 크고 작은 대소사가 생기면 으레 맞춤두부를 해갔다. 농번기 때 일꾼을 모아 일하는 날엔 막걸리와 따끈한 두부로 새참을 먹을거란다. 마을 사람들이 고춧대나 깻단 그리고 뽕나무가지에서부터 망가진 가구까지 경운기로 실어다 주어 땔감은 앞으로 일 년을 쓰고도 남을 만큼 확보해 놓은 상태다. 재미있는 일도 있었다. 오봉아재와 내가 마루에 앉아 슬렁슬렁 두부콩을 갈면 외지 사람들은 민속놀이라도 보는 양 신기해 했다. 사진도 같이 찍어가고 여행 선물로 준다며 두부를 사가곤 했다. 아직까지도 두부에 간수 조절을 하는 것이나 순두부가 어느 정도로 엉겨야 짤 때가 됐는지 하는 것은 전적으로 모친의 몫이지만 콩을 들여오는 일에서부터 남은 두부 처리 같은 총체적인 일은 아내가 주관을 해오고 있다. 그래도 성한 내 오른손은 쓸 만해서 오봉아재와 마주앉아 맷돌질을 하면 손이 척척 들어맞는다. 흠집 난 콩도 성한 콩도 모두 한통속으로 갈려져 나오는 것이 나는 맘에 든다.

그러나 이제 이사를 가면 두부 장사를 이어서 하게 될지 어떨지는 잘 모르겠다. 마을 안에 있으면 외지인들이 찾아오기도 쉽지 않을 뿐더러 조용한 농촌 마을에 공연히 폐를 끼치게 되지나 않을까 걱정도 된다.

드디어 안방 문이 열리고 이마에 땀범벅이 된 모친이 대야를 들고 나온다. 나를 향해 고개를 끄떡이며 웃고 있는 저 모습이 생경스럽다. 뭐랄까, 굿판을 차려 놓고 삼지창을 손에 든 무녀 같다고나 할까? 처방전을 써준 약방 노인 같다고나 할까. 의기양양하면서도 뭔가 삼가는 눈빛은 차라리 외경스럽기까지 하다. 대야를 마루 끝에다 내려놓더니 치마허리를 고쳐 맨다. 자신을 단속하느라 한평생을 옥죄어 매보고도 아직도 서툰지, 앉았다 일어서기가 무섭게 치마말기가 흘러내린다. 솜씨 탓이 아니다. 죄가 있다면 밋밋한 젖가슴 탓일 것이다. 따지고 보면 그것만도 아닐 터이다. 모친의 몸피가 저토록 가벼워진 데는 내가 일조한 바가 적지 않음을 모르는 바 아니어서 나는 제풀에 고개가 꺾이고 만다.

모친이 부엌으로 들어가자 아까부터 끓고 있던 미역국 냄새가 이제 본격적으로 온 집안에 퍼진다. 모친은 평소에 받아먹지 않던 새 상에다 미역국과 밥을 받쳐서 들고 나온다. 오봉아재가 시종처럼 따라와 어여 들어가 보라고 손을 들어주고 진심이도 꼬리를 흔든다. 어떻게 생긴 녀석이기에 이제야 나타났는지 상면을 하지 않고는 못 배기겠어

174

서 나는 문을 열어주는 척하면서 모친을 따라 방으로 들어간다. 비린 내가 먼저 내 코끝에 엉겨 붙더니 뒤이어 쥐새끼 같은 살빛을 한 핏덩이가 눈에 들어온다. 아기는 새근새근 고른 숨소리를 내며 잠들어 있다. 굴뚝 모퉁이에 있던 쥐의 일가와 지금 이 방 안에 펼쳐진 광경이 겹친다. 오봉아재의 그 무구한 눈망울이 스쳐 지나간다. 나는 일망타진하려고 장작개비를 집어 들었던 미욱한 손으로 차마 아기를 안아 보지 못한다.

"딸이에요, 여보."

세상에, 얼마나 힘이 들었으면 주먹만 하던 아내의 얼굴이 늙은 호박만 해졌다. 생각 같아서는 아내의 손을 덥석 움켜쥐어 주며 등이라도 투덕거려 주고 싶지만 모친이 계시는 터라,

"애 썼소."

한마디 건네고 만다. 모친은 소매 끝으로 연신 콧물을 찍어내면서 손수 아내에게 첫국밥을 먹여준다. 못 이기는 체 두어 모금을 받아먹던 아내는 수저를 받아든다. 후루룩후루룩 아내의 목구멍으로 국 국물 넘어가는 소리가 듣기 좋다.

"우리 집안에서 언내 울음소리가 난 게 도대체 울마만인가 몰러 그치 애비야? 자그만치 사십오 년 만이잖은가 말이여."

그렇다. 내 나이 올해 마흔다섯이니 사십오 년 만이다. 결혼해서 칠년 만에 아내는 첫아이를 유산했고 연이어 임신을 했지만 둘째 아이도 그렇게 잃었다. 그 생각을 하니 기분이 다시 착잡해진다.

군대를 제대하고 나서 나는 만두 회사에 입사했다. 고기를 가는 롤러에 팔이 휘감기는 사고를 당해 한쪽 팔을 잃어버려 졸지에 장애자가

되었다. 그날의 참담한 심정은 새삼 들먹이고 싶잖다. 그 뒤 어찌어찌해서 신문지 만드는 제지 회사에 다니게 되었지만 환경오염 시킨다는 이유로 회사가 지방으로 밀려가게 되었다. 회사 측에서 현지인을 고용하면서 기존의 직원을 대거 명퇴를 시키는 바람에 난 실직자가 되었다.

걱정 말아요 여보, 산 입에 거미줄 칠까 설마. 아내는 바통을 이어받은 장거리 주자가 되어 생활전선으로 뛰어들었다. 상추 솎는 일을 하러 하남시로 미사리로 원정을 가기도 했고, 광고 전단지를 붙이는 등 뜬벌이를 했다. 그러던 아내가 대형 할인 마트 생선 코너에 취직을 하게 되었다. 구경 오라고 하도 성화를 부려서 마트엘 나가보았다. 난 지각변동이 일어나 '둘리'처럼 빙하를 타고 알래스카에 당도하지 않았나 하는 착각에 빠졌다. 비척비척 다가가서 알래스카 앞을 기웃거려보았다. 거대한 냉동 창고는 연신 생선 상자들과 얼음 조각들을 토해냈다. 흰 장화에 비닐로 된 흰 앞치마를 두르고 역시 흰색 토시에 흰색 모자까지 갖춰 쓴 사람들이 쇠갈고리로 생선을 찍어내고 있었다. 여러 날 동안 그 놈의 무지막지하게 생긴 칼과 쇠갈고리가 머릿속에서 떠나지 않았다.

그날은 세일 첫날이어서 손님이 많았다고 했다. 내장이 터진 동태와 갈치를 묵직하게 들고 생글거리며 들어오던 아내는, 떨이라서 반값에 샀어. 그런데도 되게 싱싱하지, 여보? 종달새처럼 지저귀었다. 상냥한 아내는 수다 떨기를 좋아하는 성미였지만 그날은 저녁상을 치우기도 전에 곯아떨어졌다. 베개를 꺼내어 받쳐주고, 양말을 벗기고 보니 하루 종일 장화 속에 가두어 두었던 아내의 작은 발은 볼록하게 부어

오징어순대가 되어 있었다. 순간 내 가슴 한복판에 얼음물이 흘러내렸다.

사고가 난 것은 그 이튿날이었다. 전화를 받고 달려가 보니 아내는 이미 산부인과에 입원해서 링거를 맞고 있었다. 아내는 예의 그 쇠갈고리에 손등을 찍혔는데 너무 놀라서 그 자리에서 유산을 했단다.

오늘은 아내가 몸을 푼 지 삼칠일째가 되는 날이고 예정대로 우리는 이사를 간다. 우선 살림하는 데 꼭 필요한 물건만을 챙겨가고 나머지는 차차 옮기기로 했다. 오봉아재는 식전부터 집 안팎을 쓸어 모은 허섭스레기에 불을 지핀다. 눅눅해서 제대로 불이 피어나지 않을 줄 알았는데 어느새 노간주나무 가지가 따글따글거리는 소리를 남기며 타버리고 밤나무 잎사귀도 맵싸한 냄새를 풍기며 사그라지고 있다. 갈퀴자루를 지팡이 삼아 쥐고 시름겹게 서 있던 오봉아재의 얼굴이 불콰해진다. 냇내를 핑계 삼아 식구들이 콧물을 홀쩍인다.

밥 뜸 들이는 냄새가 난다. 청국장 냄새도 난다. 오봉아재는 청국장을 참 좋아한다. 화롯불 위에서 보글보글 끓어오르는 거품을 밀어내고 혓바닥이 데일 정도로 뜨거운 청국장을 한 숟갈 떠서 먹을 때의 오봉아재를 보면 청국장 먹는 재미로 사는 사람 같았는데. 밥상이 방으로 들어갔는데도 오봉아재는, 낳은 지 한 이레밖에 안 되어 눈도 안 뜬 강아지만 들여다보고 있다. 부정 타면 제 새끼를 물어 죽이는 일이 견공들 간엔 왕왕 벌어지므로 우린 당분간 진심이네를 여기다 두기로 했다. 나는 하루에 한 번 개밥을 날라다 줄 작정이다. 이제 오봉아재도 서울양반 따라 서울로 갈 것이고 저것들만이 이 빈집을 지킬 것이다.

나는 오봉아재를 잡아끌고 방으로 들어간다.

"청국장 좋아하잖어유, 식기 전에 어서 드서유, 아재."

안 하던 헛기침까지 해가며 애써 끌어올려 보지만 모친의 목소리는 등잔 심지처럼 잦아들고 만다. 어렸을 적에, 석유가 떨어지면 등잔 뚜껑을 열고 성냥개비로 등잔 심지를 돋우었다. 배꼽처럼 볼록한 등잔 꼬투리에서 심지가 솟아나오면 방 안이 금시에 환해졌었다. 요술램프 같은 그 불꽃은 이내 잦아들다가 돈등화에 맺혀 있던 주황 불씨마저 사그라지고 만다. 마술이라도 좋고 요술이어도 좋으니 단 몇 달만이라도 오봉아재와 한 집에서 지낼 신통한 능력이 지금 내게 있었으면 좋으련만…….

처음에 집을 내놓으라고 할 때만 해도 서울양반은 이 집에 내려와 농사지으며 오봉아재를 모신다고 했다. 우리가 막상 안마을에 방을 얻어놓으니까 집수리를 핑계 대며 좀 더 있다가 이사를 한다더니 요즈음 부쩍 읍내 부동산업자들이 드나든다. 이제 남의 집이라고 정을 떼고 나니 우리는 괜찮은데 오봉아재가 걱정이다. 모친은, 애무헌 사람 모함하는 것 같다만 조카한테 눈칫밥 먹기 싫어 오봉아재는 벌써부터 며칠째 곡기를 끊다시피 하고 있지 않냐고 말끝에 한숨을 달았다.

오봉아재는 모친이 쭉쭉 찢어 얹어주는 '총각짠지'를 이것도 마지막이다 싶었던지 못 이기는 척 받아먹고 나서 김에 밥을 얹고 그 위에 김치 한 줄기를 같이 얹은 김말이를 모친에게 건넨다. 모친이 좋아하는 음식이다. 치마 끝을 말아 쥐고 연신 콧물을 닦아내던 모친은 코를 팽, 풀어 젖힌다. 그것이 신호라도 되는 양, 벽을 바라보고 앉아 젖을 물리고 있던 아내의 작은 어깨도 들썩인다. 오봉아재가 후딱 일어나 문간방으로 나간다. 다른 때 같았으면, 젖먹이 아낙 배를 곯리면 서까래도 서럽다고 우는 법이라면서 국을 양푼에 퍼 담아 줄 터인데 모친은 아내한테 밥 먹으라는 인사도 없이 수저를 주섬주섬 모아 쥐고 빈 그릇을 포갠다. 아내가 아기를 내 무릎에 얹혀놓고는 밥상을 들고 나가자 모친은 시집올 때 해온 낡은 장롱을 연다. 덜렁거리던 장롱 문짝이 아예 뚝 떨어져 내린다. 문짝을 주워 앞뒤 뒤집어 보고 쓰다듬어 보고 하더니 부엌 나뭇가리 쪽으로 집어던지고 나서 모친은 또 한 번 크게 코를 팽, 풀어 젖힌다. 엊저녁 내내 짐 정리를 해서 마루에, 봉당에 쟁여 놓아 장롱은 분명 비어 있을 터인데 모친의 손끝에는 못 보던 보퉁이 하나가 달려 나온다. 보자기를 끌러내자 옥색 두루마기 한 벌과 흰 무명 바지저고리 한 벌 그리고 그 위에 남자 버선 한 켤레가 개켜져 있다. 모친은 빈 보자기를 두루루 말아 다른 짐 꾸러미에 질러 놓고는 한복을 들고 일어선다. 낡은 마룻장이 삐그덕삐그덕 힘에 부친 노친네 무릎 뼈 어그러지는 소리를 내지르고 연이어 봉당에서 오봉아재의 거처인 문간방 쪽으로 모친의 고무신 끄는 소리가 탈박탈박 들린다. 모친이 장롱 속에서 빠져나가 버린 것 같은 착각이 일어난다.

설거지를 마치고 들어온 아내는 기저귀 한 장을 꺼내어 탁 털어서 입에 물더니 내게서 아기를 뺏어다가 등에 얹어 놓는다. 아기는 얼굴로 핏기가 벌겋게 몰렸는데도 버르적거릴 줄도 모른다. 살덩이나 다름없는 아기를, 물고 있던 기저귀를 넓게 펴서 한번 동여매고는 그 위에 연두색 처네포대기를 두른다. 살집이 없는 아내의 몸피하며 머리만 나와 있는 아기가, 옥수숫대에 달린 옥수수 같다. 바람에 일렁이는 옥수숫대처럼 아내는 방안에서 마루까지만 왔다 갔다 하면서 짐을 나른다.

나도 거들기 위해 한쪽 팔에 의수를 끼우고 성한 손에는 실장갑을 끼우느라 입으로 장갑모가지를 문 채 봉당으로 내려선다.

"차 오기 전에 얼렁 옷버텀 갈어 입어유 아재."

모친이 문간방을 향해 채근을 하자 듣기라도 한 양 오봉아재가 방문을 열고 나온다. 무슨 조화일까. 새 옷을 입으니 신수가 훤해 보이기는 하는데도 안 입던 두루마기를 걸쳐서 그런지, 옥색이어서 그런지 오봉아재한테서는 서늘한 분위기가 감돈다. 갑자기 명치끝이 아파 온다.

툴툴툴, 이삿짐을 옮겨 주기로 한 재당숙이 모는 경운기가 앞장서고 나와 동갑내기 친구가 끄는 트럭이 뒤를 따르고 서울양반 승용차도 보인다. 서울양반이 안마을에 들렀다가 오는 모양이다.

사람들은 손발 맞춰 큰 짐은 먼저 트럭에 실려서 떠나 보내놓고, 잔 삭다리를 경운기에다 올려준다. 재당숙은 깨질 것 안 깨질 것 가려가며 제대로 자리를 잡아놓는다. 접시 밥도 풀 나름이라더니 짐을 다 싣고도 경운기 한쪽이 비었다. 이사 갈 집에 광이 없어서 묵은 살림을 죄다 태워 없애서 더 그렇다. 서울양반은 해 떨어지기 전에 어서 가서 짐을 풀라면서 채근이더니 모친을 모셔다드리겠다고 차에 시동부터 걸어 놓는다. 모친은, 괭이 쥐 생각 하구 자빠졌네 하는 눈빛을 쏴 주고는,

"아범아, 우째 오봉아재가 안 보이는 거여!"

딴청을 핀다. 분위기가 일순 서먹해지자 안마을 사람들은, 언내 강기 걸리겠다며 어서 시어머니 모시고 차에 오르라고 채근이지만 아내는 방으로 들어간다. 젖을 먹이려는 모양이다.

"아무래도 이 양반이 무슨 일을……"

모친이 이마를 짚으며 비틀거린다. 웬만한 일에는 눈도 깜짝하지 않던 양반이 저렇게 맥을 못 출 때는 뭔가 사단이 나도 단단히 났을 거라는 방정맞은 예감을 떨쳐버릴 수가 없다. 억장이 무너진다. 나는 어쩜 오봉아재를 아버지라고 믿고 살았는지도 모른다. 아니다. 아무리 자상한 아버지라도 가장 구실도 변변히 못하는 머리 큰 자식을 그렇게 어여삐 보아 넘기기는 쉽지 않을 것이다. 어떻게 오봉아재와 남남으로 지낼 생각을 했는지 내가 잠깐 정신이 나갔었나 보다. 방이 두 칸이면 어떠랴, 한 칸은 오봉아재를 주고 당분간은 모친과 한 방을 쓰면 되지 하는 생각이 들자 이제야 오금이 펴진다.

모인 사람들도 오봉아재를 찾으러 나선다. 나는 자꾸만 방죽 쪽으로 마음이 쏠리는 것을 일부러 반대 방향으로 발길을 돌린다. 모친이 탄 서울양반 차가 내 앞에 와서 멈춘다. 나를 태운 차가 방죽 쪽으로 간다. 당숙도 경운기를 몰고 자동차 꽁무니를 따른다. 모친은 내가 성소라고 믿는 방죽을 부정한 곳이라고 두려워하고 있다. 내가 대학입시에 떨어졌을 적에도, 팔이 부러져서 쉬러 왔을 적에도 모친은 방죽을 의식했었다. 방죽은 멱 감던 개구쟁이가, 아이 밴 임부가, 그리고 작년에는 낚시꾼이 몸을 던진 '부정한 곳'인 것이다. 차는 누가 시키지도 않았는데 방죽머리에 선다. 서울양반이 앞장서고 모친이 뒤따른다. 방죽 둑에 있는 흰 물체가 보인다. 대여섯 발작 앞서서 가던 서울양반이 혀를 끌끌 차고 모친은 비틀거리며 구역질을 해댄다. 가까이 가보니 술병과 과자봉지를 담은 봉투가 있고 주변에는 맥주병 쪼가리가 흩어져 있다. 그게 어째서 내 눈에는 오봉아재의 흰 고무신으로 보였는지 모를 일이다. 오봉아재는 여기 오지 않았다.

"가자!"

모친은 먼저 길을 잡는다. 집에 도착하자마자 나는 밤나무를 떠올리며 허실수로 뒤곁엘 가 본다. 세상에! 우리가 여태 찾던 오봉아재가 여기 있었다. 오봉아재는 반 무릎을 꿇고서 맨손으로 돌부처 밑을 파고 있다. 짚을 깔아서 그랬던지 땅바닥에 닿았던 무릎 쪽은 오히려 깨끗한데 소라색 두루마기 양 끝자락과 소매부리는 뻘겋게 흙물이 배어 있다. 그런데도 진솔 두루마기 의관을 갖춰 입은 오봉아재의 모습은 정(淨)하다 못해 어떤 주술적인 경건함마저 느껴진다. 나이 가늠도 모호하며 한 세기 전에 살던 사람이 환생한 듯하다. 돌부처와 장독대 그리고 그 옆에 우물이 있는 이 공간마저도 상당히 비현실적이게 느껴진다.

툴툴툴, 경운기 소리가 점점 가까이 다가온다. 오봉아재는 장독대 밑에서 신주단지를 파내어 전더구니에 묻은 흙을 털어 낸다. 그것은 신주단지가 아니고 웬 사기요강이다. 오봉아재는 내가 허깨비로 보이는지 눈길도 주지 않은 채 신주단지만 모시고 앞마당으로 비척비척 걸어가더니 경운기에 올라앉은 모친의 품에 안겨준다. 모친의 팔이 무릎 아래로 슬금 내려오는 것을 보니 꽤 무거운 모양이다. 오봉아재는 모친의 팔을 한번 눌러주더니 어서 가라고 팔을 휘적거린다. 내심 요강 쪽이 궁금할 터인데도 아무도 입을 못 떼고 그저 오봉아재와 모친의 거동만 응시하고들 있다. 그러자 우리 집과 제일 가깝게 지내는 재당 숙이 마치 남들이 꺼리는 일을 도맡기라도 하는 듯이 뚜껑을 열고 요강을 들여다본다.

"세상에, 이게 다 돈이네!"

서울양반의 눈이 휘둥그레진다. 요강 속에는 만 원권 지폐에서부터 백 원짜리 동전까지 거의 하나 가득 들어차 있다. 재당숙이 요강 속을 헤적여서 내용물을 꺼내 보인다. 밑으로 갈수록 지금은 사용하지 않는 빨간 지전도 있고 일원짜리 구리 동전 그리고 시커멓게 녹슨 부러진 은비녀와 닳고 닳은 가락지도 있다. 오봉아재는 돈으로 물건을 사고파는 교환 방식을 모른다. 술 담배도 하지 않는다.

사람들은 무슨 모의라도 하려는 듯이 땅바닥만 내려다보고 있고 서울양반은 담배를 피며 연신 헛참! 헛참 내…… 하고 있다.

모친은 사기요강 단지를 그러안은 채, 아예 다리를 쫙 벌리고 앉아서 마루 밑 강아지들한테 시름없는 눈길을 풀어놓고 있다. 꽃샘바람이 한바탕 불어와 요강 안의 지폐를 날려 보내는 것도 모른 채.

유정리 세 동무

여주 못 미쳐 가남휴게소 어름에 가다 보면 유정리라고 하는 산골 마을이 나온다.

　면 소재지에서도 먼 산골이어서 속칭 심곡이라고도 하는 이 마을 사람들은 지리적인 여건 때문인지 가락과 억양이 약간 독특한 말씨를 사용하고 있다. 원주나 문막 사람이 여주를 지나 장호원을 들러 충주로 가면서 흘린 말쯤으로 생각하면 귀가 순하게 받아들일 것이다. 유정리에는 또한 언어뿐만이 아니라 여러 독특한 풍습이 아직까지도 보존되어 있는데 그중의 한 가지가 '유정리화투'이다. 화투(花鬪)의 사전적 의미는 '모두 마흔여덟 장으로 된 노름의 제구, 또는 그 노름'이며 영어식 표현으로는 Korean playing cards이다. 그렇지만 투전이나 노름의 성격을 한참 비껴 서 있는 유정리화투를 이렇게만 표현해 주면 좀 야박스러운 면이 없지 않다. 민화투와 비슷한데 셈을 치르는 방식이 좀 다르다. 십 원에는 콩 톨을, 백 원에는 성냥개비를 현찰 대신 이용한다. 1월부터 12월까지 합산을 해서 끝에 가서 가장 많이 나는 사람이 도토리묵을 사거나 집에 있는 먹을거리를 가져다 베푸는 식이다. 동지를 지나 가을걷이가 끝나고 '뷔인 밭에 밤 바람 소리 말을 달리'는 밤이면, 유정리 사람들은 늙은이 젊은이 할 것 없이 유유상종하여 화투들을 쳤다.

지금은 한창 가을걷이 시즌인데도 불구하고 일터에서 퇴출당한 노인네 세 분이 화투를 치러 오늘 국수집에 모였다. 옛날에, 국수 기계로 국수를 뽑아주는 일을 하던 이 집에 갓 시집온 새댁을 동네 사람들이 그냥 국수집이라고 불렀다.

여기 세 양반들은 계유(癸酉)생으로 올해 일흔 넷이며 모두 혼자된 처지이다.

같은 해에 시집 와서 음지땀에 터를 잡아 지붕을 맞대고 산 지 물경 오십 년이 넘어서 지금은 상호 간에 마음 밑바닥까지 물속처럼 훤히 들여다보며 너나들이로 지내는 터수이다. 그렇지만 처음에는 마음을 좁히느라 상당히 애를 먹었다.

이 양반들이 새댁 시절에, 송홧가루가 분분히 날리던 볕 좋은 날에 산나물을 뜯으러 유정산에 오른 적이 있었다.

누가 묻지도 않았는데 홍싸리가 먼저 자기 명함을 불쑥 내밀었다.

"원래 내 번 이름은 그만이여. 딸 그만이 할 때 그 그만이."

"저이가 뭐래여, 시방?"

귀머거리 흑싸리가 물었지만 국수집은 미처 번역해 줄 말이 마련되지 않아서 유구무언이었고 그 틈새를 비집고 화답이라도 하듯이 뻐꾸기가 유창하게 한 곡조 뽑아내었다.

홍싸리가 송화를 한 송아리 따서 손바닥에 대고 툴툴 털어내며 계속 이어서 자기 과거지사를 산바람에 풀어놓았다.

모친이 태몽으로 용꿈을 꾸고 그이를 회태했는데 정월 초하룻날 차례도 지내기 전인, 용(辰)날 인(寅)시에 낳고 보니 딸이어서 아명을 섭섭이라고 지어 불렀다. 때는 계유(癸酉)년이었고 정월이면 인(寅)월, 게다가 또 인(寅)시에 낳았으므로 인유(寅酉) 쌍 원진살이 끼었다. 얼굴 상호 또한 범상치 않으니 아무래도 제 명대로 못 살거나, 만일 남의 명줄을 이어서 살게 된다면, 되면 크게 되고 안 되면 죽는 이만도 못할 것이라고 학식 많은 그의 조부가 한탄 섞인 천기누설을 유포했다. 아니나 다를까, 모친이 몸을 푼 지 삼칠일도 채 넘기지 못하고 유명을 달리하여 섭섭이는 젖배를 곯는 것으로 팔자땜의 첫발을 디디었다. '어미 잡아먹은 것'이라는 사회적인 터부에 희생양이 되어 시린 유년 시절을 하냥 섭섭해 울며 지내는 동안, 새파란 계모가 들어와 아들 하나에 딸 일곱을 낳아버렸다. 팔선녀 집에는 원조 섭섭이 말고도 굴비 두름 엮듯이 줄줄이 줄줄이 섭섭이 풍년이 든 것이었다. 젖몽우리가 함박꽃 몽우리만 하게 생길 때부터는 섭섭이의 별칭이 또 한번 바뀌는 운명의 기로에 섰다.

"싸리 빗자루처럼 흣두루 맛두루 부려먹는다구 사람덜이 날 두루치기라구 불렀다우."

그 이야기를 듣고 있던 국수집의 얼굴은 서산마루에 지는 해처럼 하염없이 한쪽으로 기울어졌다. 시상에나, 불쌍하고도 가긍하여라, 저이도 나처럼 딸 많은 집에 태어나서 더운 밥 한 그릇 변변히 못 얻어먹어보고 여기까지 왔구나. 백 냥 주고 집을 사고, 천 냥 주고 이웃 산다는

데, 이보게나, 이 사람아. 내 처지가 네 처지고 네 처지가 내 처진데 우리 이제 시방부터 너나들이로 동무허세, 국수집이 흑싸리의 손을 덥석 움켜잡았다.

흑싸리는 살짝 곰보다. 베개만한 길쭉한 얼굴에, 진흙마당에 쥐눈이콩이 박혔다 빠진 자리 모양 군데군데 반구(半球)가 나 있다. 허우대가 크고 얼굴 턱 쪽이 앞으로 돌출되어 있어서 멧돼지 상호라는 말을 자주 듣는다. 그런가 하면, 흑싸리는 귀머거리이다. 듣지를 못해서, 단지 그게 한 가지 탈이지 말하는 데는 하등 지장이 없다. 그이는 또한 타고난 미인이다. 갈참나무 이파리처럼 나붓하면서도 갸름한 얼굴은 분위기가 서늘하면서도 청순했다. 영화 〈별아 내 가슴에〉에 나올 때의 문희 닮았단 소릴 많이 들었다.

얼금뱅이가 뭐라고 했느냐고, 대관절 뭐라고 했길래 두 사람의 표정이 짜고 치는 '유정리화투' 판의 싸리껍데기처럼 그렇게 한판으로 닮은꼴이냐고, 나만 돌려놓고 둘이서만 통하였느냐고 흑싸리가 국수집의 옆구리 콕콕 찌르며 어서 말을 해, 성화를 부렸다. 그러나 국수집은, 저이가 말한 내용을 대체 뭐라고 이이한테 설명을 해 줄까 궁리를 하다 보니 그만 대답할 타이밍을 놓치고 말았다.

동갑내기끼리니까 뭔가 좀 다른 게 있겠거니 하고 잔뜩 기대를 걸었던 흑싸리는, 그럼 그렇지 하는 심정이 되어 풀이 죽었다. 조롱조롱 꽃주머니를 매달고 있는 분홍의 금낭화 한 송아리를 분질러 들고는 너럭바위 위에 퍼질러 앉았다. 허공에 내려뜨린 다리를 시름없이 흔들거리며 그 박자에 맞추어 금낭화 꽃잎을 뜯어 던지는 귀머거리 흑싸리 뒤에서는, 눈치 없는 뻐꾸기가 봄의 왈츠를 뻐꾸욱, 뻐꾸욱, 뻐뻐국 뻐꾹

190

사분의 삼박자로 깔았던 것이었다.

처연히 울려 퍼지는 뻐꾸기 소리를 듣고 있던 국수집은 이런저런 생각에 붙들렸다. 저이는 어쩜 저렇게도 예쁘게 생겼을까. 여우가 둔갑을 하지 않고서야 인간이 저렇게 예쁘게 생길 수는 없는 노릇 같은데. 그런데 어쩌자고 귀는 먹어 설라무네 고운 말 거친 말 가려 쓰질 못하고 그 어여쁜 입에서 얼금뱅이라는 말이 서슴없이 나올까. 도대체 아까 그이가 한 말을 뭐라고 번역해 줄까. 동무지간에 그이의 이름이, 개나 소나 막 부려먹어도 되는 두루치기였다고는 차마 말해 줄 수가 없는데, 의미를 알고 나면 얼금뱅이나 두루치기나 도긴 개긴인데 대관절 이를 어쩌면 좋단 말인가. 그때, 코앞에 뜯다 만 '국싸리순'(나물로 먹는 싸리나무의 어린 순(筍))이 눈에 들어왔다. 국수집은 머릿속으로 어떤 빛이 파고드는 감전 상태의 흥분을 느꼈다.

그래, 이 동무들을 만나게 된 것도 다 내 운명이요, 팔자소관이니까 앞으로 이 문제에 관한한 내가 풀어야 한다. 싸리 빗자루처럼 부려먹었다는 두루치기의 이름을 이제부터 홍싸리로 부르게 하련다. 이름을 곱게 지어 저이들의 구부러진 팔자를 쭉쭉 펴보자, 까짓것.

국수집은 국싸리 순을 뜯어 들고는 두 동무를 불러 모았다.

"일루 와봐 덜. 이이 이름이 이거래여."

"국싸리순이래여? 국싸리순! 이렇게 불루문 되능 거란 말이지?"

귀머거리 흑싸리가 그렇게 물었다. "이이 줌 봐? 내 이름이 왜 또 국싸리순으루다 변해여, 두루치기였다니까는."

곰보 홍싸리가 정색을 하고 문제 제기를 하며 신경질을 냈다. 그러자 한 성깔 하는 흑싸리도 삐졌다. 홍싸리는 골이 나면 입술이 벌러덩 뒤집어지듯이 튀어나오고 흑싸리의 경우에는 양 볼이 알밤을 감춘 것처럼 도도록이 부어오르며 입이 닭 똥구멍처럼 오므라든다.

"자기가 무신 세종대왕이라구 글자를 갈치러 들어. 기냥 얼금뱅이라구 불르게 냅버려 둬."

홍싸리가 좌향좌 몸통을 틀었고 이에 질세라 흑싸리도 우향웃 몸을 비틀어 앉았다. 똬리 한 죽을 걸고도 남을 만큼 주둥이를 내민 에펜네는 왼쪽에, 쪼글쪼글 닭 똥구멍 주둥이를 한 에펜네는 오른쪽에 서로 등을 돌리고 앉았다. 국수집은, 삼대 독자 외아들 방에 시샘 나서 들어간 시어머니 마냥 그 가운데 앉아 세종대왕의 노고를 심각하게 되새겼다.

아하, 낭패로고⋯⋯!' 이 몽매한 백성에게 이름을 어떻게 깨우쳐 준다? 설워 마라, 두루치기야 고운 이름 지어 부를게 답답해 마라, 흑싸리야 내가 네 혀 되어 줄게.

국수집은 이렇게 가슴속에 단심을 품었다.

홍싸리가 자리를 털고 일어나 나물바구니를 끼고 저쪽 골창으로 가고 흑싸리도 나물을 찾으러 풀숲을 헤적이며 다녔다. 국수집은 흑싸리한테로 따라붙었다. 홍싸리가 안 보일 때마다, 국수집은 손가락을 펼쳐가며 동냥아치처럼 흑싸리를 지분거렸다.

"국싸리순이 아니구 홍싸리라구. 이봐, 나줌 봐봐. 국, 싸, 리, 순, 이건 니(四)자 잖어? 그런데 홍, 싸, 리, 이건 시(三)글자란 말여. 다시 해봐, 홍, 싸, 리. 어서? 홍 싸 리!"

국수집이 앞을 가로막으며 다그쳤다. 그러자 흑싸리가 다락다락 신경질이 붙은 목소리로 일갈을 해 부쳤다.

"국, 싸, 리!"

홍싸리도 얼굴이 벌개가지고 돌아보면서,

"아나, 깻묵이라 그래라!"

소릴 질렀다.

갈 길이 구만리였다. 국수집은 나물바구니를 옆에 끼고 범바위 위에 홀로 앉아 유정리를 굽어보았다.

대저, 세상의 이치란 사필귀정이어서, 이 바닥 사람들이 감히 세종대왕의 후손인 이 국수집을 몰라보고 홀대를 하지만 때가 되면 낭중지추 할 날이 기필코 올 것이다. 본인은 이래 봬도 한글 창제를 하신 세종대왕 영릉이 있는, 조선 왕조 때에 왕후를 여덟 분이나 길러낸, 여주 본토 사람으로서 역사적인 사명을 띠고 여주 고을을 벗어나지 않고 유정리로 시집을 온 것이다.

일반 백성과 귀먹은 흑싸리와의 말이 달라 서로 통하지 아니하므로 애를 먹는 작금의 시점에서, 내 이를 가긍하게 여기는 바, 어수룩한 백성이 쉽게 쓸 수 있도록 세종대왕의 어지를 손상시키지 않는 범위 내에서 새로운 말을 맹갈겠노라.

국수집은 그렇게 원대한 포부를 품고 범바위에서 내려섰다. 그때까지도 주둥이를 내밀고 있던 홍싸리가 쳇, 국싸리순이라구? 외돌아 서며 골질을 부렸다.

"저이, 왜 저래여?"

"아녀, 암것두. 집인 어여 홍싸리나 해봐. 자, 홍, 싸, 리!"

흑싸리는 질력을 내면서 대꾸를 하지 않고 딴청을 피웠다. 국수집은 흑싸리가 입고 있는 겉저고리를 보고 또 한번 무릎을 쳤다. 그 저고리의 끝동에, 벽절(여주, 신륵사) 벽돌에 새겨진 것처럼 당초 문양이 있는데 그 부분이 바로 자홍색이었던 것이다. 홍이라는 한 글자만 틔워 놓으면 '싸리'는 거저먹기일 것 같아 국수집은 의기양양해졌다.

"자, 이봐. 이게 뭔 색?"

"뻘건 색."

이럴 수가! 국수집은 타이어에 바람 빠지듯이 어깨가 축 늘어졌다.

분홍, 연분홍, 진분홍, 다홍, 자홍, 주홍, 진홍, 붉은, 바알간, 벌건, 붉으스레한, 지지벌건, 빨간, 새빨간, 시뻘건, 검붉은, 붉으죽죽한, 누루끼리한 …… 꽃.

사시사철 산에 들에 피어나는 다종 다기한 꽃들마다 각기 그 모양만큼이나 색감을 나타내는 한글이 또 그렇게 각양각색으로 많다는 것을 흑싸리는 익히지 못했을 터였다. 국수집은 심히 안타깝고 가여워서 나물은 뒷전으로 미뤄두었다. 싸가지고 간 보리개떡을 다 먹고 하루해가 유정산 너머로 이울도록 가르쳤건만 흑싸리는 끝끝내 '홍싸리'를 발음하지 못하였고, 비정하게도 뻐꾸기 울음은 국수집의 귀에 대고 숫제 난장질을 쳤다.

그날 밤, 홍싸리는 밤 세수를 마치고 경대를 펼쳐 놓고 앉아 동동구루무를 찍어 바르며 자기 얼굴을 살펴봤다.

섭섭이, 두루치기, 얼금뱅이, 홍, 싸, 리!

글자를 발음해 보았다. '홍싸리'는 어딘가 모르게 당기는 맛이 있었다.

그 후, 시아버지 진지상에 올리고 남은 꽁치 지짐을 한 보시기 들고 국수집을 찾아갔는데 마침 흑싸리도 와 있었다. 둘이는 노란 채송화가 방시레 피어있는 화단 앞에 앉아서 한창 한글을 익히고 있는 중이었다.

"왔다. 저 집이 누구여? 대봐."

국수집이 흑싸리를 마주보고 앉아 종주먹을 대었다.

"홍, 싸, 리!"

세상에나, 쇠귀에 경 읽기지 어떻게 저 벽창호의 귀를 뚫었을까……! 홍싸리는 너무 놀란 나머지, 들고 간 꽁치 보시기를 제 발등에 엎고 말았다.

흑싸리와 국수집은 가일층 분발하여 공부에 전념하였다.

"'까막소집이'라구 하문 남덜이 욕한다니까는. 그래구 그이 까막소에서 풀려난 지가 발써 운젯적 일인데 안적두 까막소집이래여. 자, 그 집을 가만히 생각해 봐, 그 집이 다른 집하구 뭐가 다른지를."

동무 앞에서 면박을 당한 흑싸리가 예의 그 닭 똥구멍 주둥이를 만들었다.

"달르긴 뭐가 달러."

"달른 게 있는데 왜 움다구 잡어 떼어, 떼기럴. 그 집인 커다란 상낭구(향나무)가 있잖어."

"상낭군 구 이장네 집이께 더 커. 이 등신아!"

흑싸리는 냉큼 일어나 고무신을 탈탈 털어 신고는 가버렸다. 치맛자락을 획, 잡아 돌려 옆구리에 붙잡고, 팔짱을 낀 채 사립문을 나서는 흑싸리를 보며 국수집은 혼잣말을 지껄였다.

'그래두 난 포기하지 않을 거여. 지성이문 감천이여. 무쇠두 갈문 바늘 되는 거여. 홍싸리래잖어.'

시간이 지나면서 '까막소 간 집이'는 '상낭구집이'로, '사팔띠기 큰 집이'는 '큰대문집이'로 '자장구훔쳐간집이'는 '수수깡집이'로 순화되었고 그대로 구전되어 내려왔다.

국수집은 이렇게 자갈밭에 돌 골라내듯이 거친 말은 고운 말로 바꿔주고, 듣기 거북한 말은 아예 근절을 시키고, 새로운 말은 그때마다 훈련을 시켜 익히도록 도왔다. '봉지국수'라고 하던 라면은 '나면'이라고 듣기에 정확한 발음을 구사해냈지만 '파마'는 지금까지도 그냥 '머리를 지진다'라는 말로 통용하고 있다. 흑싸리가 고운 말씨를 사용하면서부터는 그이의 삶의 질이 달라져 갔다. 동네 돌아가는 판 속에 스스럼없이 끼어들 수 있었고, 장터에 나가 아쉬운 대로 새로운 문물을 접하기에도 수월하였다.

의기투합한 세 양반들은 특히 일손의 궁합이 들어맞았다.

여주는 원래 쌀이 좋기로 유명하다. 끊임없이 품종 개량을 해서 여주 쌀이 '대왕님표'라는 브랜드를 달고 시세 좋게 팔려나가고 있는 동안 이 양반들도 시절 따라 일손을 맞춰나갔다. 일손이 익어가면서부터는 여느 아낙네들보다 일을 곱절로 해냈고 뒤끝 또한 야무졌다. 씨앗을 놓는 일에서부터 봉지를 싸는 일, 선별 작업 등에서 주인의 간섭 없이도 두루치기로 일을 해내어서 젊었을 적 한 시절은 도거리 일꾼으로 뽑혀 다녔다. 급한 일을 도급으로 맡았기 때문에 품값은 보통 일당의 배를 받았고 시키는 쪽에서도 단시일에 많은 양을 해치워 제 시기를 맞출 수 있어 좋았다. 어미 없는 손자를 달고 다니지도 않았고, 담배 쌈을 내느라 일의 흐름을 놓치지도 않았고, 아들 딸네 참견한다든지 관광버스 타고 단풍놀이 간다고 단대목에 태업을 하지도 않기 때문에 환갑을 넘긴 후까지도 고구마와 땅콩 밭으로 인기리에 불려 다녔다. 시국이 어떻게 돌아가는지, 시절이 가는지 오는지 일소처럼 오직 일하는 재미로만 삶의 발자국을 떼어 놓았다. 이들의 일손이야말로 대왕님표라고 내세워줄만 하였다.

그러더니만 재작년 그러께부터 홍싸리가 귀가 어두워지더니 양팔을 방아깨비마냥 뒤로 빼고 발걸음을 질질 흘리며 할머니 걸음을 걷는 등 하루가 다르게 늙어갔다. 혈혈단신으로 삼십여 년 동안 몽글게 먹고 가늘게 싸는 삶이다 보니 멧돼지 같던 그의 체수는 물거미 뒷다리 모양으로 변했다. 소문난 이 일소를 일터에서 푸대접할 날이 올 줄은 차마 몰랐다.

"홋번에 버팀은 홍싸리양반은 집에서 손주나 업어주는 게 좋을 거 같에이."

고구마 놓으러(심으러) 갔다가 이 소리를 처음 듣던 날 일소 삼총사는 낙심천만한 발걸음으로 돌아와 국수집에 모여 앉아 막걸리 사발을 기울였다.

"집이 때문에 까딱하다간 우리꺼정 모가지당해겠어. 기운을 추슬러 봐 줌."

"그래니 낸덜 으떡해야 옳어 글쎄. 젊어지는 약 줌 있으면 갈켜 줘. 사먹어 볼테니까는."

"뭐래여?"

홍싸리를 나무라던 흑싸리가 말귀를 다 못 알아듣고 국수집 보고 물었다.

"약 사내래여."

"시펄 에펜네. 노냑(농약) 먹구 죽을꺼 같으문 발써 죽었게? 지랄 말구 걸음걸이나 고쳐 봐."

"으떡해."

"우티개는 뭔 우티개여. 항가치(방아깨비)마냥 걷지 줌 마. 가재나 지다란누무 팔때기를 뒤루 자빨뜨리지 줌 말란 말여. 그거 질래 놔두문 나중엔 똥구녁을 하늘루 치켜들구 걷게 되여."

"허리가 끊어질 거 같으니까 그래지 달래 그래여? 아, 저야 팔자 좋아 옥토에서 무 뽑어내디끼 아들 딸 팔남매씩 쑥쑥 뽑어대니까 집안네 덜이 얕보지 못하구 건사해 주지, 서방 잘 만나 무거운 걸 하나 들기를 했겠어, 냉골 잠을 자기를 했겠어, 고생을 많이 해서 쉬 늙어 그렇지. 나두 젊어서는 베 한 짝을 짊어졌던 장산데 지랄하구 자뻐졌네, 엠별 에펜네. 저는 안 늙을 중 아는가 부네."

"그만해 둬. 지 숭(흉)보는 줄 알면 지랄하잖어."

"지랄하래지, 집안내 움구, 자식 움는 눔 스뤄 어디 살겄어? 저 에핀네가 원래 젊어서부터 날 깔구뭉갰다니까는. 집이두 그래여, 은근히 날 무시허구 저 에핀네 편만 든다니까는."

"뭐래여?"

"춤대여."

"그짓말 시키지 말어. 주뎅이가 댓 발은 되게 튀어나왔는데 뭘. 보나마나 내 숭본 거여. 집이두 나뻤어. 숭봤이문 봤다구 하지 난 못 알어 듣는다구 맨날 저 집이 펜만 들구."

"그려 내가 나뻤어. 내가 나뻐서 오는 세월을 지개 작대기루 패서 움쌔지두 못했구 가새(가위)루다 잘러 버리지두 못했어. 그러니 둘이서 어디 날 가운데 두구 끄들러 봐 덜."

그렇게 술잔을 앞에 놓고 옥신각신 지지고 볶다가 헤어졌다.

그 다음에 일이 들어왔을 때 홍싸리는 국수집엘 와서, 이번에는 둘이만 다녀오라고 했다. 항용 그래왔듯이 일소 삼총사보다 한 십년 아래인 젊은 일꾼들 댓 명이 국수집 앞마당에 모였고 봉고차가 일꾼들을 태우러 왔다. 홍싸리를 떼어 놓고 고구마를 놓으러 가는 흑싸리와 국수집은 차마 발길이 떨어지지 않아서 서로 뒤돌아서서 앞섶을 말아 쥔 채 콧물을 풀어냈다. 멀어져가는 봉고차를 향해 두 팔을 흔들어 주던 홍싸리는 가을걷이 끝난 빈 밭에 허수아비 같았다.

홍싸리는 도대체 마음 붙일 데가 없어 국수집을 몇 번이나 건너다보다가, 너르나 너른 대청마루에 두 다리 뻗고 앉아서 푸념을 늘어놓았다.

내 이런 마음일 줄 알었이문, 기냥 품삯 안 받구설라매 일해 줄 테니 국수집허구 흑싸리 있는 밭고랑에 있게만 해달랠 거를…… 해는 왜 이다지두 질구, 저 누무 뻐꾸기는 또 뭐 나오라구 저렇게 울어쌓는지…….

국수집은 봉고차에서 내리면서 발을 헛딛는 바람에 허리를 삐끗해서 농장주한테 파스를 얻어 부쳤다. 흑싸리는 점심으로 나온 자장면이 짜다고 투덜대더니 저녁 새참으로 나온 통닭을 먹고는 기어이 얹혀서 농장주의 아들이 읍내 약방까지 가서 삼일치 약을 지어왔다.

"할머니들은 왜 그렇게 속도가 느려요? 저 아줌마들은 벌써 저쪽 고랑으로 갔잖아요?"

"뭐래여?"

"집이 속 괜찮냐구."

국수집이 그렇게 말해줬지만 흑싸리는 농장주 아들을 보고 입을 삐쭉 내밀었다.

흑싸리는 까막눈이고 홍싸리는 간신히 제 이름자나 틔웠다. 어깨너머로 언문을 익혀, 읽고 쓰는 데 지장이 없고 사리에 분별이 있는 국수집은 거지반 백여 호가 되는 이 마을의 여자 경로회장 일을 맡고 있으므로 일소 삼총사의 팀장 내지는 연락책 역할도 겸하고 있었다. 그러다 가끔씩 흑싸리가 그놈의 성깔 때문에 외지 사람들하고 다툼이 벌어질 때가 있는데 이럴 땐 모진 놈 옆에 있다가 벼락 맞는 격으로 그 불똥이 여지없이 국수집한테 튀기 일쑤였다.

봄에 심은 싹에 뿌리가 돋아 고구마로 변할 동안 홍싸리의 허리는 더 구부러져서 무릎과 무릎 사이에 항아리를 끼고 걷듯 오(O)자형 걸음을 걷게 되었고 흑싸리도 자주 앓아 누었다. 가을이 되어 또다시 '여주고구마'라고 쓴 봉고차가 국수집 바깥마당에 와서 멈췄고 고구마같이 단단하게 생긴 농장주 아들이 목매기송아지처럼 운전석에서 풀떡 뛰어내렸다. 젊은이는 유명 브랜드의 트레이닝복을 한 벌로 빼 입고 같은 브랜드의 운동화를 신었다. 재수생이라더니 대학은 아예 작파를 했는지 그새 재수생 테를 벗었다. 여주고구마 금이 좋아서 돈 줄 있는 한다하는 젊은이들도 가업을 이어받는 경우가 더러 있는 것이다.

"아침 식사 하셨어요?"

봄에 오고 처음인데 마치 어제 만난 사람처럼 허리도 굽히지 않고 그냥 지나가는 말로 인사를 건넸다. 스포츠 머리에 왁스칠을 해서 불불이 세웠기 때문에 가뜩이나 경쾌한 그의 몸놀림은 마치 머리 위에서 힘센 와이어로 당겼다 놓았다 하는 것처럼 방방 떴다.

"저 할머니는 일 잘 못하는데, 통닭 먹고 체해서 내가 약 사다 준 그 할머니 맞죠?"

"뭐래여?"

흑싸리가 국수집보고 물었다. 홍싸리도 젊은이의 말을 놓쳤는지 흑싸리의 말에 반응을 보였다. 이즈음부터는 못 알아듣는 정도가 흑싸리하고 왈형왈제하고 있었다.

"조반 먹었녜여."

국수집이 둘러댔다.

"그라문 고구마 돈 안 만진다구 조반두 못해 먹을깨미 시펄."

"누가 아니래여, 엠별."

흑싸리가, 변심한 애인을 대하듯 투덜거리며 일하러 가려고 차린 행장을 국수집 담벼락에 아무렇게나 집어던졌고 가제는 게 편이라고, 봄에 잘린 앙금이 남은 홍싸리가 고개를 수그리고는 맞장구를 쳐가며 흑싸리 뒤에 따라붙었다. 홍싸리의 멧돼지 주둥이는 골질하며 투덜거리는 데 안성맞춤이고 흑싸리의 닭똥집 주둥이는 어기차게 오금 박아 주는 데 제격으로 보였다. 애시 당초 못 알아들었다면 습관이 되어 문제가 없을 터인데 잘 나가다가도 껌벅껌벅 들었다 못 들었다 하면서 엄한 소리를 해대는 게 홍싸리의 주특기로 굳어갔다. 흑싸리는 귀는 먹었지만 눈치가 구단이어서 웬만한 것은 감으로 때려잡지만 또한 귀가 먹은 사람들은 자기의 목소리가 어느 정도인지 잘 모르기 때문에 여느 사람들보다 톤이 한 옥타브 높으니 그게 사단이다. 처음 듣는 사람은 꼭 싸우자고 작정하고 덤비는 줄 안다.

젊은이의 얼굴빛이 일그러진 채, 홍싸리의 행동을 감정을 실은 눈길로 꼬나보았다. 여차했다간 호박잎에 청개구리 뛰어 오르듯 애 어른도 몰라보고 늙은이를 희롱할지도 모른다고 계산한 국수집은 서둘러 사람들을 봉고차에 몰아넣었다.

"어이덜 타유, 어이 가자구."

젊은이가 국수집 담벼락에 잇새로 침을 날리고는 차에 올라타며 거칠게 문을 닫았다. 국수집은 좌불안석인 채로 봉고차 뒤창에 대고 두 동무에게 손을 흔들었다. 흑싸리는 팔짱을 끼고, 홍싸리는 두 손으로 허리를 받치고 서서 답례를 떼어먹었다. 그 앞을 봉고차가 매연을 확 풍기며, 뒤집힌 풍뎅이처럼 뱅글 돌아 두 사람의 시야에서 멀어져 갔다.

흑싸리가 입을 오물거리며 말문을 트려고 주름을 잡았다.

"저 작대긴 못써. 고등과 다니는 지지배 강제루다 근디려서 애를 띠게 했대여, 한창 크는 지지배 순을 꺾어 노문 벌 받어, 그쟈?"

"아무렴, 받구 말구지."

"저 작대긴 애비에미두 웂는가버. 으른 알기를 개똥만치두 안 예겨, 그쟈?"

"우짠걸. 쟤 아버이는 샌님이잖어? 쟨 눌 닮어 그런지 몰러. 저 물견 땜에 속 무진장 썩는대여. 지난 갈에두 쌈박질해서 그거 쇼부 보너라구 쌀 이렇게나 팔어 올렸대여."

홍싸리가 손가락 세 개를 펼쳐 보였다.

"울마나, 시 가마나?"

"우짠걸 서른 개."

202

"시상에! 울마나 때렸길래?"

"눈텡이럴 일곱 바늘이나 꼬맸대는 걸."

"아이구 딱해라, 까딱했다간 애꾸될 뻔봤네. 숭(흉) 안 질까 몰러."

"왜 안 져? 숭 지지."

"배라먹을 눔."

그 날을 끝으로 국수집도 더 이상 품삯 받는 일은 손 뗐다.

유정리화투는 네 명이 쳐야 재미있지만 오늘도 역시 고정 멤버인 세 사람뿐이다. 다른 노인들은 약장사를 따라다니며 티슈곽이나 두루마리 휴지보따리에 코가 꿰어 온갖 만병통치약을 사들이거나 교회나 절엘 가기 때문이기도 하고, 아직 가을걷이가 끝나지 않은 관계로 객꾼을 못 만난 탓이기도 하다.

임시 선을 잡은 국수집은 공정하게 성냥개비 네 개와 콩 톨 스무 개씩을 앞앞이 나누어 주었다. 유정리화투의 규칙을 환기시켜 약속을 정하고 화투판의 대원칙인 밤일낮장으로 선을 보기 위해 화투 석 장을 벽돌색 뒷면이 보이도록 깔았다.

흑싸리는 전화기만 쳐다보고 있고 홍싸리는 혼자 떠드는 텔레비전에 한눈을 팔고 있다.

"어이덜 뒤집어 봐."

국수집이 두 사람을 쿡 찔러 게임의 시작을 알렸다. 흑싸리는 공교롭게도 흑싸리 껍데기를, 홍싸리는 이매조 열 끗을 뒤집었다.

"에이, 재수 움써, 이건 두견이잖어. 메누리가 배곯어서 죽었대잖어 난 이거 싫여."

홍싸리가 자기가 뗀 화투에 불평을 했다.

"님 뗬어, 님? 누가 올라능가버."

"오긴 누가와, 이 밤에."

흑싸리가 잘 알아듣도록 홍싸리가 입을 크게 벌려, 그럴 리가 없다는 투로 말대꾸를 해주었다. 나머지 한 장은 팔공산이었고 밤일낮장이므로 홍싸리가 선이고 고는 흑싸리이다.

"어이 기리 해여."

"퉁!"

고의 명령에 따라 선은 한꺼번에 여섯 장을 깔고 일곱 장씩을 나누어 준다. 바닥 패가 좋다. 선은 솔광 쳐서 팔광을 뒤집어 먹고 차선인 국수집이 사쿠라 띠 끗으로 광을 먹더니 남아 있는 솔 띠 끗을 뒤집어 먹는다. 이제 바닥 패는 별 볼일 없어졌다. 흑싸리는 화투 패를 한참 조물거리고 있기만 할 뿐 선뜻 빼 들지 못한다.

"다 먹어 가문 난 뭘 먹어. 화투를 줌 지대루다가 쳐. 벌써 국수집인 홍단 보잖어."

사쿠라 껍데기 굳은자를 먹어가며 흑싸리가 투덜거렸다. 다음 판에 국수집은 이매조 오 끗을 해와 곧바로 홍단을 나버렸고 뒷손이 잘 붙어줘 구사까지 하며 일월이 끝났다.

"조카님, 기세이?"

재호다. 재호야 말로 유정리 태생이므로 여기 모인 어느 누구보다도 순전한 유정리 말씨를 구사하고 있다. 특히 어미를 '요'도 아니고 '유'도 아닌 모음 '~에이'를 축약시키는 어법이 그렇다. 이 어법은, 말하는 이의 겸양이나 공손함이 내포되어 있고 말미의 아퀴를 딱 부러지게 짓지를 않고 억양을 뒤로 갈수록 가늘게 하기 때문에 상당히 유순하게 들린다. 재호는 국수집과 담 하나 사이를 두고 있는데다 같은 전주 이씨라고 항렬(行列)대로 나이가 열여덟 살이나 많은 국수집을 조카님이라고 부르는 터수이다. 여흥 모씨, 가평 모씨 사이에서 타성바지로 지내려다 보니까 좋은 게 좋은 거라고 그나마 세를 합해 보려는 셈속에서 오는 칭호이다. 재호가 현관에 들어서서 다시 인사를 치른다.

"저 들어가두 되지이, 화투덜 치시는 가부네이?"

"어이 와이. 떠드느라구 잘 못 들었구먼. 근데 뭘 또 그렇게 들구 왔어?"

국수집이 앉은 자리에서 인사를 받았다. 보기에도 울퉁불퉁하니 과일 같아 대수롭잖게 여기며 화투를 섞는다.

"별거 아니이. 낮에 애 엄마가 장에 갔다 오문서 홍시를 줌 사왔길래 몇개 가주왔에이."

이 동네는 감나무가 귀하다. 국수집이 화투를 놓고 홍시 봉지를 들고 일어선다. 혹시 읍에 사는 아들이라도 들릴까 해서 세 개는 도로 봉지에 담아 싱크대 옆에다 갈무리를 해두고, 나머지만 씻어서 담아온다.

"어서 났어?"

재호가 가져온 걸 보고도 국수집한테 흑싸리가 물었다. 재호는 이 홍시가 어디서 나서 여기까지 가져왔냐는 소리다. 흑싸리는 눈치가 귀신이지만 입을 보여주지 않으면 전기 나간 텔레비전 꼴이다. 이럴 때마다 재방송을 해주는 것은 국수집 몫이다.

"오늘 장원(장호원) 장이잖어? 애 어머이가 장에 나갔다가 사왔대여. 먹구덜 해여."

"묵 내기여. 인제 겨우 일월이니, 기냥 나가리루 치구 새루 하게 거기두 와, 같이 해여."

원래 재호는 이 양반들보다 한참 아래이고 화투꾼도 아닌데, 이번 판에 많이 잃은 홍싸리가 반강제로 재호를 끌어 들이는 거다. 흑싸리도 애초에 가지고 있던 본전대로 국수집 앞에 있는 성냥개비 한 개를 가져오고 콩 두 톨을 도로 국수집 앞에다 얼른 갖다 놓는다. 글자는 몰라도 그런 통박들은 잘 굴린다. 국수집도 군말 없이 재호 앞에다 몫을 놓아준다.

"묵 내기라구유? …… 괜히 나 때문에 조카님 묵 사능 거 아닌가 몰르겄네이."

말은 그렇게 하면서도 재호는 패를 집어 든다.

"트럭 들어오능 거 있잖어. 배추짠지 쫑쫑 쓸어 눟구 참지름하구 깨소금 줌 낫게 뉘 무치니까 맛이 그댁잖던데? 옛날에 먹던 거 생각나서 해는 거여."

"저 아줌니두 인저 도사 다 됐네이."

흑싸리는 화투 패를 부챗살처럼 좌악 펼쳐들지를 않고 넉 장, 석 장 또는 석 장 두 장 이런 식으로 이층으로 몰아 쥔다. 게다가 닭똥집 입을 하고 심각하게 들여다보고 있는 폼은 고수 같아 보일 때도 있다. 실제로 셋 중에 흑싸리가 제일 고수이다. 고수들이 매양 그러하듯 자기만의 금기가 있는데 그이는 가급적 문 쪽을 피해서 앉고, 고가 되었을 경우에는 한 번 떼어낸 바닥의 패를 반드시 맨 밑장이 중간으로 가게 한 번 더 만져 놓는 게 그것이다. 그리고 매회 상대의 초구 두 장을 기억해 둔다. 상대의 전략을 간파해내어 약을 못 나게 하기 위해서 연신 나머지 한 사람한테도 약을 끊도록 사주하지만 너무 견제하다가 자기 패가 꼬이게 되는 경우도 많다. 그럴 때가 징크스다. 파르르 성질을 돋우며 공연한 생트집을 잡거나 낙장불입을 하는 우를 범하기도 한다. 그 덕은 매번 홍싸리가 본다. 그이는 한번을 걸어도 황소걸음이다. 모 아니면 도 쪽을 선호하는데 나면 크게 나고 지면 옴팍 바가지를 쓴다. 대개는 후자 쪽이어서 화투 실력이 셋 중에 꼬래비이다. 자기의 목적을 위해서는 상대의 약도 과감하게 풀어주다가 또 다른 상대한테 '시방 짜고 치는 거냐고' 오금을 박히기도 한다. 고스톱 판이었다면 당연히 독박이지만 유정리 화투판에서는 그런 벌칙은 적용이 안 된다.

그런데 오늘 흑싸리는 화투에 별로 열을 안 낸다. 홍싸리는 이번 판에 패가 좋아 열심히 끌어다 모은다. 그걸 보는 흑싸리의 눈빛이 별로 곱질 않다.

"집이 두껍에 감두 딸 때 됐지? 가장구가 찌개지두룩 달렸던데"

"안적 더 있어야 따."

홍싸리는 대답은 건성으로 해주고 화투에만 신경을 모은다. 그러모은 화투패를 끗수별로 열을 맞춰 놓고 상대의 패를 눈으로 점검해 둔다.

"그걸 다 뭐해여."

"뭐 감? 먹지 뭐해여."

"밥은 안 먹구 감만 먹나 부네."

흑싸리는 뭐든지 펑펑 퍼 돌리는 타입이어서 홍싸리하고 배짱이 안

맞는 것이다.

"집안네하구 노나 먹지. 나 혼자 먹나 어디?"

"조카한테 암만 잘해 봤자 줄 때 뿐이여. 집이 아퍼두 디리다 보지 두 않잖어. 먹구 싶은 거나 실컷 먹구 방 따습게 지내여. 죽은 담에 지사가 무신 소용이라구 그렇게 해다 받쳐."

산만하게 말대꾸를 해주다 보니 홍단이 나가리가 되자 홍싸리는 신경질이 난다. 리모콘을 가지고 볼륨을 높인다.

"그래니 우티개여. 걀 양자 디리기루 핸 걸. 아이쿠 나줌 봐 떠들다가 약을 내놨네."

홍싸리가 풍 띠깟을 도로 들여가려고 하자 흑싸리가 강제로 뺏앗아 바닥에 놓는다.

"옘별누무 에펜네, 지는 아까 똥 껍데기 냈다가 도루 가져가구서는 내껀 뺏어 놓는다니까는. 이누무 에펜네는 좌우지간 경우 밝은 척은 독판하문서 양심은 장원 장에 갔다 팔어먹었대니까는. 내가 지문 오늘 묵 값 내놓나 봐라."

홍싸리는 얼굴이 벌개가지고 텔레비전 볼륨을 두 단이나 더 키운다.

"뭐라구 지껄여?"

"묵 사준대여."

"사 주문 잘 먹지 못 먹을 깨미."

홍싸리는 아까 흑싸리가 내놓은 약을 먹어간다. 홍싸리가 볼륨을 더 키운다.

"아유 귀따구워!"

국수집이 텔레비전을 꺼버리고 무릎걸음으로 기어가 리모콘을 화장대 서랍에 넣어둔다.

"저 에펜네두 귀 어두워 그림만 보능 거여. 집이 시끄러우니까 텔레비 갖다 엿 사먹어."

"알었어, 낼 엿 먹으러 와."

흑싸리가 웃는다. 풀어진 거다. 재호가 뭔가 말을 하려고 뜸을 들인다.

"올해넌 도터리 주수러 안 덜 가세이? 황새울에 뒤져 보문 더러 있을 거 같던데이?"

"발써 한 멫 해 도터리 귀경을 못해 봤넌데, 왜 더러 좀 뭐가 보입디까?"

"보이긴 뭐가 보여, 작년에두 황새울서부텀 미력꿀까지 메주 밟듯이 밟어 내려가며 뒤졌는데 씨가 말렀잖었어."

국수집은 혹시나 쪽으로, 홍싸리는 역시나 쪽으로 말꼬리를 이어갔다. 흑싸리는 화투를 쥔 채 코 병든 병아리처럼 깔딱 졸음을 졸고 있다.

"황새울에 우리 파밭 있잖에이? 누가 파를 밭떼기루다 넹기라구 하길래 거길 나가봤에이, 아까 낮에."

"올핸 파금 좋던데, 중간 상인 농간에 당하지 말구 잘 알어보구 넹겨야 해여, 괜히 죽 쒀서 개 주지 말구."

"아줌니 말이 옳어유, 명심해야지유. 하여간에, 파밭 들어가는 첫머리께 말구선에, 저 쪽 산잔등이 쪽으루다 왜, 크다란 상수리낭구 있지 않에이?

"맞어, 그전에 우리 짐장밭 거가 있었을 때부텀 그 낭군 있었으니까. 그래서?"

홍싸리가 거기에 도토리가? 하는 호기심이 동한 눈으로 무릎을 재호 앞으로 당겨 앉는다.

"아 근데 글쎄, 그쪽 파밭에 뭐가 뻐얼겋게 쏟아져 있능 게 보이잖에이. 그래서 혹시나 해서 그 쪽으루다가 가봤더니만 우떻던지 밤톨만한 상수리가 시뻘겋게 깔려 있능 거에이." "뭐이? 저를 우째여, 시상에나!"

홍싸리가 그 큰손으로 국수집 무릎을 쳤다. 국수집도 얼굴로 핏기가 몰려든다. 깔딱 졸음에서 깨어난 흑싸리가 입 꼬리에 흘린 침을 손바닥으로 훔쳐내며 뭔 일인가 하고 쳐다보고 있다. 국수집이 중개 방송을 해줄 타임이다.

"저이가, 낮에 도터리를 많이 땄대여."

흑싸리는 이게 무슨 낭보인가 하여 부연설명을 원하는 눈치지만 묵살되고.

"그래서 기냥 무릎을 꿇구 손바닥을 빗자루 삼어설라무네 벅벅 쓸어 몄지유. 그걸 한 개 한 개 주섰어봐이, 해 떨어지기 전에는 집이 못 왔지이…… 티레비에서 그래넌대 도터리가 당뇨에두 좋대구 고혈압에두 좋대잖에이."

"그라문. 요샌 차에 들어오는 건 맨 중국산 천지던데 그건 진짜루다 우리 꺼잖어. 농약을 쳤나, 비루를 줬나. 이슬 먹구 햇빛 쐬가며 제절루다 자란 건데 사람 몸에 그배끼 더 이헌게 있을라구."

"크라문, 크라문. 우리동네서 땄으니 대왕님표 도토리묵이 되능 거지. 그래서유 아재?"

"아줌니덜 상수리가 왜 상수린 중 아세이?"

"그게 무신 소리여? 잘 나가다가 왜 갑자기 삼천포루다 내빼여. 몰러, 뭐여 그래."

"나라에 큰 기근이 들었을 적에, 임금님이 백성과 고통을 같이 나눈다구 도터리 밥을 잡숬대잖에이? 그 후룬 삼감 수라상에 올렸다 해서 그걸 상수라라구 했대이. 그런데 우티개다가 상수라가 상수리루다 됐는지는 몰르지만. 왜 그 있잖에이. 이 괴기는 맛 웁써서 못 먹겠으니 도루 물려라 해서 말짱 도루묵으루다 이름 붙었대는 그거나 비슷한 거겠지이."

"뭐래여?

숫제 화투판은 스톱하고 통역도 생략한 채 자기네끼리만 얘기하는 걸, 선풍기 모가지 돌아가듯 쫓아가던 흑싸리가 국수집보고 물었다. 국수집은 잠시 골치가 좀 아파진다. 자신도 채 해석이 덜된 상수리의 이야기를 재해석할 재간이 없는 것이다.

"별말 아녀. 도터리 많이 땄다, 내내 그 말한 거여."

"거가 어딘데? 이봐 국수집이 우덜두 낼 날 밝는 대루 도터리나 따러 가자."

"그래여, 낼 일찍 조반 해먹구 우리 집으루 와."

"그래여, 그렇게 해여 우리. 난 날만 밝다문 당장이래두 갔이먼 좋겠어."

홍싸리도 끼어들었다.

"집인 기냥 집이 있어. 흑싸리하구 갔다 올게. 무릎두 쑤시구 옆구리두 절리다문서."

"담은 파스 붙였더니 그댁잖어. 난두 갈꺼여."

"그랬다가 덧들리문 더 큰 고생해여, 훗번에 가 글쎄. 도터리묵은 쒀서 줄 테니까 그 걱정은 붙잡어 매구."

"그래이, 아줌니. 담 절린 거 우습게 봤다간 큰 코 다체이. 낼만 날 아니잖에이?"

"뭐라구? 왜 큰 코를 다처. 싫어, 죽어두 따러 갈꺼여. 날 숫제 병신 취급이네. 줍는 재미루 가는 거지. 아, 도터리 못 먹구 죽은 귀신 붙었 대여 누가?"

홍싸리는 화투판 담요를 발로 밀어내며 떼를 쓰고 국수집도 화투를 손에서 놓으며 흑싸리 손에 든 화투패도 거두어 간다.

"이리 내여, 오늘은 그만 치구 낼 도터리 따러 갈 궁리나 해 봐, 얼루다 갔이문 좋겠는지."

"우선 황새울루 가능 거여. 재호가 낮에 줍다 만 델 가서 깡그리 주서 오능 거여."

국수집이 흑싸리한테 청을 넣었는데 답은 홍싸리가 내놓았다.

흑싸리는 여전히 영문을 모른 채 이 사람 저 사람 눈치만 때려잡고 앉아 있다.

"아참 그래서이 아재. 그리구 목소릴 줌 더 키워보우, 저 에펜네가 가는귀가 먹어서 그려. 글구 이 에펜네는 입을 보여주지 않으문 전기 나간 테레비 보는 거 같을 테니까는 입을 크게 벌려 가문서 보여줘 봐. 말루만 하지 말구 소리를 모냥으루 흉내내문 좋아한다우."

흑싸리하고 말을 하는 데는 약간의 기술이 필요하다. 낯익은 사물을 끌어다가 그럴듯하게 예를 들어주거나 소리를 모양으로 그려줘야 한다. 그런데 동네 사람들은 흑싸리와의 소통이 잘 안 되면 자꾸 소리를 높여 제풀에 자기의 화를 돋운다. 그러다가 흑싸리가 못 알아듣고 딴 소리를 하며 고집을 계속 피우면, 똥 싼 자리 똥개 불러들이듯이 국수집을 불러들인다.

"도터리를 한티다 뫄보니 건져 말가웃은 실히 되겠더라구유. 아, 근데 걸 담어올 디가 있어야지이. 오늘따라 핸드폰을 두구 나가는 바람에 우티게 해볼 길이 움떠라구유."

"저를 으떡해야 옳어, 한강이 녹두죽이라두 쪽박이 있어야 먹을 거야녀, 그래서?"

"지가 원이 한 머리 허잖에이? 가방 끈이 짧어 탈이지만서두."

"머리 좋은 건 고사하구 인정시럽지. 그나저나 그 얘기 지달리다가 올해 넹기겠네. 마저 해봐. 그래서 으떡해 됐대능 거여, 거 두구 왔으니 갖다 먹으래능 거여, 가보니 움떠래능 거여, 대관절."

"자, 그래설라무네 댕댕이덩굴을 끊어다가는 난닝구를 벗어서 밑이를 뎅겨매서 자루를 만들었지이. 그거 해보닝깐 십상이데유. 파밭 보러 간 사람이 난데 움는 너구리만한 도터리 자루를 어깨에다 울러메구 오닝깐 애 엄마 입이 귀에 가서 걸리더라구유. 처남이 당뇨거덜랑이유. 들었다 봤다 하구서는 자기 오라버니한테 도터리 묵 쒀다 준다구 즌화를 걸더라구유, 글쎄."

말이 빨라지면 '~에이'를 축약시켜 '유'로 발음하는 것도 유정리 어투의 특성이다.

국수집은 머리에 드는 생각이 많다. 내일 만일 도토리를 많이 딴다 해도 운반할 일이 걱정이 된다. 또한 산속에 두 벽창호를 데리고 나섰다가 서로 고집을 피운다면 곤란할 일이 생길 것 같아진다.

"아재두 낼 우덜하구 같이 갈라우?"

"그랬음 나두 좋겠는데, 낼은 조합에 나가설라무네 돈 줌 찾어와야 해이. 보일라 기름이 달랑달랑해서. 조카님이나 아줌니덜하구 댕겨 오세이."

재호가 일어나자 홍싸리도 같이 따라나서고 뒤에 처진 흑싸리는 거울 앞에 붙들려 있다. 새로 산 체크무늬 반코트의 깃을 세웠다가 눕혔다가 하면서 모양을 내보고 있다. 젊은 사람이 입는 스타일인데도 얼굴이 받쳐주니까 역시 잘 어울린다. 흑싸리가 미인인 건 확실한데 그이의 성질 또한 유별나다. 예쁘니까 길 가던 사람들이 흘깃 돌아서서 다시 볼 때가 있는데 그럴 때 흑싸리와 눈이 마주쳤다 하면, 시펄 작대기, 어이 가기나 하지 뭐해러 쳐다보구 지랄이여, 하고 궁시렁거린다. 자기가 귀가 먹어서 쳐다본다고 곡해를 하는 게 그이의 고질병이다. 아니라고 집이가 예뻐서 본거라고 이해를 시키면, 이렇게 시키면 게 어디가 이뻐서, 냅다 성질을 부린다. 낯선 사람들하고의 대화가 원활하지 못할 뿐더러 미디어 교육의 혜택을 누리지 못했기 때문에 어느 일면으로는 소견이 좁다. 귀머거리에 벙어리인 그이의 남편은 취미라고는 일하는 것밖에 없는데다가 천질(天質)이 유순하여 흑싸리가 먹다 놓은 떡처럼 이리 굴리고 저리 굴리다가 수틀리면 주물러 터트려도 한결 같이 마누라를 곤달걀 대하듯 위해 받들어 모셨다. 게다가 유정리 터줏대감격인 여흥 모(某) 씨여서 좌로 틀어도, 우로 틀어도 걸리느니 집안 문중 사람이다. 시쳇말로 인적 네트워크가 확실히 구축되었기 때문에 그 세(勢)가 농촌사회에서 시너지 효과를 높여 주었다. 그러나 홍싸리는 괴팍한 성질머리 때문에 제 것을 퍼주고 살면서도 주위에 적을 많이 두었다. 차 떼고 포 떼고 늘그막에 이 고집불통이 원활하게 의사소통을 하며 너나들이로 지내는 사람은 홍싸리와 국수집 둘뿐이다.

집에 돌아온 홍싸리는 배낭부터 찾는다. 하나 있는 건 지퍼가 뜯어졌는데 못 고쳤다. 예전에는 자루에 담아서 양쪽 귀퉁이에 조막막한 돌멩이를 넣어 동여맸다. 그걸 다시 기저귀로 묶어 어깨에 업으면 십상이었지만 지금은 정부미 자루는 있는데 기저귀가 없다. 하는 수 없이 풀 자루만한 작은 주머니를 가져갈 요량으로 문턱에 놔둔다. 좀 작긴 하지만 요즘엔 도토리가 귀해서 저거면 되지 싶다. 농을 뒤져 보자기도 찾아 자루에 담아둔다. 들일 나갈 때는 바구니 대신 보자기를 앞에 차야 두 손이 자유롭다.

고무함지에 목욕물을 받아놓고 몸을 불려가며 종이벽지에 껌 떼어내듯 조심조심 파스를 떼어낸다. 파스는 거지만 일주일을 갈아붙이고 다녔어도 허리는 당최 나을 기미가 없다. 그런데도 붙이고 났을 때 시원하고 떼어낼 때 진저리쳐지게 아픈 그 느낌에 의지하며 새 파스를 붙여둔다. 속옷을 새로 갈아입고 앉아, 손가락만한 샘플 병을 열어 두드려 보다가 이쑤시개를 집어넣어 로션을 손바닥에 충분히 덜어낸다. 마사지 크림이 없으니 로션으로 대용해 볼 심산이다. 홍싸리는, '홍싸리 얼굴'이라는 동네에 모여 있는, 반구(半球) 모양의 동글동글한 마마 자국이 오늘은 매우 친근하게 느껴진다.

'느덜두 한평생 나 따러 댕기느라고 욕봤다, 측은한 것덜!'

얼굴을 다시 토닥토닥 두드려 주고 남은 유분을 손가락에 깎지를 끼워가며 갈퀴 같은 손에도 맛을 보이고 시룻번처럼 허옇게 갈라진 발뒤 꿈치도 문댄다. 젖은 머리를 곱게 빗어 넘기고 수건을 베개 위에 얹고 잠자리에 든다. 내일은 첫새벽같이 일어나 텃밭에 심은 땅콩을 좀 캐 볼 것이다. 흙에서 갓 캐낸 젖은 땅콩을 곧바로 물에 씻어 밑에 고구마 를 깔고 삶을 작정이다. 건천에 굴러다니게 놓아두면 무든 땅콩이든 찌든 때가 끼어 보기에도 고운 맛이 없을 뿐더러 씻을 때 애를 먹인다. 홍싸리는 사람도 이와 같다고 생각한다. 이 동네에도 여가 앉았다 저 가 앉았다 찬바람을 많이 맡고 돌아다니다 온 사람들이 더러 있는데 그런 사람들은 뺀질거리며 사람을 쳐다보는 눈빛도 불안하고 거칠다. 홍싸리는 얼굴이 곱다고 마음결도 고운 건 아니니까 하는 배짱으로 자 기 마음의 중심을 잡고, 마음 길을 곧게 뻗으려고 나름대로 노력해 왔 다. 그런 면에 있어서는 국수집도 흑싸리도 마찬가지일 거 같다. 흑싸 리가 고집이 세다고는 하나 그 고집마저 없으면 고약한 사람들이 함부 로 대할지도 모른다고. 국수집이 가끔 지나치게 앞서가는 면이 없지 않으나, 많이 배운 자식들 틈에서 귀동냥한 게 있을 터이고 경로회장 일을 맡아 외지에서 온 드센 사람들을 상대하려면 그만한 뚝심은 있어 야 일의 갈피를 제대로 파악해 가며 아퀴를 짓겠지 싶다. 내일 도토리 는 못 주워도 그만이다. 동기간보다 더 살가운 두 동무와 단풍놀이 왔 다고 생각하면 그게 더 이문이 많이 남는 노릇이니까. 여주고구마가 맛이 있다고는 하나 산에 가서 먹기에는 목이 메는 것이 사실이지만 땅콩기름이 배면 고소하면서 부드러워진다. 두 동무를 위해 천하일미 의 홍싸리표 삶은 땅콩고구마를 준비해 갈 것이다. 즐거운 하루가 되 기 위해선 내가 짐이 되어서는 곤란하다.

이런 생각을 하던 홍싸리는 벌떡 일어나 거울을 보며 걷는 연습을 해본다. 몸에 착 달라붙은 내복은 자신의 체형을 야박스러울 만치 적나라하게 비춰 준다. 허리가 꺾이니까 자빠지지 않으려고 자꾸 팔이 뒤로 빼진다. 힘이 빠진다. 흑싸리가 미어 박던 소리가 생각난다.

항가치(방아깨비)마냥 걷지 줌 마. 가재나 지다란누무 팔때기를 뒤루 자빨뜨리지 줌 말란 말여.

엠별 에펜네. 홍싸리는 두 다리를 뻗고 앉아 무릎을 주무르며 다리를 두드린다. 팔다리가 길긴 길다. 어릴 적에도 계모가, 곰보딱지가 쓸데없이 체수만 커서 밥만 많이 축낸다고 구박했었다. 그렇지만 멧돼지처럼 거하게 생긴 그이의 체격을 첫눈에 담아 죽을 때까지 어여삐 보아준 사람도 있었는데 바로 그이의 남편이었다.

젊은 시절의 홍싸리는 살집이 좋고 피부 또한 기름졌다. 남편은 저녁이면 쇠죽 끓인 아궁이 장작불을 고무래로 당겨서 화로에 담았다. 화로를 작은 방으로 들여놓고는 그 위에 대야를 올려 물을 데웠다. 아내가 들어오면 쇠물박(쇠죽 퍼 담을 때 쓰는 나무로 깎은 바가지)에 물을 떠내어 놓으며 어이 앉아 보라고 성화를 대었다. 다리를 벌려 대야를 가운데에 넣어두고는 아내를 꿇어 앉혀 손을 잡고 집 수세미로 문질러 줬다. 남편 손이 냄비 뚜껑만하다면 아내의 손은 솥뚜껑만이나 했다.

"푸지게두 생겼지, 우리 복덩어리. 아부진 딴 거 웁써, 이따금씩 비린 반찬만 올려 디리면 되니까는 새우젓국 눈 무국이래도 짜글짜글 지져 디려. 엄니가 좀 서운하게 해두 당신이 우리 엄니 줌 봐드려. 그저네, 아붓님, 네, 어뭇님 그러기만 하문 우리 집은 만사형통이여,"

며느리 방안의 사정이 활동사진처럼 돌아가는 걸 밖에서 보던 시아버지는 뒷산에 올라, 달님, 조상님, 착한 내 메늘애기 그저 떡두꺼비 같은 아들하나 점지해 주십사 하고 빌었다.

남편은, 각시의 손을 대야 위로 뻗게 해서 쇠물박에 덜어두었던 맑은 물로 헹구어 주고는 고목나무에 매미 달라붙듯이 아내의 품속으로 파고들었다. 샐녘이 되어 방에 한기가 돌면 시아버지는 며느리 방에 쇠죽을 앉혔다. 기척을 느낀 각시가 일어나려고 하면 남편은 아내의 품에서 빠져나와 한숨 더 붙이고 나가라고 각시의 머리통을 가슴에 끌어안았다.

홍싸리는 남편 생전에 같이 덮고 잤던 목화솜 이불을 꺼내어 방에 편다. 남편이 죽고 자리걷이를 할 때, 만신은 망자가 쓰던 물건을 남김없이 가져가게 태워주라고 일렀지만 홍싸리는 이불만큼은 그대로 두었다.

계모는 이불을 어찌나 야박스럽게 만들어 주었던지 내외가 덮으면 등 쪽이 한 뼘이나 들렸다. 길이도 짧아 홍싸리가 다리를 죽 뻗으면 이불자락은 복숭아뼈 부근에서 걸렸다. 시집온 이듬해는 목화 농사가 풍년이었고 홍싸리는 그해 겨울 시아버지가 그렇게도 소원하던 첫 손자를 안겨 드렸다. 시어머니는 혼수로 가져온 홍싸리의 이불을 새로 틀어서 두둑하게 솜을 두어 큼지막한 이불과 아기 이불을 새로 마련해 주었다.

싸리 빗자루처럼 이리 내두르고 저리 내두르며 부려먹던 나를 이렇게 귀하게 대접을 해 주시다니……, 아들딸을 더도 말고 십 남매만 낳아 이 한 몸 가루가 되도록 일을 해서 집안을 일구어 보리라, 홍싸리는 뼈에 새겼다. 그러나 세상사는 노력해서 안 되는 부분이 너무도 많다는 것을, 삶의 거친 굽이를 돌아치면서 뼈저리게 느껴야만 했다. 타고난 분복이 너무 하찮아서 삼베바지에 방귀 빠져나가듯이, 얼게미(어레미)에 도토리 가루 빠져나가듯이 꿩도 매도 잃은 채 홍싸리는 이 밤 큰집 큰방을 홀로 차지하고 누웠다.

"어이 나와, 바람이 살랑살랑 부는 게 도터리 따러 가기 좋은 날씨구먼."

국수집에 온 홍싸리는 지팡이로 현관문을 치며 신호를 보낸다. 지팡이 없이도 보행에 큰 지장은 없지만 산에 올라 혹시 물것이라도 있으면 피해 갈 겸 작대기 삼아 갖고 가는 것이다.

흑싸리가 수첩을 들고 와서는 서울 큰딸네로 전화를 걸어달라며 전화기 옆에 가서 앉는다. 가스의 중간 밸브를 잠그고 막 나가려던 국수집은 머리를 긁적이고 서 있다. 국수집이 전화 심부름을 해온 건 어제오늘 일이 아니다. 흑싸리의 자식들이 누가 어디 사는지, 근간엔 무슨 크고 작은 일이 생겼는지 훤히 꿰고 있을 정도다. 그러나 언제부턴가 3자와 8자가 헷갈리고 5자와 9자도 얼보인다. 가끔 엉뚱한 데와 연결이 되어 '아닌데요?' 하고 퉁바리를 맞는 일이 생길 때마다 담엔 잘 보구 눌러야지 하다보니까 국수집도 이젠 교환원 노릇 하기에 꾀가 난다. 홍싸리도 따라 들어오더니 전화 걸 일이 생각났다며 흑싸리 옆에 들러붙는다. 국수집은 머리를 벅벅 긁어댄다.

"오늘은 즌화 거넌 날인가 왜덜 이려. 홋번에 해 줄게, 어이덜 나서."

국수집이 퉁명스럽게 미어 박고는 나가자고 손까지 뻗어 내모는 시늉을 하는데, 그만 전화가, 저기 나 좀 보세이, 하고 불러댄다. 홍싸린 그나마 다라랑 다라랑 하고 울리는 벨소릴 들었지만 흑싸린 들을 리 만무하다. 국수집이 고약하다 싶어 흑싸리가 뿌루퉁해져 가지고는 시펄, 내 뱉으며 발딱 일어나 현관 앞으로 가는데, 홍싸리가 바지자락을 잡고 늘어지는 바람에 흑싸리 엉덩짝이 여지없이 깨 벗겨졌다. 집인 배알두 움…… 흑싸리가 일갈을 해 부치는데 국수집이 전화기 앞으로 간다? 그럼 그렇지 내 수족처럼 말을 잘 들어주던 국수집이 갑자기 변심할 까닭이 없지 생각하는데 수화기를 든 국수집이 번호도 누르지 않고 저 혼자 지껄이고 있다.

"여보세이? 그래, 조반은 발써 먹었지 여태 있어? 언낸 잘 있구?……."

"막내아들이지? 뭐래여 그래."

홍싸리가 물었다.

"농협 댕기는 애여. 정육 코너에 물 좋은 선지하구 내장이 들어왔다구, 즘심 때 장꽌 들왔다가 간다구 해서 나 오늘 장원장으루다 들지름 짜러 간다구 사오지 말라구 해뒀어."

방금 벌어진 일련의 상황들이 약간 꼬였기 때문에 국수집은 다시 요약 정리해서 흑싸리를 이해 시켜 줬다. 내친 김에 마음을 돌려 세워 두 사람의 청을 들어주기로 하고 흑싸리 손에 있는 메모장만한 수첩을 달라고 손을 내민다. 흑싸리가 순순히 수첩을 내준다.

"테레비에서 그래넌데 배추짠지에 벌러지가 많이 들었대여. 사먹는 거는 못쓴대잖어."

220

"그래서 뭘 어떻게 하라고 말하고 싶은데?"

"김장 말여. 올해 배추 많이 심궜다구 사지 말구 와서 직접 담궈 먹으라구 해봐."

"그렇게만 전하문 되는 거여? 아예 날짜를 정해 봐, 김장은 운제 해러 오래문 좋을지를."

"된내기(된서리) 오기 전에 어서 무수 배차럴 뽑아야 된다구 집이가 말해여. 작년에두 내 맘대루 미리 뽑어 놨다가 딸한테 혼났어. 바뻐 죽 겠는데 김장 해러 안 오냐구 한다구. 어이 걸어보기나 해봐. 딸 일 나 가기 전에."

천하에 성질머리 사나운 흑싸리도 자식들한테만은 기가 죽는다. 시 계를 보니 서울 사람들이 아직 일어날 시간도 아니다. 국수집은 가끔 너무 일찍 전화를 걸었다가 쩟, 쩟 하고 혀 차는 소릴 들었던 언짢은 기억이 있다. 하지만 흑싸리한테 그런 박대까지 일일이 통역해 줄 필 요는 없어서 그냥 넘어가곤 했다.

"즌환 홋번에 하구 어이 도터리나 따러 가."

"시펄,"

야박하게 거절하는 국수집이 서운해서 흑싸리는 수첩을 방바닥에 집어던지며 일어난다. 국수집은 문턱에 놓아둔 짐을 챙기고 광에 들어 가 낫도 찾아든다.

"일찍덜 가시네이?"

재호가 담 너머로 넘겨다보며 물었다.

"이따 제녁 먹구 국수집이루다 마실 와, 가얌(개암) 따다 주께!"

재호는 벌써 안으로 들어가고 보이지 않는데 산책 가는 애들 마냥 기분이 들뜬 흑싸리가 발걸음을 가볍게 떼어 놓으며 한 소리였다. 흑싸리는 성질이 사납긴 하지만 먹은 맘은 없다. 금세 훌훌 털어버리고는 언제 그랬냐는 식이다. 현재 기력이 제일 나은 국수집이 맨 뒤에 선다. 약조한 바는 없지만, 아이를 품고 젖먹이를 업고 하는 세월의 강을 건너오면서 때로는 짐을 지고 또 때로는 남에게 짐이 되기도 하면서 저절로 그런 규칙들을 몸에 익혔다. 가다가 세파에 시달릴 때는 우왕좌왕할 때도 있었지만 마음만은 한결같이 서로를 의지해 왔다.

들판에는 온갖 들풀이 초록으로, 홍염으로 새뜻하게 물들어 있다. 풀들이 일제히 합동결혼식을 하려고 혼인색으로 갈아입은 듯, 잔치마당처럼 축제의 느낌이 난다. 밤 사이 산 쪽에서 내려온 남기(嵐氣)가 고즈넉이 고여 있어 온갖 생물이 신성하게 느껴진다. 한로 무렵에 뿌린 흑싸리네 보리밭에는 초록의 새순이 잔디 순처럼 돋아나 있다. 도토리 따기에는 지금이 적기이다. 내일이 상강이니까 이제부터는 산천초목이 본격적인 겨우살이 준비에 나설 것이고 그 순리대로 나뭇잎들은 떨어져 제 갈 길로 갈 터이다.

들길에서, 성질 급한 흑싸리가 앞장서고 그 뒤를 홍싸리가 따른다.

"저 쑥부쟁이 좀 봐, 한창 이쁘다, 그쟈?"

"그러게나."

홍싸리가 물었고 국수집이 대꾸했지만 흑싸리도 예외는 아니어서 홍싸리가 지팡이로 가리킨 쑥부쟁이를 보며 고개를 끄덕인다. 홍싸리, 흑싸리는 기분이 좋으면 '그쟈' 소리를 잘하고 국수집은 그들이 그런 말투를 쓰면 꼭 친정에서 놀던 소꿉동무 같아서 마음이 푸근해진다.

얼마 걷지 않았는데도 풀잎마다 받아 두었던 이슬이 채여 발목이 선득거린다. 가을해는 떴는가 싶으면 지기 때문에 이렇게 일찍 길을 나서야 산 일을 제대로 할 수가 있다.

유정산을 넘어온 갈바람이 언덕을 지나가자 샛노랗게 핀 황국이 수런수런거리며 일제히 누웠다 일어난다. 향그런 국향이 들길에 아득하다. 그 길을 콧구멍을 발신거리며 한평생을 같이 해온 세 동무가 걷고 있다. 허리 굽어 등 짐을 다 내려놓은 늙은 동무한테서도 국향이 맡아진다. 일을 손에 쥐고 동동거릴 때는 못 맡아보던 호사다. 홍싸리가 샛노란 황국 밭에 주저앉는다.

"이봐, 좀 쉬었다 가. 꽃이 이렇게 좋은데 왜 자꾸만 가기만 해여."

흑싸리는 들꽃에 취한 채 들길을 걷고 있다.

"저 에펜넨 어떡하지? 저만 돌려났다구 골질할 텐데."

"돌팔매질을 해봐, 그럼."

국수집은 일단 홍싸리 옆에 앉으며 배낭을 풀어놓는다. 동무들이 쉬고 있는 것을 알아차리지 못한 흑싸리는 멀어져 간다. 점점 작아지는 흑싸리를 두 동무가 무연히 바라보고 있다.

"이젠 나두 팔심이 움써서 저기까지 안 나가……."

그 좋던 근력은 어느새 몸을 빠져나가 버리고 이젠 젊은 시절의 좋았던 기억만 남아 있다. 기억이나 추억은 때론 냉수 한 그릇만큼의 소용에도 못 미친다. 저 만치 앞서 가던 흑싸리가 길옆으로 비껴 서서 한참을 엎드려 있더니 다시 길을 잡는다. 웬만하면 이쪽을 돌아보고는 동무들이 어디쯤 오나 챙겨가며 손을 한번 들어 줄만도 하건만 이내 돌아서서 제 갈 길을 간다. 흑싸리는 저렇게 자기 생각의 주머니에 들

어가면 거기 갇혀서 빠져 나올 줄을 모른다. 흑싸리가 자기의 생각을
머리에 이고 자꾸 자꾸 멀어져간다. 두 사람도 다시 걷는다.

멀리서 흑싸리가 주춤하고 섰다. 손차양을 만들어 살피더니 갈참나
무 숲으로 들어간다.

이쪽은 뒷골이고 저기서부터는 황새울이다.

"저 에펜네 오줌소태 안적두 못 고쳤나 부네. 그 병엔 옥수수 수염
이 잘 듣는데 그쟈?"

"그려, 그렇긴 한데 오줌소태가 아니구 요실금이여. 지침만 시게 해
두 질금거리잖어."

"그거야 다 그렇지, 난 먼데 갈 때 지저구 차야 전녀. 집인? 집인 안
적 괜찮어?"

"난 안적은 그런 거 잘 몰르겄어."

어젯밤 화투칠 때도 홍싸리한테서 지린내가 났었다. 늙는다는 것은
참 서글픈 일이라고 몰래 한숨을 쉬었었다.

숲에 들어간 흑싸리가 나오지 않고 있다. 국수집과 홍싸리는 약간
걱정이 된다. 뱀에 물린 건 아닌지, 계곡에 고꾸라져서 헤어 나오지 못
하는 건 아닌지, 각자 불길한 생각이 들지만 산에 나와서 그런 말을 입
에 올리면 부정 탈지도 모르기 때문에 삼가 입단속을 하느라 잠자코
걷기만 한다. 앞서가던 홍싸리가 허리를 펴고 서서 길 옆을 가리킨다.
민들레 대궁이 분질러진 자리에 진물이 맺혀 있다. 흑싸리가 엎드렸던
바로 그 자리이다. 제 계절에 흔전만전 피어 있는 가운데에서 꺾었을
땐 몰랐는데 찬바람 맞고 피워낸 한 송이 꽃이 꺾인 자리가 공연히 사
람의 눈길을 잡아끈다고 생각한 것이다. 홍싸리는 그새 또 주저앉는

다.

"집이 먼저 가, 난 여기 좀 쉬었다 갈게."

"그려 그럼. 흑싸리 데리고 먼저 가 있을 테니, 재호네 파밭머리에서 만나."

국수집은 걸음을 재촉하고 홍싸리는 숲에 들어가 소변을 본다. 서로 무간한 사이라고는 해도 차마 오줌 기저귀 차는 모습까지는 보이고 싶지 않아서 뒤에 처진 거였다. 국수집도 홍싸리가 들어간 숲 쪽으로 들어가더니 보이지 않는다.

저 에펜네덜이 왜 저 숲 속으루만 들어갔다 하문 함흥차사가 되는 걸까, 거기 뭐가 있길래. 홍싸리는 볼일을 보고 나니, 혼자 남겨두고 간 동무들이 야속해지면서 다리도 아프고 지팡이 짚은 손목도 시큰거리고 허리도 결린다.

"앵두나무 우물가에 동네츠녀 바람 났네…… 국수집이두 흑싸리두 담봇짐을 싸았다아네……, 옘별."

너르나 너른 들녘에 자기 혼자 지팡이를 짚고 가고 있다고 생각하자 홍싸리는 갑자기 적적해진다. 남편은 사람 됨됨이가 반듯한데다 농사손이 실팍해서 살림 걱정은 없었지만 어쩐 일인지 그이의 집엔 자식 농사가 부실했다. 귀동엄마, 천덕엄마, 장수엄마라고 사람들 입에 붙을 만하면 아기가 어미의 품을 떠나갔다. 그이는 밤이면 콩깍지 벗길 것이라든가 썬 무말랭이를 실에 꿰는 등 화투판이 벌어진 뒷전에 앉아 더딘 일손을 놀렸다. 그이가 토해낸 한숨은 댕댕이덩굴처럼 가늘고 질기게 화투 방안에 서리서리 감돌았고, 눈물은 그이 얼굴의 곰보자국마다 아기의 원혼처럼 들렸다가 아주 곡진하게 떨어져 내렸다.

"깨진 항아리가 움써졌에이. 옛날에는 들짐승덜이 손댈까버서 애를 항아리에 담아서 묻었대던데……, 애 발꿈치에 하나, 머리 쪽으루다 하나, 맞붙여서 묻는 다던데…… 후!"

화투꾼들은 아니라고도 기라고도 하지 못한 채 애무한 화투패만 찰싹찰싹 두드려 가면서, 야속한 삼신할미를 원망하면서 콧물을 훌쩍여 눈물 부조를 보냈다. 다섯 번째 아이마저 놓치고 포태를 하지 못한 홍싸리는 차츰 살림살이에 흥미를 놓더니만 화투꾼들 등 뒤에 앉아 다듬잇돌만한 금성라디오에 귀를 기울였다.

입이 큰 홍싸리는 울어라 열풍아를 이미자 뺨칠 정도로 잘 불렀다. 박춘석 작사 작곡 이미자 노래를 주로 섭렵했지만 그이의 십팔번은 〈바보처럼 울었다〉였다. 한이 많은 홍싸리는 가락이 유장했다. '어이해 어이해'를 '으떡해 으떡해'로 편곡해 부르는 그이의 노랫소리는 얼마나 절절한지 유정산의 두견이마저도 아이구 성님, 하면서 날개죽지에 주둥이를 간수하고는 귀 기울여 들었다. 그러다 꾼들이 자리를 비울 때에 대타로 화투에 손을 대기 시작하더니 늦게 배운 도둑질, 날 새는 줄 모른다고 광적인 집착을 보인 적이 있었다. 흑싸리까지 끌어 들여 농번기 때에도 화투를 놓지 못했다. 밭을 매러 가서도 쉴 참에 허리도 펴지 않고 흑싸리를 데리고 앉아 같은 그림을 짝지어 보라고 미술 공부를 시켰고, 산에 먹을 걸 채취하러 가서도 세 명이 칠 때는 본이 팔십이고 네 명이 할 때는 육십이라고 셈본 공부를 시켰다. 주경야독 하는 어려운 역경 속에서도, 층층시하 여러 식솔 속에서도 굴하지 않고 정월부터 그해 섣달까지 꼬박 일 년을 용맹정진한 결과 드디어 흑싸리가 한 자리 차지하고 앉아 자기 몫의 화투를 잡아보는 대망의 꿈을 이루고야 말았다. 그때나 지금이나 꿈은 이루어진다. 다시 말해 지성이면 감천이다. 여기에 삶의 진실이 담겨 있다고 그들은 믿는다.

　그런데 흑싸리는, 화투 패 흑싸리를 등나무라고 했다. 4월은 흑싸리이고 7월은 홍싸리라고 일러줘도, 싸리는 원래 가을에 피는 것이기 때문에 음력 칠월을 나타내는 홍싸리 하나면 족하다고 한사코 우겼다. 사람들이 그 일을 가지고 왈가왈부하게 되었고 종당에는 마을회관 앞에 모여 대동회를 열게 되는 사태로까지 번졌다. 본인을 얼금뱅이라고 불러도 가르쳐먹기 힘들어서 내버려 뒀었지만 날 궂은날 심심할 때마다, 불러내어 한판 땡길라고 뼛심 들여 화투를 가르쳐 놨더니, 하룻강아지 범 무서운 줄 모르고 유서 깊은 유정리 화투판의 위계질서를 흐려놓는 벽창호 흑싸리가 무진장하게 답답해서 홍싸리는 배심원 자격으로 나가 진위를 가리기로 했다. 흑싸리가 경우에 없는 짓을 했을 시에는 문하생을 잘못 가르친 연대 책임을 지고 유정리 화투판에서 손을 떼기로 했다. 이제 까딱하다간 세 양반들은 영원히 유정리 화투판에서 고립되어 따로국밥 신세가 될지도 모르는 운명의 기로에 서서, 어찌하여 흑싸리가, 흑싸리가 아닌지 증거를 대보라고 흑싸리에게 마이크를 넘겨줬다.

　"흑싸리는 새 그림이, 홍싸리는 멧돼지 그림이 있잖어. 그 대가리가 울루 가게 패를 쥐어 보믄, 흑싸리는 순(筍)이 개 꼬랑지처럼 아래루 축 늘어져 있구, 홍싸리는 위루 뻗쳐 있잖어. 싸리낭구가 등낭구 순처럼 꺼꾸루다 처백혀서 자라능 거 봤어? 시펄."

　좌중은 흑싸리의 예민한 눈썰미에 탄복을 했고, 홍싸리는 청출어람 청어람 하고 있는 문하생이 기특하여 입을 딱 벌렸고, 항용 그래왔듯이 국수집이 흑싸리의 대변인 자격으로 마이크를 넘겨받았다.

만장하신 유정리 화투꾼 여러분! 우덜은 입때꺼정 이 두 꽃이 서로 다른 꽃이라는 것두 몰르구 화투를 쳐었네이. 그동안 저이가 흑싸리의 연구에 지대한 공헌을 했으므로 그 노고를 치하하는 의미루다가 저이를 흑싸리라고 불러주문 좋겠다는 생각이 드네유. 유정리 화투꾼 제우께서 허락해 주실 것을 간청하며 이만 흑싸리에 대한 대변인으로서의 소회(所懷)를 갈음할까 하네이.

그때부터 그이는 귀머거리에서 '흑싸리' 로 이름이 업그레이드되었다. 그러니까 흑싸리가 '남의 일에 훼방을 놓는 사람을 얕잡아 이르는 말' 이라는 사전적 의미와는 하등의 상관이 없다는 말이다. 국수집은 이 사건을 계기로 경로회장으로 추되 되어 오늘에 이르렀다.

이러한 우여곡절 끝에 유정리에 사는 곰보와 귀머거리의 이름은 홍싸리 흑싸리라는 어여쁜 꽃 이름으로 개명을 하게 되었다. 그 후 언청이도 나오고 절름발이도 나왔지만 유정리에서 만큼은 아무도 인신공격적인 그런 별명을 부르지 않는다. 만일 누가 사팔뜨기나 튀기라고 했다면 그 사람은 분명 뜨내기일 터이다.

홍싸리도 두 동무가 들어간 산 어귀에 당도하였다.

저 넘어 오른쪽으로는 황새울이지만 그 옆으로 난 왼쪽 잔등을 넘어가면 타동네와 경계 지역이고 거기가 바로 여주 '남한강공원묘지' 이다.

공원묘지가 생기기 전에는 양쪽 동네가 다 멀리 떨어져 있어서 대낮에도 무척 후미졌고 혼자서는 웬만한 남자들도 나무하러 오기를 꺼려

했던 곳이었다. 어린애가 죽으면 대개는 그 골짜기에다 묻었는데 그 묘를 일컬어 '애총묘지'라고 했다. 그래서 가시덤불 숲이 우거진 곳에는 유난히 돌무덤이 눈에 많이 띄었다. 들짐승이 파낼까 봐 무거운 돌로 눌러 놓은 거다. 애총묘지를 그냥 지나가면 '언내(아기)귀신'이 들러붙는다는 금기가 있어서 거길 지날 일이 있으면 미리 돌을 주워다 무덤 위에 얹는 습속이 있어 왔다. 비가 부슬부슬 내리는 해질녘이면 그 골짜기에서는 능구렁이가 괴이쩍게 울어대었다. 능구렁이가 어린애를 파먹고 살아서 그 울음소리가 그렇게 무섭게 들리는 거라고 했다. 사람들은 그 울음소리에 기가 질려서 근처에 농부들이 있으면 서로 소리를 질러 공연히 말을 건넸고 여느 날보다 일손을 일찍 놓고 함께 들어왔다. 그 고개 언저리를 '부리실'이라고 불렀는데 홍싸리는 부리실이 '한 많은 미아리고개'였다. 자기 뱃속에 태를 묻었던, 에미를 두고 먼저 간 자식이 모르긴 몰라도 거기 어디쯤에 묻혀 있을 거라고 그이는 평생 짐작하며 가슴을 뜯었었다.

"어디덜 있어어!"

홍싸리가 소리를 질러 놓고 났는데 불과 몇 발짝 앞에서 주워 모은 도토리를 배낭에 담고 있는 흑싸리가 보인다. 유정리 말로 일명 '까도토리'라고 하는 땅콩같이 생긴 도토리이다. 열매가 작아 품이 많이 들지만 피가 얇아서 묵이 많이 나오며 또한 찰지고 맛이 있다고들 한다. 저 에펜네가 저 짓을 하느라고 혼자 숲 속에 들어가 나오질 않고 애를 멕였구만, 홍싸리는 짐작한다.

"나, 여깄어."

소리를 쫓아 시선을 옮기던 홍싸리는 눈이 확 뜨인다. 국수집은 도토리를 거지반 한 사발 턱이나 주웠다.

옘벨 에펜네덜. 홍싸리는 부아가 돈다. 각자 제 낭탁들을 하느라고 자신을 미아처럼 내버려 뒀다는 생각에 어금니가 물리도록 섭섭하다. 국수집이 신호를 보냈지만 홍싸리는 흑싸리 쪽으로 발길을 돌린다. 자신을 찾느라 국수집이 일손을 끊게 하고, 흑싸리를 놀래어 주고 싶을 만큼 심통이 났다. 어흥, 하며 지팡이를 들고 달려들 심산으로 살금살금 뒤로 다가간다. 그런데 오히려 흑싸리가 먼저 낌새를 알아차리고 "왔어?" 반격이라도 하듯이 느닷없이 뒤를 돌아본다.

"어이구머니나!"

홍싸리는 오줌이 찔끔 새어나오도록 기함을 하며 뒷짐을 짚는다. 지팡이를 짚은 그림자를 보고 흑싸리는 홍싸리가 온 것을 헤아린 것이다.

"왜? 왜 놀래어?"

"놀래긴 누가 놀래여 이 에펜네야."

하여간 이 에펜네는 귀신이라니까는. 홍싸리는 흑싸리 앞에 일단 주저앉고 본다.

흑싸리의 몰골이 가관도 아니다. 머리에는 싸리나무 이파리로 모자를 해 쓴 듯하고 오른쪽 눈언저리는 쐐기한테 한 방 먹었는지 오톨도톨 밤송이만큼 도도록이 부풀어 올라 있다. 흑싸리는 무슨 일에 재미가 붙으면 일체의 관심을 거두어들여 제 앞에 일손에만 집중한다. 그럴 때보면 일에 미친 사람 같다. 보자기의 도토리를 배낭에 다 털어 담는다. 새뜻한 연갈색의 까도토리를 두 손으로 세숫물처럼 가득 담아서 코에 대본다. 홍싸리도 흑싸리 옆에 쭈구리고 앉으며 팔을 뻗어 그렇게 해본다. 흠, 하아! 너무나 상큼한 도토리 냄새에 취해 정신까지 몽롱해진다.

"국수집인 왜 안 와?"

"호랭이가 물어갔어."

욕심 많은 에펜네덜, 동무들은 죄다 도토리를 땄는데 자기만 바보처럼 빈손 들고 집에 갈수는 없는 노릇이다. 홍싸리는 짐을 챙겨 메고 부랴부랴 재호네 밭머리로 발길을 옮긴다. 흑싸리도 그 뒤를 따라 붙는다.

재호네 파밭에는, 들은 대로 발자국이 어지럽게 널려 있다. 파밭에서 도토리 줍기란 누워서 팥떡 먹기보다 쉬웠겠다고 생각하며 홍싸리는 등짐을 아무렇게나 밭고랑에 벗어 놓고 딸기나무 숲으로 가고, 흑싸리는 갈참나무 아래에 가서 갈잎을 거두어 내가며 도토리를 찾아본다. 이따금, 재호가 흘린 이삭이 더러 있긴 하지만 별 재미를 못 본다. 서서 왔다 갔다 하는 두 사람을 보고 국수집은 파밭 양지쪽에다 등짐을 벗어 놓고 밭고랑에 있는 나머지 짐을 죄다 옮겨 놓는다. 그 아래에 비닐 휘장을 펼쳐놓고 싸가지고 온 먹을거리를 풀어 놓는다.

"션찮은 모냥인데 그만 내려와서 요기덜이나 해여!"

홍싸리는 딸기 덤불 밑에서 한 움큼 주웠다. 알이 굵어 줍는 재미가 여간 아닌데 더는 보이지 않는다. 그이는 대답 대신 흑싸리를 건너다본다. 마침 흑싸리와 눈이 마주쳤다. 가끔 이렇게 제대로 박자가 맞을 때가 있는데 그러면 흑싸리는 맥없이 기분이 좋아진다. 홍싸리도 예외는 아니어서 좋은 낯빛으로, 파밭머리에 있는 국수집 쪽을 가리킨다. 흑싸리가 운제 왔지? 하는 눈치다. 그러고 보니 흑싸리는 국수집이 어디 있는지 여태 알지 못했다. 홍싸리는 그게 미안해진다. 자기도 가는 귀를 먹고 보니까 답답할 때가 많지만 성한 사람한테 그걸 일일이 따져 물을 수는 없다. 이제는 체념을 하고 나니까 또 그런대로 살아진다. 그래서 귀가 먹은 만큼 인생의 많은 이면들이 접혀진 채 넘어가는 것이다.

"즘심 먹기는 어중띤데 많이 걸어서 그런가 출출하네. 어이 와, 찰밥인데 경건이가 움써."

"왜 인제 왔어?"

흑싸리가 그렇게 말을 받으면서 남편 제사 때 했던 편을 꺼내 놓는다. 떡은 굳어서 기름만 묻어나고 맛은 없다. 홍싸리가 삶은 땅콩, 고구마, 홍시 도시락을 내놓으며 한마디 덧붙인다.

"올핸 감이 풍년이여, 그렇잖어두 노나 먹을라구 했었어. 어이덜 들어봐."

흑싸리는 어제 감을 혼자 다 먹냐고 한 깜냥이 있어서 그런지 입 꼬리를 비틀면서 땅콩 몇 알갱이를 먼저 집어 든다.

"잘 삶어졌어. 고구마두 인게 더 맛있어. 새루 나온 호박고구마는 심심해여. 풋내나."

흑싸리의 생각이다. 홍싸리는, 땅콩은 살짝 삶아서 껍질 채 입에 대고 손끝으로 한쪽 끝을 눌러 알이 톡 튀어 들어가게 쪄야 맛있다. 이렇게 푹 무르게 찌면 껍데기가 문드러지면서 손에 짓이겨지고 땅콩이 씹히는 재미가 없이 곤죽 같다. 찰밥을 먹기에는 날씨가 너무 차다. 결국 고구마와 땅콩 그리고 홍시로만 요기들을 마친다. 국수집은 이슬에 젖은 양말을 벗고 배낭을 열어 여벌로 가져온 양말을 신는다. 벗은 것도 두 켤레고 갈아 신는 것도 두 켤레다. 두 사람도 그렇게 따라 한다. 흑싸리가 짠, 하고 보온병을 내놓는다. 으슬으슬하던 차에 커피의 더운 김이 반가워서 홍싸리는 장난삼아 엄지손을 치켜들어 준다. 각자 종이 컵을 들고 돌아앉아 들녘으로 눈길을 풀어놓는다.

재호네 파밭 아래 면해 있는 저 밭은 홍싸리네 김장밭이었다.

마늘을 캐낸 밭에 무 배추를 심고 한쪽으론 갓을 놓아서 김장밭이라고 불렀다. 밭이 걸음을 잘 먹어서 연년이 길러내도 배추가 물동이만 하게 속이 찼고 무는 어떻든지 어른 팔뚝만 했는데 그 맛은 시원찮은 배 맛보다 나았다. 김장밭에는 통통하게 살 오른 벼메뚜기가 지천이었다. 밭에 들어서면 인기척을 느낀 메뚜기들이 타작마당에 나락 튀어 오르듯 했다. 무논에 있는 메뚜기는 벼 포기를 제치며 잡아야 하기 때문에 힘도 들고 능률이 나지 않지만 밭에서는 제까짓 게 튀어봐야 메뚜기였다. 그때도 지금처럼 세 동무가 모여 풀 자루 하나씩을 빵빵하도록 잡아다가 가마솥에 안쳐서 들기름 좀 붓고 소금 간 맞춰가며 볶아서 동네잔치를 벌였었다. 갈무리해 두었다가 술안주로 내놓기도 좋았고 간장 양념하여 도시락 반찬으로도 그만이었다. 시아버지는 모주꾼은 아니었지만 해장술을 즐기셨고 또한 부창부수 격으로 시어머니는 해장국을 끓이는 데 일가견이 있었다. 무를 거꾸로 들고서 팽이를 깎듯이 돌려가면서 착착착 삐져서 새우젓국과 들기름을 쳐가며 달달달 볶다가 속쌀뜨물을 넣고 끓이면 자글자글 소리와 함께 구수한 무국 냄새가 늦잠 자고 있는 식구들 콧속으로 달라붙었다. 지고한 것에 대해 복종하기를 좋아하는 홍싸리도 시모의 남편 공경하는 법도를 본받아야지 마음에 새겼지만 그런 날은 오지 않았다.

임을 실은 과거는 물결처럼 흘러가고 그리움만 이 산천에 남겨져 있다.

"으떡해 으으떡해 말한마디 못하고……"

"아유 그 노래 참 오랜만에 들어본다. 얼굴은 쭈그렁 방텡이가 됐는데두 목소린 그대루여. 듣기 좋워."

국수집은 손장단을 맞춰 주고, 홍싸리가 노래 한 곡을 다 부르도록 흑싸리는 역시 제 생각의 주머니를 머리에 인 채 하염없이 들에 풀어둔 눈길을 거두어 들일 염이 없다. 해는 뒷목덜미가 따가울 정도로 비추어 준다.

"토다닥, 톡!"

파밭 둑에 심어놓은 흰 팥이 시월 한낮의 햇살을 받고 저절로 꼬투리를 비틀어대고 있다. 국수집이 그 소리를 혼자 듣고 시선을 돌린다.

"재호가 요새 한창 바쁜 가부네, 어제 여길 왔다 갔다문서두 저걸 그냥 두고 간 걸 보니."

셋이 들러붙는다면 한 시간이면 거뜬하게 해치울 것 같아서 해본 소리였다. 그러나 홍싸리마저도 그게 무얼 하자는 청인지 감을 못 잡고 있는 눈치이다. 이제 머잖아 내 귀에도 콩꼬투리 팥꼬투리 비틀어지는 소리가 안 들리겠지, 개구리가 오줌을 찍 갈기고 물고로 뛰어드는 소리도 듣기 어려워지겠지, 그럼에도 불구하고 염라대왕이 불러들일 때까지 목숨을 붙들고 기다려야 하겠지 그런 서글픈 생각을 하며 국수집은 짐정리를 한다. 흑싸리가 그제야 국수집의 도토리를 보고 눈에 불을 켠다.

"어서 났어?"

어찌나 닭달을 하는지 영문 모르는 사람이 보면 마치 훔쳐간 제 물건을 찾은 줄 알겠다. 국수집이 먼저 자리를 털고 일어나 길을 잡는다. 황새울을 다 뒤져도 도토리는 보이지 않는다. 갈참나무 졸참나무는 하늘이 안 보일 정도로 빼곡히 군락을 이뤄 자라고 있지만 무늬만 도토리나무이고 열매는 없다. 황새울을 벗어나면서부터는 찔레나무 같은 관목 숲이 앞길을 막고 나선다. 이제부터 낫이 제구실을 할 차례이다.

"이 에펜네 아까 분명히 낫 가주오넌 거 봤는데 어따 집어 내 꼰졌네, 갈쳐 줘, 말어."

"말어. 있다 갈 때 찾어 갖구 가게. 아까 즘심 먹을 때두 움썼잖어."

"혼인집이서 신랑 잊어버린다더니, 낫두 움씨 우티게 산을 타나 그래."

홍싸리가 지팡이로 관목을 헤치며 투덜댔다.

"인줘, 내 껀 아까 도터리 따던 데다 놓구 온 거 같어."

분명히 국수집과 홍싸리는 돌아보지도 않은 채, 멈춰 서지도 않은 채 말을 주고받았는데 흑싸리가 천연덕스럽게 상황 판단을 하고는 국수집 손에 든 낫을 빼앗아 들며 하는 소리였다. 작은창골을 넘어 큰창골까지 왔다. 다리도 아프고 기운도 부친다.

큰창골은 작은창골보다 더 후미지고 골짜기에는 제법 많은 물이 흘러내리고 있다. 누가 먼저랄 것도 없이 자연스럽게 개울가에 앉는다. 그런데 개울 맞은편에 진홍의 수유 열매가 달려 있다. 그 옆에는 노린재나무가 남색의 열매를 송알송알 매달고 있고 또 그 옆에는 생강나무가 홍염으로 붉게 타올라서 그대로 거대한 한 그루의 꽃나무, 불나무이다. 그리고 그 아래로는 그냥 입을 대고 먹어도 좋을 만큼 맑은 물이 거울처럼 흘러가고 있다. 글자 그대로, 비단에 수를 놓은 금수강산인 이 아름다운 경관에 세 사람은 그만 탄복하고 만다. 조물주의 비술을 구경 나온 듯 기분이 마냥 흔연해진다. 연신 탄성을 지르며 두 사람은 수유 열매를 줍고 국수집은 배낭을 열어 아까 밥 먹을 때 깔았던 비닐 자리를 펼친다. 놀러갈 때 까는 그런 자리가 아니라, 깨 털 때 쓰는 얇은 비닐 자리이다. 그걸 나무 둘레 자갈밭에다 치마를 입히듯이 둘러친다. 한 덩치 하는 홍싸리가 나무를 잡고 냅다 흔들어 댄다.

아구구구구……

후두두둑 후두두둑…….

홍싸리가 허리를 잡고 내는 소리와 반드르르 윤기가 흐르는, 보석 같은 산수유 떨어지는 소나기 소리가 이중주를 이룬다.

"시상에나 울마 만인지 몰러!"

그새 한 송아리를 앞섶 단춧구멍에 꽂고는, 엎드려 그러모으는 흑싸리의 눈에 눈물이 그렁거린다. 그이의 벙어리 남편은 일을 나갈 때에는 집일이든 바깥일이든 혼자서만 다녔다. 나무를 하러 다니다가 야생의 버섯이나 열매들을 채취하는 것은 남편의 유다른 취미였다. 흑싸리가 고뿔 기운이 있어 코끝이 벌게지고 행주치마에 콧물을 풀어내는 걸 보면, 남편은 우선 가마솥에 장작불을 지펴 방부터 절절 끓게 덥혀 주고는 장작불을 화로에 담았다. 갈무리 해두었던 산수유 열매를 내어 생강과 대추를 섞어 화롯불에 올려서 방으로 들이밀어 주었다. 열을 식히는 데 쥐똥같이 생긴 그 열매가 효능을 지녔는지 어땠는지는 모르지만 그 정성에 고뿔도 물리칠 수 있었다. 그 옛날의 수유 열매는 저리도 붉은데, 저리도 흔전만전인데 이걸 따다가 갈무리해둔 들 누굴 다려 먹일 것인가, 흑싸리는 공연히 눈물이 맺히는 것이다. 아들딸 팔남매를 짝지어 출가시켰지만 손자들 고뿔들면 병원부터 쫓아가지 할미 손이 약손이라고 믿어주는 시늉도 안 해준다. 그 효험은 호랑이 담배 피던 시절로 끝난 것이다.

손닿는 데까지는 다 땄다. 지팡이로 후려치면 더 따볼 수도 있겠지만 나머지는 그대로 놔둔 채, 두 사람은 자리를 걷어 접고 국수집은 산수유 열매를 배낭 속 자루에 담는다. 서너 됫박은 되겠다. 공동 작업을 한 것이니까 집에 가서 공정하게 나누어 가질 것이다.

흐르는 물속에 가라앉아 있는 콩자반 같은 남빛 노린재 열매와 걀쭉걀쭉한 진홍의 수유 열매를 보며 또다시 경탄을 하다가 계곡을 따라 올라간다. 발원지가 가까워 올수록 물은 점점 줄어들고 둔덕엔 초롱꽃이 한창이다. 홍싸리가 그 꽃을 한 송이 꺾어 흑싸리의 머리에 꽂아 준다. 치장하는 것을 유달리 좋아하는 흑싸리 마음을 잘 아는 두 동무는 장에 나가 물건을 고를 때에도 흑싸리에게 주도권을 맡긴다. 흑싸리의 눈썰미는 프로급이어서 같은 마후라도 유행하는 문양과 색감을 고를 줄 알며 맵시 있게 맬 줄도 안다. 사람은 늙었어도 그런 기질과 취향은 늙지 않아서, 세 양반들은 가끔 쌀말이나 내어 장호원으로 장보기를 하러 나가서 유행의 물결에 휩쓸릴 때도 있다.

가도 가도 산이고 널린 게 도토리나무인데 도토리는 안 달렸다. 고물장수가 고물만 찾아 헤매듯이, 땅꾼이 뱀 굴만 쑤시고 다니듯이, 세 사람 눈에는 지금 오직 도토리나무로만 쏠려 있다. 그러나 무정한 도토리나무는 꼭꼭 숨어버렸는지 눈에 띄지 않는다.

이젠 물길도 끊기고 앞을 가로막은 저 높은 산을 넘으면 아까 그 부리실이다. 부리실은 가로축으로 넓게 퍼져 있어서 미륵굴 너머까지 닿는다. 오른쪽으로 보이는 저 산등성이를 경계로·하여 이쪽은 유정리이고 저쪽부터는 삼송리이다. 현재 남아 있는 산 중에서 유정리에서 가장 후미지고 멀리 떨어진 산이 저 등성이 뒤에 숨은 미륵굴이다. 미륵굴의 소유주는 유정리 사람도 있고 삼송리 사람도 있다. 동네 끝이다 생각하니까, 흑싸리는 아까 도토리를 줍던 손맛을 다시 느껴보고 싶어 안달이 난다. 어디서 돈을 주고 도토리를 주워가라고 하면 기꺼이 그러겠다. 국수집도, 동무 좋아 아픈 허리를 끌고 산행에 나선 홍싸리를 위해서라도 이제 그만 도토리나무가 나타나줬으면 좋겠다고 간절히 바란다. 지팡이를 숫제 질질 끌고 지친 발걸음을 떼어 놓던 홍싸리가 짐을 던져둔 채 허리춤을 말아 쥔다.

"도터리는 아까 황새울에서 딴 게, 그게 단가버 그만 집이 가지?"

"아무래도 그래야 할까버."

국수집도 할 수 없이 도토리 딸 생각을 접는다. 숲으로 들어가는 홍싸리를 보면서, 남은 두 사람도 산길을 사이에 두고 반대편으로 볼일을 보러 들어간다. 암암리에, 기저귀를 차는 홍싸리를 가려주기 위한 배려이다. 총소리 들은 꿩 마냥 몸을 수그리고 한참을 더 들어와서 엉덩이를 까 내리던 홍싸리는, 누던 오줌을 곧 중지하려고 괄약근을 조인다. 발밑에 느껴지는 감촉이 아무래도 예사롭지가 않다. 오른 발을 들어 밑을 내려다본다.

상수리다!

황소가 뒷걸음질치다 개구리를 밟은 격이다. 오줌이 질질 흘러 왼쪽 사타구니를 타고 흐른다. 조인다고 조인 게 그 모양이다. 위를 올려다

238

본다. 이게 대체 웬 떡인가! 두어 발짝 건너에 커다란 상수리나무가 근엄하게 상수릴 매달고 있다. 기저귀 대 놓은 바지 등속을 붙잡은 채, 살을 그대로 내놓은 채 엉거주춤 일어서며, 목 짧은 강아지 겨 섬 넘겨다보듯 나무 밑을 넘겨다본다. 숫제 노다지판이로구먼. 홍싸리는 물에 빠진 심봉사처럼 물거미 네 다리를 허우적거리며, 상의를 바지춤으로 제대로 우겨 넣지도 못하고 노다지판에 엎어진다.

"어이 나와, 가게!"

"어? 어!"

홍싸리는 노다지판을 독식하려고 야무지게 입단속을 해둔다.

"우덜 먼저 신작로 쪽으루다 내려 가구 있을 테니까는 어이 와. 집이 짐두 갖구 간다아!"

저런 옘별 에펜네덜 봤나.

"상수리다아!"

깜짝 놀라서 자동적으로 멈춰서는 국수집. 왼발 오른발 왼발 오른발 박자를 타고 걷던 흑싸리가 기우뚱 넘어지고. 발목에 감긴 댕댕이 덩굴을 거두어 내느라 꾸물거리는 흑싸리.

"왜 그려……?"

"어이와, 이리와……어딨어?"

국수집은 인정사정 볼 것 없이 홍싸리 있는 데로 내 튀고 본다.

두 에펜네가 들이뎀볐다 하면 내 몫까지 다 주수니까는 암 말두 말어야지. 동무들의 발길을 돌려세운 홍싸리는 국수집이 어딨냐고 물어도 대답도 안 해 주고는 가급적 앉은 자리에서 움직이지 않고 나무숲을 헤적여가며 도토리를 줍는다. 홍싸리가 어디 있는지 국수집은 아직도 못 찾았는데, 흑싸리가 부랴부랴 올라오더니 홍싸리 배낭과 지팡이를 국수집 코앞에다 냅다 집어던지며, '시펄 에펜네' 식식거린다. 흑싸리가 눈길을 꽂아둔 곳에 관목이 흔들리고 있다. 필경 그 밑에 홍싸리가 있을 터였다.

맑은 가을 하늘에는 그날 치의 황혼이 장관을 이루고 산협을 흡쓸고 온 갈바람에선 농익은 가을 냄새가 맡아진다.

손가락이 황새부리 모양 생긴 홍싸리는, 긴 팔을 뻗어 가지 틈 사이에 들어박힌 것도 콕콕 집어 내가며 줍고, 국수집은 무릎을 세워 고개를 그 위에 얹고 씨암탉처럼 엉덩이를 사부작사부작 비틀어가며 재바르게 줍고, 흑싸리는 아예 무릎을 땅바닥에 대고 방 걸레를 훔치듯이 썰썰 기어 다니며 줍는다. 물 본 기러기요, 꽃 본 나비의 얼굴들이다. 아까 황새울에서 주운 것은 배낭에 담았으니 피차 빈 보자기에서 출발한 것이었는데 금세 쇠불알만큼씩 사타구니에 매달았다. 세 사람은 보자기를 움켜쥐고 누가 더 많이 주웠나. 갖다 대본다. 홍싸리 것이 두어 주먹은 더 많게 보인다. 흑싸리가 가랑이를 벌리고 앉아 배낭속의 것을 죄다 보자기에 쏟아서 웅쳐 매본다. 한 주전자 턱은 되겠다. 그러자 두 사람도 따라해 본다. 셋이 다 고만 고만큼 땄다.

홍싸리가 먼저 맞은편 산등성이로 길을 잡고 두 사람도 그런다. 해는 유정산 뒤로 뉘엿뉘엿 넘어가고 있지만 세 사람은 노다지를 줍겠다는 일념으로 유정리의 경계를 넘고 말았다.

고개를 넘으니 소똥 냄새가 진동을 한다. 그쪽에 목장이 새로 생겼다는 말은 들은 것도 같은데 셋 다 와 보기는 처음이다.

저 밑 왼쪽 평지에 마치 신기루처럼 느티나무만한 갈참나무가 도토

240

리를 매달고 있는 게 홍싸리 눈에 잡혔다. 그걸 바라보던 홍싸리는 어질머리가 다 난다. 두 사람이 눈치 채지 못하게 잰 걸음으로 가다 보니까 철조망이 쳐져 있다. 홍싸리는 그리 기어들어간다.

홍싸리가 가는 방향을 보고 흑싸리도 그 나무를 뒤늦게 보았지만 남이 맡은 나무에 손대기 싫어서 반대 방향으로 길을 튼다. 거기에도 철조망이 쳐져 있고 그 안에 홍싸리가 맡은 나무만한 도토리나무가 서 있다. 가까이 가서 보니 이번엔 대추 멍석을 깔아놓은 것처럼 시뻘겋다. 흑싸리는 배낭을 풀어놓고 정신없이 대추 멍석 위에 엎어진다.

왼쪽으로는 홍싸리가, 오른쪽으로는 흑싸리가 가는 것을 보고 국수집이 막 오른쪽으로 몸을 틀려는데 철조망이 쳐져 있는 맞은편 직선 거리에 도토리가 떨어져 있다. 여기저기가 아니라 쏟아 부은 듯이 깔렸다. 고개를 꺾어 올려다본다. 이제까지의 도토리나무보다 두 곱은 되게 큰 갈참나무다. 도토리라 하면 바로 저 갈참나무 열매라야 도토리 다웁다. 우선 크기가 까도토리 두어 배는 된다. 몇 개만 주워도 한 움큼이 되니까 줍는 재미가 여간 아니다. 게다가 나무가 원래 커서 제대로 만나면 옛날에는 한 나무에서 한 말을 주울 수도 있었다. 그러나 지금은 도토리가 그전만큼 열리지 않는다. 논에 메뚜기나 개구리가 멸종위기에 놓이듯이 인가가 가까운 야산의 도토리도 자꾸만 그 꼬리를 감추는 추세다. 이렇게 우람한 나무를 하도 오랜만에 보는 터라 국수집은 외경스러운 마음에 가슴까지 두근거린다. 특별한 종교가 없는 국수집은 이렇듯 큰 바위나 나무를 보면 공연히 주눅이 들고 옷섶이 여미어진다. 그러나 바닥에 깔린 노다지에 눈길을 던진 국수집은 이내, 옳다구나 하고는 무거운 짐을 내려놓고 미치광이처럼 나대며 도토리를 주워 담는다. 어찌나 굵고 실한지 금세 금세 한 주먹이 채워진다. 해는 기울어가고 도토리는 많고, 할 수만 있다면 목장에서 발전기를 끌어다 대고서도 밤새워 도토리를 줍고 싶은 심정이다.

갑자기 개 짖는 소리가 들린다. 철조망 안으로 들어올 때부터 염려했던 사항이다.

가슴이 두근거렸지만, 정말이지 차마 저 아까운 도토릴 두고 여기서 쫓겨날 수는 없는 노릇이다. 국수집은 낮은 포복으로 기면서 작업을 계속한다.

"거 누구요!"

급기야 오토바이 소리가 들리더니 가까이에서 멈춘다. 국수집은 작업을 중지하고 일단 나무둥치에 몸을 숨기고 본다. 저 아래 길 쪽에서 인기척이 들린다. 지금이라도 뒤쪽으로 내 튀면 되겠다 싶지만, 남의 영역을 침범하다 들켰을 때는 삼십육계 줄행랑이 나라님 빽보다 나은 줄은 알지만 귀머거리 두 동무들 때문에 속만 태우며 국수집은 흑싸리 쪽을 살핀다. 무릎까지 오는 긴 장화를 신은 남자가 흑싸리 쪽으로 올라오고 있다. 무서운 짐승이 아기 가까이로 가는 것을 목도한 어미의 심정이 되는 국수집.

"저기이! 아저씨이, 사장니임! 나줌 보세이."

소리를 지르며 부랴부랴 내려가다가 갈대 잎을 밟아 주르륵 미끄러지면서, '아이구 우라질' 소경 개천 나무라듯 하더니, 자기 앞에 찬 황소불알뭉텅이에 걸려 다리가 꼬이다가 결국 된통 엎어진다. 앞에 따담은 천금 같은 도토리가 사방으로 튄다. 다시 일어나 앞에 찬 쇠불알뭉텅이를 한손으로 꽉 움켜쥐고 비척비척 갈지 자 걸음을 걷다 보니

242

목장주 코앞이다.

"저기 죄송해이. 우린 유정리 사람덜인데 여기 목장이 있는 줄 몰르구 그냥 도토리만 보구 들왔에이. 그만 나갈 테니까는 한번만 봐주세이."

얼결에 유정리 경로회장 국수집 손이 파리 앞다리 모양이 된다. 민망해진 중늙은이 목장주는 시선을 피하며 흑싸리 쪽으로 간다. 괘씸죄를 적용시켜 숫제 걷어찰 듯이 발을 쾅쾅 디디며,

"아줌마!"

소릴 질러보지만 흑싸리는 그때까지도 전혀 상황 판단을 못하고 거의 신들린 듯 도토리 줍기에 여념이 없다. 목장 개가 흑싸리 앞에 놓인 도토리 배낭을 쿵쿵거리자 그제야 허리를 펴면서 두 사람을 보고 희죽 웃는다. 그때까지도 머리에는 초롱꽃이 꽂혀 있다.

"이 아줌니가 미쳤나, 지금 뭐 하자는 거에요?"

"저기 이 사람은 귀가 먹었에이. 증말 면목이 움쎄이."

국수집이 고개를 숙이며 따라서 하라고 흑싸리의 옆구리를 찌른다.

"왜?"

"이 양반들이 지금. 철조망은 폼으로 쳐 논 줄 아나. 유정리 누구네에요, 젊은 사람 있을 거 아녜여?"

"아유 글쎄 죽을죄를 졌대니까는이유. 우린 죄다 자식덜두 움씨 두 늙은덜만 살어이……어이 빌어. 이 양반은 소 있잖어. 움메헤……."

국수집은 변명을 늘어놓다 말고 흑싸리에게 시킨다. 소라고 발음하면서 양쪽 검지를 세워 뿔 모양을 그린다. 앞에는 여전히 황소 불알만한 도토리 보자기를 두른 채다.

"소?"

"그려, 소. 그 주인이여. 여긴 남에 목장 안이란 말여."

전혀 미안한 기색이 없는 흑싸리를 국수집은 무턱대고 잡아끈다. 흑싸리는 안 끌려오려고 다리에 힘을 주며 버틴다. 그놈의 황소고집을 부릴 심산인가 보다. 그 사이 개들이 홍싸리 있는 데로 왔다 갔다 한다.

"누가 더 있는 거 아녜요?"

"아녀유 우리 둘 배끼여유.

다급해진 국수집은 말이 빨라진다.

"이봐아, 어디덜 있어, 일루 와 봐. 이짝엔 맨 도터리낭구여!"

홍싸리가 산통을 깨버렸다. 목장주가 호루라기를 꺼내어 분다. 개들이 반란이라도 일으키듯 짖어쌓는다. 숲 전체가 소란스럽게 흔들린다. 어디서 구렁이가 기어가는 것처럼 스스슥 소리도 들리고 짐승의 발자국 소리도 들리는 듯하다. 홍싸리가 저만치서 메주덩이만한 도토리 주머니를 이고 오는 게 보인다. 배낭이 없다고 신발주머니만한 걸 가져왔는데 그예 끈이 끊겨졌는지 한쪽 손으로 움켜쥔 채, 이고 있다. 도토리를 담은 양말 모가지를 서로 잇대어서 이음새가 목 뒤에 오도록 해서 한 벌을 목에 걸었다. 그 모양이 운동 체조할 때 쓰는 곤봉(棍棒)같이 생겼다. 목장주가 비어져 나오는 웃음을 베어 물고 한소리 하려고 어깨를 들어 올리며 숨을 고르는 사이.

"저기 있잖에이, 이이두 가는귀가 먹어서 잘 안 들려이."

국수집이 그 틈새를 파고들었다.

"유정리에는 순 귀머거리들만 살아요? 전화번호 적어 놓고 가세요.

만약에 나중에 소가 병 걸리는 날엔 변상조치 할 테니까. 이대로는 못
보내 드려요, 자식 없으면 그럼 아줌니덜 성함 대보세요."

　목장주가 겉옷을 벗어부치며 수첩을 펼쳐든다.

　"글쎄 늙은이덜이 무신 이름이 있에이, 난 국수집이구 저인 홍싸리
구 이인 흑싸리에이."

　"아줌니, 지금 고스톱 쳐요!"

　그 서슬에 흑싸리는 무턱대고 성질이 풀풀 끓어 넘친다.

　"시펄"

　흑싸리가 배짱 좋게 일갈을 가했다.

　"뭐요? 적반하장도 유분수지 남의 목장에 무단침입해 놓고 엇다대
고 욕이요 욕이. 나이를 먹었으면……"

　삿대질을 해가며 종주먹을 들이대자 흑싸리가 말을 끊으며 같이 맞
선다.

　"그까짓 거 놔두문 썩을 누무 도터리줌 주셨다구 사람을 붙들어 놓
구 집이두 못 가게 하구 그럼 못써. 나뻐! 야, 이거 다 먹어. 우덜 이거
안 먹어두 살어. 다 먹구 잘 살어, 시펄."

　흑싸리가 도토리 보자기를 허리에 달라붙은 뱀 집어던지듯이 던져
주고는 팔을 걷어 부치며 어기차게 나온다.

　"또 시펄이라는 것 좀 봐. 노인네들이 할일 없으면 집에서 낮잠이나
주무시지 말야. 남에 목장까지 뒤지고 다녀서 그깟 도토리묵 해다 팔
아봤자 얼마 번다고 이렇게 극성을 부리세요!"

　국수집은 속이 뒤집어진다.

　"저 에펜네가 시펄이라구 한건 욕이 아니라 말 버릇이에유. 도둑 주

제에 우티게 몽둥이를 들겠세유. 우리가 다소 경우에 움씨 굴었기로서
니, 젊은 양반이 말을 너무 함부루다 하네유. 갈께유, 간다구유.”

유정리 팀의 대표주자인 국수집은 부아가 끓어 목소리가 떨려나오
고 어법이 평소 같지가 않다. 저 에펜네 밧데리가 다 되었구면, 그렇게
감 잡은 홍싸리가 국수집 앞으로 불쑥 나선다.

“이이 막내가 유정리 홍서기유, 가남농협에 댕기는 홍서기. 울마 전
에 과장달었지유 왜.”

홍싸리가 핏대를 올려가며 들이대자 국수집은 된서리 맞은 고구마
순처럼 고개를 떨어뜨린다. 목장 주인의 서슬도, 끓어오르던 국수 솥
에 찬물 세례 받은 거품모양 짜부라든다.

“그러고 보니 어서 낯이 많이 익다 했습니다, 어르신. 홍 과장하고
는 조합이사회의 때도 가끔 만나지요. 제가 신세를 많이 지고 삽니다.
이사 온 지가 얼마 안 돼서 이웃동네 어르신들을 잘 몰라 뵈었습니다.
진작 말씀하시지 않구요. 어떻게 가실 수 있으시겠어요? 제가 차루 모
셔다…….”

“아이구 아니에이, 아니구 말구유. 그럼 안녕히 기세이.”

그제서 풀려난 국수집은 걸음아 어서가자 하면서 돌아선다. 흑싸리
는 볼에 알밤을 문 형상을 하고 따라오긴 하는데 저 심술보가 언제 어
떤 색깔로 터질지는 아무도 모른다.

“등신이여 등신. 입 뒀다 뭐하구 따지덜 못해여?”

아니나 다를까, 국수집을 가리키며 아까 못다 한 성질을 맘껏 피운
다. 자기가 세게 나와서 놓여난 줄 안다. 국수집은, 목장에 들어설 때
는 발을 소독하고 들어가야 하는 거라고 설명해 주기도 싫다. 아들 체

면 깎은 것 때문에 낮에 먹은 고구마가 얹힐 지경이어서 흑싸리를 봐줄 게제가 아니다. 고질병이 도진 흑싸리는 비 맞은 중처럼 여전히 궁시렁댄다. 아마 제 분이 삭을 때가지 지껄여댈 것이다. 저럴 경우 흑싸리의 악담은 주술적이기까지 하다. 국수집의 아들을 판 게 영 미안해진 홍싸리도 두 사람 사이에서 벙어리 냉가슴 앓듯이 속을 태우며 따라가다가 이판사판이니 도토리나 더 따야겠다고 아까 그 자리로 발길을 튼다.

"일루와 왜 자꾸 산 속으루 가."

"싫여, 지금 가문 운제나 또 따봐 안작두 저 짝엔 많이 있넌데. 재호처럼 난닝구 벗어서 따 담을 꺼여. 하여간 아들을 호랑이보덤두 더 무서워한대니까는. 집이두 그게 병이여."

국수집은 성질이 왈칵 돋으며 자존심이 땅에 떨어져 뭉개지는 기분이다.

"해 넘어가는 거 안 보여? 난 곧장 집으루 갈꺼여. 바다는 메꿀 수 있어두 사람 욕심은 메꿀 수가 움대더니만 꼭 그짝이여. 아이구, 이 벽창호덜 맘대루덜 해여. 난 책음 안 져."

그렇게 해서 두 패로 나뉘어 갈라섰다.

흑싸리는 거침없이 목장너머 미륵굴 산속으로 들어가고 홍싸리는 볼일을 보느라고 뒤쳐진다. 빨리 소변을 보고 쫓아가면 되겠지, 저긴 도토리가 많으니까 도토리를 줍고 있겠지 하면서 일단 바지를 까 내린다. 그런데 샘이 나는지, 저도 나오고 싶다고 갑자기 대변한테서 기별이 왔다. 낮에 땅콩을 좀 낯게 먹었더니 그게 사단을 낼 모양이다. 배가 쌀쌀 아픈 게 설사 기운도 느껴진다. 일단 나오고 싶은 놈들은 다 나와 봐라 어디, 하다 보니까 깜박 잊고 휴지를 챙겨오지 않은 게 이제야 생각이 난다. 기저귀도 젖어서 사타구니가 쓰라렸다. 마침 여분의 것이 있어서 볼일 본 뒤끝을 기저귀 자락으로 마무리를 하고 나서 새 기저귀를 찬다. 이제 좀 살 것 같다. 기저귀를 돌돌 말아 배낭에 넣으려다 말고 똥 위에 올려놓고 흙을 파서 덮는다. 다시 낙엽을 쓸어 모아 흔적을 완전히 없앤다. 목장주한테 신분이 노출되었으므로 완전범죄를 저질러야 안심이다. 도토리양말 목도리 한 벌을 다시 목에 걸고, 끈 떨어진 도토리주머니를 머리에 이고 부랴부랴 흑싸리 쪽으로 가보지만 없다. 슬슬 겁이 난다. 그 고집쟁이를 감당하려고 한 게 아무래도 꺼림칙하다. 미륵굴을 다 뒤져도 흑싸리가 보이지 않는다. 해는 이제 꼴까닥 넘어갔다. 국수집을 그렇게 보내는 게 아니었는데. 아니, 국수집이 그렇게 하늘같이 떠받들며 호랑이같이 무서워하는 그이의 아들을 파는 게 아니었는데. 보나마나 국수집이 그 일을 가슴 한복판에 꿍쳐두고 몇날 며칠을 젖은 집단 태우듯 속을 끓이며 끼니도 거른 채 까스활명수 병모가지만 비틀고 앉아 있을 걸 생각하니 흥싸리는 아까 목장주한테 맞아죽더라도 입을 다물고 있을 걸 하는 생각이 재우쳐 든다. 아무리 찾아봐도 흑싸리 그림자도 없다. 산등성이를 잡아타는 걸 못 봤으니까, 저 으슥한 골짜기 속에서 혼자 도토리를 줍고 있을 것이다. 그 간 큰 여편네는 그러고도 남을 위인이다. 흑싸리한테는 어디서 만나자고 얘기는 하지 못했지만 그렇다고 다 저녁때 남의 동네로 들어갈 리는 만무하니까 필경 저 속에 있을 터이다. 길목을 지키자는 계산으로 아까 올라섰던 큰창골 산등성이를 훑어 올라가며 오른쪽 골에 흑싸리가 있나 살피기로 한다. 숨이 차오르고 목에 건 도토리양말도 찍

248

어 누르는데다 머리에 임을 여서 시야가 불편하다. 산등성이를 다 훑어 이제 미륵굴을 끝으로 해서 부리실과 맞닿는 마루에 섰다. 그런데 기껏 올라선 미륵굴 골창에 나무에 걸려 있는 흑싸리 배낭이 보인다. 일단 한시름 놓이기는 하는데 밑을 내려다보니 난감하다. 밧줄이 있다면 올가미를 해서 흑싸리 몸통을 낚아 올렸으면 싶다. 다리가 풀려 자꾸 후둘거린다. 이럴 때 국수집이 맘을 돌려세워 짠하고 나타나 줬으면 얼마나 좋을까. 일단 빈 몸으로 내려가서 흑싸리를 끌고 와서 이 산등성이를 타고 곧장 황새울로 빠져나가야겠다고 계산해 둔다. 일체의 행장을 올라온 산등성이 길목 쪽 산마루에 표시 좋게 옮기려던 홍싸리는 그만 발을 헛디뎌 절구통이 굴러가듯 고랑창 쪽으로 사정없이 굴러 처박혔다. 목에 걸었던 도토리양말은 나무 밑동에 걸렸고, 머리에 인 도토리 자루는 굴러 내리면서 아가리로 줄줄줄 뱉어내어 도토리는 도로 제 바닥으로 원상복귀해 버렸다. 어떻게든지 저 산등성이로 다시 올라가야 흑싸리 있는 골창으로 다시 내려갈 수가 있는데 그건 고사하고 우선 운신을 못하게 아파죽겠다. 이대로 여기서 산짐승 밥이 되는 건가, 어젯밤 목욕재개를 하고 싶었던 것도 다 오늘 세상을 하직하려던 전조 증상이었구나 생각하니까 치가 떨리게 아프고 무섭다.

국수집은 아들한테 한 소리 들을 걸 생각하니까 낮에 먹은 고구마가 얹혔는지 생목이 오른다. 아들들이 착한 것 같아도 여간 깐깐하지가 않다. 늙어갈수록 남한테 우세 사는 일 없도록 해야 한다고 은근히 늙은 어미를 시집살이 시킨다. 도토리가 그렇게 먹고 싶었냐고, 그래서 남의 목장까지 쳐들어갔냐고 할 것만 같아 도토리고 뭐고 다 귀찮아진다. 작은창골에서 황새울로 갈라지는 길목에 앉아서 앞에 찬 보자기를 풀어서 배낭에 넣고 짐정리를 하는데 산 아래 고구마밭머리에서 갈대 숲이 심하게 흔들린다. 소름이 오싹 돋는다. 국수집은 찍소리도 못 내고 몸피를 낮추어 숲 속을 예의 주시한다. 담황색을 띤 고라니 놈이다. 놈은 천연덕스럽게, 손가락 두 마디 정도 되게 나 있는 오옴(송곳니)으로 고구마 줄기를 갉아먹고 있다. 국수집은 앉았다 일어나니까 이젠 한 발도 더 허투루 걷기 싫다. 날은 어두워져서 저기 보이는 것이 사람인지 산짐승인지 분간이 모호하다. 황새울로 가서 기다린다는 것도 말이 안 되고 어둔 산길을 혼자 더 걷기도 무섭다. 가자니 태산이요, 돌아서자니 숭산이라, 대체 이 노릇을 어떻게 해야 할지 모르겠다. 산등성이로 올라가 일단 소리를 질러보기로 한다.

"빨리 나와!……아, 아……."

대답 없는 메아리만 어둔 산에 퍼진다 싶었는데 느닷없이 웬 송아지만한 멧돼지 한 마리가 튀어나와 뒤룩거리고 돌아다니다 산등성이를 넘고 난데없는 미친개가 짖으며 미륵굴 너머로 들고 뛴다. 어두워서 분간은 가지 않지만 자세히 들어보니 노루 울음이다. 필경 노루도 이 낯선 침입자한테 놀란 모양이다 개처럼 짖는 걸 보니. 국수집은 진땀을 쪽 흘리며 그 자리에 쪼그리고 앉는다.

흑싸리는, 국수집이 평소에는 뭐든 잘 처리를 한다고 생각해 왔는데 오늘 보니까 순 맹탕이다. 그깟 것 옛다 네나 처먹어라 던져주고 와 버리지, 철조망 속 아니라도 천지 삐깔이가 다 도토리낭군데, 해는 자꾸 넘어가는데 꾸물거려 놓고는 뭘 잘했다구 뎁다 골질을 하는지. 외지 사람 앞에서는 혼자 잘난 척 하는 국수집이 한없이 미워진 거다. 어디 귀 밝다고 도토리 눈도 밝나 보라지 하면서 거기서 곧장 앞으로 들어 가니까 산비알에, 아까 그 수유나무처럼 황금의 까도토리 나무가 눈에 들어왔다. 나무는 골창 쪽으로 기울어져 있었는데 손을 대 보니까 술 술 빠져나왔다. 앞에 친 보자기 그리고 잠바와 블라우스도 벗어서 나 무 둘레에 깔아 놓고, 배낭은 나무에 걸어놓고는 등성이로 올라섰다. 도토리나무를 휘어 붙잡고 까짓것 하면서 근뎅근뎅 그네를 타듯 허공 에서 발을 굴렀다. 도토리 벼락을 맞은 흑싸리는 미칠 듯한 기분이었 는데 그만 나무의 중동이 부러져 같이 넘어졌다. 그런데 갑자기 숲에 서 시커먼 게 튀어나오는 서슬에 놀라 흑싸리는 제 발을 제 궁둥이로 깔고 앉아버렸다. 눈앞에 바람같이 튀어나간 놈은 노루지 싶다. 쇠똥 에 미끄러져 개똥에 코 박은 셈이 된 흑싸리는 도토리나무 이불을 뒤 집어쓰고 앉아서, 접질린 발목을 잡아 빼면서 '시펄' 소리도 못 내고 눈물만 질질 흘리고 앉아 있는 것이다.

국수집은 동무고 뭐고 덧정이 없어진다. 어둠 속이 천길 바다 속이 어서 한 발을 들이밀었다가는 물귀신이 잡아당길 것만 같이 싫다. 부 랴부랴 등성이를 타고 내려온다. 찬 이슬이 내려앉아 선득선득 한기가 든다. 배도 고프고 목도 마르다. 우선 동네 들어가서 이 사실을 알려야 겠는데. 마이크에 대고 방송을 해서, 횃불을 들고 주민이 다 모여 토끼 몰이 하듯 온 산을 뒤져야 하나, 일일구에 신고를 해서 헬리콥터를 띄 워야 하나. 그렇게 되면 헬리콥터가 방송국에 연락해서 방송국에서는 또 사진사까지 동원해서 가끔 테레비에 나오는 개구리소년처럼 유정리 할머니 찾기라고 광고를 하는 건 아닐는지, 좌우지간 내일이나 되어야지 어두워서 틀린 얘기 같은데 대관절 이를 어쩌나. 두 여편네 머리끄덩이를 한데다 묶어 놓고 요절을 내버리고 싶을 만큼 부아가 치민다. 국수집은 어깨가 너무 아파서 배낭을 벗어 머리에 이고 황새울 쪽으로 내려서다가, 조금만 더 기다려보자 싶어서 다시 그 자리에 가서 기다리다가, 다시 황새울로 한참을 걷다가, 산속 길로 혼자 가다가 혹시 못된 산짐승이라도 만나면 어쩌나 싶어 돌아가더라도 넓은 신작로 길로 가려고 다시 제자리로 왔다가, 차마 귀머거리 동무들을 산속에 버려두고 발길이 안 떨어져서 주저앉는다.

"하이고 우라질누무 팔자야!"

국수집은 공연히 눈물이 쏟아져 내린다. 그냥 모든 게 다 서러워서 운다. 그런데 난데없는 자동차 소리가 들린다. 국수집 앞에서 시동이 꺼진다.

재호다!

"아니 아재가 우짠일루다 여길……!"

"내 이럴 중 알았대니깨는. 제녁 때가 돼서 넹겨다 보닝까 컴컴하잖에이? 너무 늦는다 싶어 혹시나 하구설라무네 두 양반 집이럴 가봤더니 역시나잖에이? 그래 차를 끌구 왔지이 뭐. 두 양반덜하군 갈라섰는 모양이구먼이유, 운제두 한번 낭구 해러 가서 다퉜다더니마넌."

"도투던잖었는데 우짜다보니까 질이 엇갈렸에이 아재. 분명히 산속에 있넌데."

재호는 국수집을 안심시키고 휴대전화를 든다.

"급해서 그래는데 부탁 줌 하나 함세. 자네네 목장 너머에 큰창굴 너머루, 작은창굴 너머루 오다보문 왜, 황새울루다 갈러지는 길 있잖은가? 글루다 후라시 같은 거, 불 비칠 거 뭐 있음 줌 들구 와주겠나? 울 동네 아줌니덜이 도토리 따러왔넌데, 두 냥반이 지금 오리무중이여. 그려? 운제. 그려? 알었어. 그럼 내 그렇게 함세나."

재호가 차에 시동을 건다.

목장주 말이 도토리 딸 만한 데는 미륵굴 골짜기밖엔 없는데 거긴 차로는 못 가고 오토바이로 찾아보는 게 수월하며 찾더라도 오토바이 뒤에 사람을 태워서 데리고 나와야 한다고, 목장으로 들어오라고 했단다.

국수집은 이제 체면을 차릴 게제가 아니어서, 하시라도 급히 두 동무들을 찾기만을 바라며 재호의 차에 오른다.

오년 근 도라지가 있다기에 값이 얼마냐고 묻지도 않고 따라나섰다. 동네를 벗어나 들길로 접어들자 해롱해롱 허리춤을 추고 있는 코스모스가 시야에 가득 찬다. 묵은 병이 도진다. 사춘기부터였지 싶다, 가을바람에 부대끼는 나뭇가지를 보면 내 마음이 덩달아 갈피를 못 잡고 뒤채이던 때가. 겨울이 오기 전에 무슨 일이 일어날 것 같은, 필시 무슨 일인가를 저지르고야 말 것 같은 불안감에 시달렸다. 그 지독한 생래적인 정신불안증이 우연이 아닐지도 모른다는 생각이 든 것은 글을 쓰면서부터였다. 가을엔, 가을엔 맨 정신으로는 버틸 수가 없어서 나는 글을 쓴다.

1997년 가을에 등단 작품을 발표하였는데 그로부터 정확히 십 년 후의 이 가을에 첫 창작집을 출간하게 되었다.

청보라 꽃밭에 당도하니 도라지 냄새가 반색을 하며 코끝에 달라붙는다. 한창 작업 중인 밭에 합류하여 삼지창처럼 생긴 농기구를 집어 든다. 흰 꽃은 백도라지라지 아마, 자그마치 오년 근이란다. 농부의 손가락보다 더 굵은 도라지를 줍는 손맛이 여간 아니다. 어머나, 깜짝이야! 젓가락처럼 길고 통통한 지렁이가 굼실거린다. 삶의 비밀을 캐듯 삽질은 이어지고 지렁이한테서도 사포닌 냄새가 나는 듯하다, 메 뿌리를 캐는 듯하다. 지렁이가 메 뿌리로 환치되는 이치를 깨닫게 되다니, 삼십여 년 서울살이를 접고 시골로 온 보람을 도라지 밭에서 줍는다. 월든 호숫가에 살 적의 데이

빗 소로우가 된 기분이다. 포실포실한 가을볕이 정수리에 쏟아진다. 갑자기 생판 모르는 도라지 밭 주인에게 고마움을 느낀다.

스승은 도처에 은거해 있고 자연이 내 품으로 들어온다.

등단하여 십 년 동안 발표한 작품을 연도순으로 묶었다. 질적인 면을 떠나서 우선 그 양이 너무 적다는 것에 미련이 남았다. 김장을 하려고 씨앗을 뿌려 놓고는, 내 집 김장밭을 갈무리하지 않고 품팔이를 하러 다닌 꼴이라니……. 그동안 학업을 잇는 일에, 돈 버는 일에 너무 많은 시간을 할애했다는 자책이 든다. 가버린 청춘에 미련을 버리고 이젠 정말 인생의 겨울이 오기 전에 내 밭을 옥토로 가꿀 작정이다.

창작집을 낼 수 있도록 귀한 글을 얹어주신 선생님들께 머리 숙여 감사드린다.

이 어려운 때에 창작집을 출간할 수 있도록 협조해 준 작가 출판사의 손정순 시인께도 고마움을 전한다.

글 쓰며 늙어갈 수 있는 내 운명에 감사한다.

2007년 늦가을
조치원에서 金洗仁

무녀리

2007년 11월 15일 초판 1쇄 인쇄
2007년 11월 23일 초판 1쇄 발행

지은이 | 김세인
펴낸이 | 孫貞順
펴낸곳 | 도서출판 작가
　　　　서울 서대문구 북아현3동 1-1278 (우-120-866)
　　　　전화 | 365-8111~2　팩스 | 365-8110
　　　　이메일 | morebook@morebook.co.kr
　　　　홈페이지 | www.morebook.co.kr
　　　　등록번호 | 제13-630호(2000. 2. 9.)

편집 | 김이하 이현호 곽대영
디자인 | 박은정
영업 | 손원대 설동근
관리 | 이용승

ISBN 978-89-89251-69-9 (03810)

＊이 책은 문예진흥원의 창작지원금을 수혜했습니다.

값 9,500원